디지털 포트리스
Digital Fortress

DIGITAL FORTRESS
Copyright ⓒ 1998 by Dan Brown
All rights reserved.

Korean Translation Copyright ⓒ 2010 by Moonhak Soochup Publishing Co., Ltd.
Korean edition is published by arrangement with St. Martin's Press, LLC
through Imprima Korea Agency

이 책의 한국어판 저작권은 Imprima Korea Agency를 통해
St. Martin's Press, LLC와의 독점계약으로 문학수첩에 있습니다.
저작권법에 의해 한국 내에서 보호를 받는 저작물이므로
무단전재와 무단복제를 금합니다.

디지털 포트리스
Digital Fortress

댄 브라운 지음 | 안종설 옮김

문학수첩

일러두기

1. 한글 맞춤법은 국립국어원 《표준국어대사전》에 따랐다. 외래어 표기법도 국립국어원 〈외래어 표기법〉에 따라 표기하였다.
2. 마일, 야드, 피트, 에이커, 제곱피트 등의 단위는 센티미터, 미터, 킬로미터, 제곱미터 등의 단위로 환산하였다.

나의 부모님과
나의 스승과 주인공들에게 이 책을 바칩니다.

감사의 글

세인트 마틴 출판사의 편집자 토머스 듄, 남다른 재능의 소유자 멜리사 제이콥스, 그리고 뉴욕의 에이전트 조지 위저와 올가 위저, 제이크 엘웰에게 감사드린다. 중간 중간에 원고를 읽고 조언을 들려준 많은 분들, 특히 놀라운 열정과 인내심을 발휘해 준 아내 블리스에게 고마움을 전한다.

또한 익명의 전자우편을 통해 소중한 도움을 준 전 NSA 암호 전문가 두 분에게 조용한 감사의 뜻을 전한다. 그들의 도움이 없었다면 나는 이 책을 완성하지 못했을 것이다.

댄 브라운

프롤로그

스페인 세비야
에스파냐 광장

오전 11시

죽음의 순간에는 모든 것이 더없이 명료해진다고들 한다. 엔세이 탄카도는 이제야 그 말이 사실임을 실감했다. 극심한 고통으로 가슴을 움켜쥔 채 땅바닥에 쓰러진 그는 자신의 끔찍한 실수를 알아차렸다.

사람들이 나타나 그를 들여다보며 도움을 주려 했다. 하지만 탄카도는 도움을 원하지 않았다. 그러기에는 이미 너무 늦었다.

그는 온몸을 부들부들 떨며 왼손을 들어 손가락을 내밀었다. '내 손을 보시오!' 사람들은 열심히 그를 들여다보았지만, 그의 뜻을 알아차리지 못했다.

그의 손가락에는 글자가 새겨진 금반지가 끼워져 있었다. 안달루시아의 햇살을 받은 반지의 글자들이 잠시 환한 빛을 발했다. 엔세이 탄카도는 그것이 지상에서 보는 마지막 빛임을 깨달았다.

1

 그들이 가장 좋아하는 스모키 산의 민박집에서 데이비드가 그녀를 내려다보며 미소를 지었다. "어떻게 생각해, 아가씨? 나랑 결혼할 거야?"
 캐노피 침대에 누운 채 고개를 든 그녀는 바로 이 남자라는 확신이 들었다. 그 확신은 영원히 변함이 없을 터였다. 그의 암청색 눈동자를 바라보는 동안, 어딘가 멀리서 요란하게 전화벨이 울리기 시작했다. 그가 몸을 일으켰다. 그녀는 그를 붙잡기 위해 손을 뻗었지만, 허공을 움켜쥘 뿐이었다.
 꿈이었다. 수전 플래처는 전화 소리에 잠이 깼다. 그녀는 신음을 토하며 침대 위에 일어나 앉아 수화기로 손을 뻗었다. "여보세요?"
 "수전, 나야, 데이비드. 자고 있었어?"
 수전은 침대 위에서 몸을 빙글 굴리며 미소를 지었다. "당신 꿈을 꾸고 있었어. 어서 안 오고 뭐 해?"
 데이비드는 웃음을 터뜨렸다. "아직 어두운데."

"음." 수전은 육감적인 신음을 토했다. "우린 어두울수록 더 할 게 많잖아. 북쪽으로 떠나기 전에 뭐 할 일 없어?"

데이비드는 안타까운 듯 한숨을 내쉬었다. "그래서 전화한 거야. 우리 여행 때문에. 아무래도 좀 연기해야겠어."

수전은 잠이 확 달아났다. "뭐?"

"미안해. 지금 당장 가 볼 데가 좀 생겼어. 내일이면 돌아올 거야. 아침 일찍 출발하자고. 그래도 이틀이 고스란히 남잖아."

"하지만 예약까지 다 해 놨는데." 수전이 실망한 목소리로 말했다. "'스톤 매너'의 그 방을 잡아 두었단 말이야."

"나도 알아, 하지만……."

"오늘 밤은 약혼 6개월을 축하하는 아주 특별한 날이잖아. 설마 우리가 약혼한 것까지 잊어버린 건 아니지?"

"수전." 그는 한숨을 쉬며 말했다. "지금 길게 설명할 틈이 없어. 밖에서 자동차가 기다리고 있다고. 비행기 안에서 전화로 다 설명할게."

"비행기?" 수전이 되물었다. "도대체 무슨 일인데? 학교가 무엇 때문에?"

"학교 일이 아니야. 나중에 전화할게. 진짜 나가 봐야 돼. 사람들이 부르고 난리 났어. 금방 연락할게. 정말이야."

"데이비드!" 그녀가 소리쳤다. "도대체……."

하지만 전화는 이미 끊어졌다.

수전 플래처는 몇 시간 동안 잠도 못 자고 그의 전화를 기다렸다. 전화벨은 울리지 않았다.

그날 오후, 수전은 울적한 심정으로 욕조에 앉아 있었다. 거품을 잔뜩 푼 물에 몸을 담그며 스톤 매너와 스모키 산은 잊어버리려고 애를 썼다. '도대체 어디 간 거야?' 수전은 속으로 중얼거렸다. '왜 전화를

안 하는 거지?'
 따뜻하던 욕조 물이 점점 미지근해지더니, 차갑게 식어 버렸다. 그녀가 막 욕조에서 나가려던 순간, 무선 전화기의 벨소리가 터져 나왔다. 번개처럼 몸을 일으킨 수전은 바닥에 온통 물을 튀기며 세면대 위에 놔둔 수화기를 집어 들었다.
 "데이비드?"
 "나 스트래드모어일세." 상대방이 대답했다.
 대번에 수전의 어깨가 축 늘어졌다. "아." 짧은 탄식에서 실망한 기색이 역력히 드러났다. "안녕하세요, 부국장님."
 "나보다 조금 더 젊은 남자의 전화를 기다리고 있었나 보지?" 웃음기 어린 목소리가 말했다.
 "아니에요, 부국장님." 수전은 당혹스러운 심정으로 말했다. "뭐 꼭 그런 것만은……."
 "굳이 잡아뗄 것 없어." 그가 웃음을 지으며 말했다. "데이비드 베커는 좋은 남자야. 절대 놓치지 말라고."
 "고마워요, 부국장님."
 갑자기 부국장의 목소리가 진지해졌다. "수전, 다름이 아니라 당장 여기로 좀 와 주었으면 해서 전화했어. 지금 당장."
 수전은 이건 또 무슨 소리인가 싶었다. "오늘은 토요일이잖아요, 부국장님. 평소에는……."
 "나도 알아. 비상사태야." 그가 침착하게 말했다.
 수전은 자세를 바로잡았다. '비상사태? 크립토에?' 좀처럼 상상이 가지 않았다. "아, 알았어요, 부국장님." 수전은 잠시 뜸을 들인 뒤 덧붙였다. "최대한 빨리 갈게요."
 "최대한보다 더 빨리 와야 해." 스트래드모어는 그렇게 말하고 전화를 끊었다.

수전 플래처가 수건으로 몸을 감싼 채 욕실에서 나오자, 전날 밤에 준비해 둔 옷가지 위로 물방울이 뚝뚝 떨어졌다. 등산용 반바지와 스웨터, 특별히 이번 여행을 위해 마련한 새 속옷 등이 깔끔하게 정리되어 있었다. 수전은 침울한 마음을 누르고 벽장으로 다가가 깨끗한 블라우스와 치마를 꺼내 입었다. '비상사태? 크립토에?'

수전은 계단을 내려가며 정말 재수 없는 하루라는 생각을 했다.

더 나빠지지 않기만을 바랄 뿐이었다.

2

 죽은 듯이 고요한 바다 위 3만 피트 상공, 데이비드 베커는 참담한 심정으로 리어젯 60의 조그만 타원형 창문 밖을 내다보았다. 기내 전화가 고장이라고 하니, 수전과 통화를 할 방법이 없었다.
 "내가 지금 여기서 뭘 하는 거지?" 그는 혼자 투덜거렸다. 하지만 답은 간단했다. 절대로 싫다는 소리를 못하는 상대는 있는 법이니까.
 "베커 씨, 30분 후에 도착입니다." 스피커에서 누군가의 목소리가 흘러 나왔다.
 베커는 보이지 않는 목소리를 향해 우울하게 고개를 끄덕였다. '좋아.' 그는 창문 가리개를 내리고 잠을 청했다. 하지만 머릿속은 온통 그녀 생각밖에 없었다.

3

 수전의 볼보 승용차가 철조망이 둘러쳐진 3미터 높이의 울타리 그림자 밑에 멈춰 섰다. 젊은 경비원이 차 지붕에 손을 갖다 댔다.
 "신분증 좀 보여 주십시오."
 적어도 30초는 기다려야 한다는 사실을 잘 아는 수전은 순순히 신분증을 건네주었다. 경비원은 그녀의 신분증을 컴퓨터 스캐너에 넣고 긁었다. 이윽고 그가 고개를 들어 말했다. "고맙습니다, 플래처 씨." 그가 미세한 신호를 보내자, 게이트가 활짝 열렸다.
 800미터가량을 들어가자 또 하나의 위압적인 전기 철조망이 둘러쳐진 담벼락이 나왔고, 똑같은 과정을 한 번 더 되풀이해야 했다. '빨리 좀 해라, 얘들아······. 장사 하루이틀 하냐.' 그녀가 마지막 초소로 접근하자, 사나운 개 두 마리와 자동소총으로 무장한 땅딸막한 경비원이 그녀의 번호판을 살펴본 다음 손을 흔들어 통과시켜 주었다. 수전은 캐나인 로드를 따라 250미터가량을 더 들어간 다음에야 직원용 주차장 C구역에 차를 세웠다. '믿을 수가 없군.' 수전은 생각했다. '2만 6

천 명의 인력이 120억 달러의 예산을 잡아먹는 조직이라면 주말 정도는 나 없어도 돌아가야 되는 것 아니야?' 수전은 지정된 자기 자리에 차를 세우고 시동을 껐다.

잘 조경된 테라스를 가로질러 본관으로 들어선 수전은 실내 검문소 두 군데를 더 통과한 다음에야 신관으로 이어지는 창문 하나 없는 터널 앞에 도착했다. 음성 스캔 초소가 앞을 가로막고 있었다.

국가안전보장국(NSA)
크립토 기지
관계자 외 출입 금지

무장한 경비원이 그녀를 바라보며 인사를 건넸다. "안녕하세요, 플래처 씨."

수전은 피곤한 미소를 지어 보였다. "안녕하세요, 존."

"오늘 출근하시는 줄 몰랐는데요."

"그러게요, 나도 몰랐어요." 수전은 파라볼라 마이크를 향해 몸을 앞으로 숙였다. "수전 플래처." 그녀가 또박또박 말했다. 컴퓨터가 그녀 목소리의 주파수를 확인하자, 딸깍하는 소리와 함께 출입문이 열렸다. 수전은 안으로 들어섰다.

수전이 시멘트 복도를 걸어 들어가자, 경비원은 군침을 흘리며 그녀의 뒷모습을 감상했다. 강인한 담갈색 눈동자가 오늘 따라 약간 산만해 보이기는 했지만 발그레한 뺨은 여전히 상큼했고, 어깨까지 내려오는 적갈색 머리칼은 조금 전에 드라이어로 다듬은 흔적이 남아 있었다. 경비원은 그녀가 남기고 간 은은한 존슨즈 베이비 파우더 냄새를 느끼며 그녀의 늘씬한 몸매를 바라보았다. 브래지어가 살짝 비칠 듯

말 듯한 하얀 블라우스에서 한참을 머물던 그의 시선은 무릎 길이의 카키색 치마에 이어 종아리를 훑어내렸다.

'저런 여자의 IQ가 170이라니······.' 경비원은 속으로 다시 한 번 감탄사를 내뱉었다.

그는 한참 동안이나 수전의 뒷모습을 바라보았다. 이윽고 그녀의 모습이 사라지자, 그는 설레설레 고개를 가로저으며 현실로 돌아왔다.

수전이 터널 끝에 도착하자, 둥그런 금고 문 같은 출입문이 앞을 가로막았다. '크립토'라고 쓴 커다란 글자가 박혀 있었다.

수전은 한숨을 내쉬며 움푹 들어간 보안 장치에 손을 넣고 다섯 자리로 된 비밀번호를 입력했다. 몇 초 뒤, 12톤짜리 육중한 철판이 돌아가기 시작했다. 수전은 정신을 집중하려 했지만 자꾸만 그 사람 생각이 어른거렸다.

데이비드 베커. 지금까지 그녀가 사랑에 빠진 유일한 남자였다. 조지타운 대학의 최연소 정교수이자 외국어 전문가인 그는 학계에서는 꽤 유명한 인물이었다. 사진 같은 기억력과 언어에 대한 남다른 애정을 타고난 그는 스페인어와 프랑스어, 이탈리아어 외에도 아시아권의 여섯 개 언어에 능통했다. 어원학과 언어학을 가르치는 그의 강의는 늘 빈자리를 찾기 힘들 정도였고, 수업이 끝나도 사방에서 밀려드는 질문에 답하느라 한참 동안 강의실을 떠나지 못했다. 말투에서는 권위와 열정이 묻어났고, 유명 스타를 대하는 듯한 여학생들의 선망 어린 시선에는 눈길조차 주지 않았다. 서른다섯의 베커는 실제 나이보다 훨씬 젊어 보이는 단단한 몸과 날카로운 초록색 눈동자 그리고 그런 외모와 잘 어울리는 유머 감각을 가진 사람이었다. 수전은 그의 강인한 턱과 건장한 몸을 볼 때마다 대리석 조각상을 떠올리곤 했다. 베커는 180센티미터가 넘는 키에도 불구하고 스쿼시 코트에서의 몸놀림은 다른 동료들이 도저히 따라잡지 못할 만큼 날렵했다. 신나게 상대방을 때려눕히고 나면 식수대에 머리를 밀어 넣고 시원한 물을 끼얹어 열기를 식혔고, 그런 다음에는 검은 머리칼에서 물방울을 뚝뚝 떨어뜨리며 상대방에게 과일 쉐이크와 베이글을 대접하곤 했다.

데이비드는 여느 젊은 교수들과 마찬가지로 대학에서 받는 봉급이 그리 넉넉한 편은 못 되었다. 이따금 스쿼시 클럽 회원권을 갱신하거나 낡은 던롭 라켓의 줄을 갈아야 할 때면 워싱턴 주변의 정부 기관에서 번역 일을 해 주고 용돈을 벌곤 했다. 그러던 어느 날, 수전을 만나게 된 것이다.

어느 상쾌한 가을날 아침, 베커가 조깅을 마치고 방 세 개짜리 교수 아파트로 돌아와 보니 자동응답기의 표시등이 깜빡거리고 있었다. 그는 오렌지 주스를 한 모금 들이켜며 재생 단추를 눌렀다. 어느 정부 기관에서 몇 시간 정도 번역을 해 줄 수 있겠느냐고 묻는 내용이었다. 그런 전화에는 이제 익숙해진 베커였지만, 한 가지 이상한 것은 그 기관의 이름을 한번도 들어 본 적이 없다는 점이었다.

"국가안전보장국(NSA)이라고 하더군." 베커는 몇몇 동료에게 전화를 걸어 확인을 해 보았다.

반응은 한결같았다. "국가안전보장회의(National Security Council)겠지."

베커는 녹음된 메시지를 다시 들어 보았다. "아니야. 틀림없이 안전보장 '국' 이라고 했어. NSA래."

"그런 건 처음 들어 보는데."

데이비드는 GAO(회계감사원) 자료를 뒤져 보았지만 거기에도 그런 기관은 등록되어 있지 않았다. 결국 그는 의문을 풀기 위해 정치 평론가 노릇을 그만두고 지금은 의회 도서관에서 자료 조사 담당관으로 일하는 오랜 스쿼시 친구에게 전화를 걸었다. 데이비드는 그 친구의 설명을 듣고 깜짝 놀랐다.

NSA는 실제로 존재하는 정도가 아니라 세계에서 가장 강력한 정부 기관 가운데 하나라는 이야기였다. 무려 50년 전부터 전 세계의 전자 첩보 데이터를 수집하고 미국의 비밀 정보를 보호하는 임무를 담당해왔다는 것이었다. 미국 국민 가운데 이 기관의 존재를 아는 사람은 3퍼센트밖에 되지 않았다.

"NSA는 '그런 기관 없음(No Such Agency)'을 줄인 거야." 데이비드의 친구는 그렇게 농담을 덧붙였다.

데이비드는 은근한 두려움과 호기심이 뒤섞인 심정으로 이 수수께끼의 기관이 의뢰한 제안을 받아들였다. 그는 60킬로미터가량 자동차를 운전해 메릴랜드 주 포트 미드의 수풀이 우거진 언덕 위에 숨어 있는 35만 제곱미터에 달하는 그들의 본부를 찾아갔다. 수도 없는 보안 점검을 거친 끝에 홀로그램이 새겨진 여섯 시간짜리 방문자용 출입증을 발급받은 그는 고급스러운 연구실로 안내되었다. 그곳에서 암호 해독 부서를 '지원'하는 것이 그의 역할이었다. 이 부서는 NSA에서도 수학의 천재들이 모인 엘리트 집단이라고 했다.

첫 한 시간 동안 부서 요원들은 베커가 와 있는 것을 의식하지도 못하는 눈치였다. 그들은 커다란 탁자를 사이에 두고 베커가 한번도 들어 보지 못한 언어로 이야기를 나누고 있었다. 스트림 암호, 자기 감축 수열 발생기, 각종 배낭 문제, 영지식 프로토콜, 단일점 등 그들이 사용하는 용어에 유심히 귀를 기울여 보았지만 베커에게는 그것 자체가 암호나 다를 바 없었다. 그들은 그래프 용지에다 무슨 기호를 그리는가 하면 컴퓨터 출력물을 꼼꼼히 들여다보기도 했고, 오버헤드 프로젝터로 띄워 놓은 암호를 여러 차례 언급했다.

```
JHdja3jKHDhmado/ertwtjlwjgj328
5jhalsfnHKhhhfafOhhdfgaf/fj37we
ohi93450s9djfd2h/HHrtyFHLf89303
95jspjf2j0890Ihj98yhfi080ewrt03
jojr845h0roqjt0eu4tqefqe//oujw
08UY0IH0934jtpwfiajer09qu4jr9gu
ivjP$duw4h95pe8rtugvjw3p4e/ikkc
mffuerhfgv0q394ikjrmgunhvs9oer
irk/0956y7u0poikIOjp9f8760qwerqi
```

이윽고 그들 가운데 한 명이 설명을 해 주었는데, 그것은 베커도 이미 짐작한 내용이었다. 아무렇게나 나열된 그 문자열은 암호화된 메시지를 담고 있는 이른바 '암호문(ciphertext)'이었다. 분석 요원들의 임무는 그 암호에 담긴 원래의 메시지, 즉 '평문(cleartext)'을 뽑아내는 것이었다. NSA가 베커를 부른 이유는 원래의 메시지가 중국어로 쓰였을 것으로 추정하기 때문이었다. 말하자면 분석 요원들이 해독한 암호를 영어로 번역하는 것이 베커의 임무였다.

베커는 두 시간에 걸쳐 중국어로 된 기호들을 붙잡고 씨름했다. 하지만 그가 번역한 내용을 보여 줄 때마다 요원들은 절망스러운 표정으로 고개를 가로저었다. 도무지 의미가 통하지 않았기 때문이다. 베커는 어떻게든 도움이 되고 싶은 마음에 요원들이 뽑아낸 글자에 공통적인 특징이 숨어 있음을 지적했다. 그 글자들은 중국어에 쓰이는 동시에 일본에서 쓰이는 한자, 즉 '간지'에 포함되기도 했던 것이다. 소란스럽던 연구실에 찬물을 끼얹은 듯 정적이 내려앉았다. 연방 줄담배를 피워 대던 홀쭉한 체구의 책임자―요원들은 그를 모란테라고 불렀다―가 믿기지 않는다는 표정으로 베커를 바라보았다.

"이 기호들이 여러 가지 의미로 해석될 수 있다는 뜻입니까?"

베커는 고개를 끄덕였다. 그러고는 한자에 토대를 둔 일본어 문자를 간지라고 한다고 설명했다. 베커가 처음부터 중국어로 번역을 시도했던 이유는 요원들이 그걸 요구했기 때문이었다.

"하느님 맙소사." 모란테가 기침을 하며 중얼거렸다. "그럼 간지로 시도해 보자고."

그러자 마치 마술처럼 모든 아귀가 맞아떨어졌다.

요원들은 놀라는 눈치가 역력했지만, 그래도 번역에 몰두하는 베커에게 문자열의 제대로 된 순서는 보여 주지 않았다. "다 당신의 안전을 위한 겁니다." 모란테가 말했다. "이렇게 해야 당신이 무엇을 번역하고 있는지 당신도 모를 테니까."

베커는 웃음을 터뜨렸다. 하지만 그 말고는 아무도 웃는 사람이 없었다.

이윽고 암호 해독을 마친 베커는 자신의 도움으로 어떤 비밀이 드러났는지는 알 길이 없었지만 한 가지 사실만은 분명했다. NSA는 이런 암호 해독 작업을 대단히 진지하게 받아들이고 있다는 점이었다. 그 대가로 베커의 주머니에 들어온 수표는 그가 대학에서 한 달 동안 받는 봉급보다 많았다.

겹겹이 보안 장치가 마련된 복도를 되짚어 나오던 베커를 어느 경비원이 가로막았다. "베커 씨, 잠깐만 기다려 주십시오."

"무슨 일입니까?" 베커는 그렇지 않아도 시간이 이렇게 오래 걸릴 거라고 미처 예상하지 못한 탓에 토요일 오후마다 있는 스쿼시 시합에 늦을까 봐 다급한 상태였다.

경비원은 어깨를 으쓱거렸다. "암호팀장님이 잠시 이야기를 나누고 싶어 하십니다. 그녀가 지금 여기로 나오는 중입니다."

"그녀?" 베커는 웃음을 터뜨렸다. 지금까지 NSA 안에서 여자라고는 한 명도 보지 못한 탓이었다.

"그게 무슨 문제라도 되나요?" 뒤에서 여자의 목소리가 들렸다.

무심코 뒤를 돌아본 베커는 대번에 얼굴이 화끈거리기 시작했다. 상대방의 블라우스에 달린 신분증을 슬쩍 훔쳐본 결과, NSA의 암호 해독 담당 팀장은 정말로 여자, 그것도 아주 매력적인 여자였기 때문이다.

"아닙니다." 베커가 말을 더듬으며 중얼거렸다. "난 그냥……."

"수전 플래처예요." 여인은 미소를 지으며 날씬한 손을 내밀었다.

베커는 손을 마주잡았다. "데이비드 베커라고 합니다."

"축하해요, 베커 씨. 오늘 아주 멋진 일을 해냈다면서요? 거기에 대해서 얘기 좀 나눌 수 있을까요?"

베커는 잠시 망설였다. "솔직히 말하면 내가 지금 좀 급해서요." 세계에서 가장 강력한 첩보 기관 요원의 부탁을 거절하는 게 과연 잘하는 짓인지는 판단이 서지 않았지만, 스쿼시 시합까지 45분밖에 남아 있지 않았다. 지금까지 수업에 늦는 적은 있어도 스쿼시 시합에 지각하는 일은 없다는 명성을 쌓아 온 그가 아니던가.

"오래 걸리지는 않을 거예요." 수전 플래처가 미소를 지으며 말했다. "그럼 이쪽으로 오실까요?"

10분 뒤, 베커는 NSA의 구내식당에서 아름다운 암호팀장과 함께 바삭바삭한 과자와 크랜베리 주스를 마시며 마주앉아 있었다. 데이비드는 서른여덟 살밖에 안 된 이 여자가 NSA의 간부 자리를 차지하게 된 것은 결코 요행이 아니었음을 금방 알아차렸다. 그녀는 그가 지금까지 만나 본 여자들 중 가장 머리가 좋은 여자였다. 베커는 그녀와 함께 암호의 세계에 대한 이야기를 나누며 자신이 점점 그 분야에 빨려 들고 있음을 느꼈다. 그로서는 아주 새롭고 흥미로운 경험이었다.

한 시간 뒤, 이미 스쿼시 시합을 포기한 베커와 세 차례에 걸친 호출을 무시한 수전은 열심히 웃음꽃을 피우고 있었다. 고도의 분석적인 사고방식에 익숙하고 불합리한 탐닉을 거부하는 공통점을 가진 두 사람이었지만, 마주 앉아 언어학적 형태론과 유사 난수 발생기에 대한 이야기를 나누는 모습이 마치 한 쌍의 10대 청소년처럼 보일 정도였다. 모든 게 그렇게 재미있을 수가 없었다.

수전은 데이비드 베커에게 잠시 이야기를 나누자고 한 진짜 이유를 끝내 털어놓지 못했다. 사실은 그를 위해 아시아 암호팀에 임시로 자리를 하나 만들어 볼까 하는 생각을 했던 것이다. 하지만 이 젊은 교수는 제자들을 가르치는 일에 대한 열정이 너무 커서 무슨 일이 있어도 학교를 그만두는 일은 없을 거라는 판단이 섰다. 결국 수전은 일 이야기로 이 화기애애한 분위기를 망치고 싶지 않다는 결론을 내렸다. 마치 여고생 시절로 돌아간 느낌이었다. 무엇과도 그 느낌을 바꾸고 싶지 않았다. 그런 그녀의 바람은 그대로 이루어졌다.

두 사람의 교제는 천천히, 그러나 아주 낭만적으로 진행되었다. 틈만 나면 조지타운의 캠퍼스를 산책했고, 야심한 시간에 카페에서 카푸치노를 마시기도 했으며, 간간이 각종 강연과 콘서트를 찾아다니기도 했다. 데이비드는 어떤 주제가 나와도 농담으로 받아치는 재주를 가진 듯했다. 강도 높은 NSA 생활에 지친 수전에게는 너무나도 반가운 활력소였다. 어느 화창한 가을날 오후, 그들은 관중석에 나란히 앉아 루터거스 대학팀에 박살이 나고 있는 조지타운 대학 축구팀의 경기를 지켜보고 있었다.

"무슨 스포츠를 좋아한다고 했죠? 주키니?" 수전이 농담을 걸었다.

베커는 신음을 토했다. "스쿼시라니까요."

수전은 짐짓 어리둥절한 표정을 지었다.

"주키니랑 비슷하긴 한데, 코트가 좀 더 작아요." 베커가 말했다.

수전은 어깨로 그를 살짝 떠밀었다.

조지타운의 왼쪽 날개를 맡은 선수가 올린 코너킥이 그대로 끝줄 밖으로 나가 버리자, 관중석에서 야유가 터졌다. 수비진이 서둘러 자기 진영으로 내려갔다.

"당신은 어때요? 운동 하는 것 없어요?" 베커가 물었다.

"난 스테어마스터 검은 띠예요."

베커는 어깨를 움츠렸다. "난 이왕이면 이길 수 있는 스포츠를 좋아하거든요."

수전은 미소를 지었다. "지고는 못 참는 성격인가 보죠."

조지타운의 스타 플레이어인 수비수가 상대 패스를 차단하자, 관중석에서 환호성이 일었다. 수전은 바짝 몸을 기대며 데이비드의 귀에 대고 속삭였다. "박사."

데이비드는 어리둥절한 표정으로 그녀를 돌아보았다.

"박사." 수전이 되풀이했다. "박사 하면 제일 먼저 떠오르는 걸 말해 봐요."

데이비드는 여전히 감이 잡히지 않는 표정이었다. "단어 연상 게임인가요?"

"NSA의 표준적인 절차예요. 내가 누구랑 같이 있는지 알아야 하니까요." 그녀는 진지한 눈빛으로 데이비드를 바라보았다. "박사."

베커는 어깨를 으쓱거리며 대답했다. "수스(테오도르 수스 가이젤. 《모자 쓴 고양이》의 저자—옮긴이)."

수전은 얼굴을 찌푸렸다. "좋아요, 그럼 이건 어때요. '주방.'"

이번에는 주저 없이 대답이 튀어나왔다. "침실."

수전은 애교 섞인 표정으로 눈썹을 추켜세웠다. "좋아요, 그럼…… '고양이(cat).'"

"창자(gut)." 베커가 재빨리 받아쳤다.

"창자?"

"그래요, 고양이 창자(cat gut. 동물의 창자로 만든 줄—옮긴이)…… 스쿼시 라켓 줄로는 최고거든요."

"욱." 수전이 짐짓 토하는 시늉을 했다.

"진단 결과 나왔어요?" 베커가 물었다.

수전은 잠시 생각한 다음 대답했다. "당신은 철이 없고 성적으로 욕구 불만인 스쿼시 광이에요."

베커는 어깨를 으쓱거렸다. "대충 비슷하네요."

그런 나날이 몇 주 동안 이어졌다. 음식점에서 디저트를 먹는 동안 베커는 쉴 새 없이 질문을 던지곤 했다.

수학은 어디서 배웠나?

어쩌다가 NSA에 들어가게 되었나?

어쩌면 그렇게 매력적이냐?

수전은 얼굴을 붉히며 자기가 대기만성형의 여자임을 털어놓았다. 10대 후반까지만 해도 지나치게 홀쭉한 몸매와 치아 교정기 때문에 남들 앞에 자신 있게 나서지 못했는데, 클라라라는 친척 아주머니에게서 하느님이 총명한 두뇌를 선사하기 위해 외모를 수수하게 만들었다는 소리까지 들었다고 했다. 베커는 속으로 말도 안 되는 소리라고 생각했다.

수전은 중학교 시절부터 암호에 관심을 갖기 시작했다. 8학년에 프랭크 거트만이라는 이름의 컴퓨터 클럽 회장을 하던 아이가 있었는데, 어느 날 그가 수전에게 숫자 치환법으로 암호화한 사랑의 시 한 편을 적어 보냈다. 수전은 내용이 궁금해서 미칠 지경이었지만 프랭크는 짓궂게도 끝내 가르쳐 주지 않았다. 암호를 집으로 가져온 수전은 밤새 이불 밑에서 손전등을 켜 놓고 연구를 거듭한 끝에 드디어 비밀을 알아냈다. 각각의 숫자를 특정한 알파벳으로 바꿔 놓았던 것이다. 정성껏 암호를 해독한 수전은 아무렇게나 제멋대로 나열된 것 같던 숫자들이 아름다운 시로 변하는 것을 보며 경이로움을 느꼈다. 그때부터 그녀는 사랑에 빠지고 말았다. 암호가 그녀의 인생이 되어 버린 것이다.

그로부터 거의 20년이 지난 뒤, 존스 홉킨스에서 수학과 석사 학위를 받고 MIT에서 전액 장학생으로 수 이론을 연구하던 그녀는 《암호학적 방법론, 프로토콜 그리고 수동 애플리케이션의 알고리즘》이라는 제목의 박사 논문을 제출했다. 그 논문을 읽은 사람이 그녀의 지도 교수만은 아닌 모양이었다. 그 직후 NSA에서 한 통의 전화와 함께 비행기표를 보내온 것이다.

암호 분야에 관심 있는 사람들은 누구나 NSA의 존재를 알고 있었다. 전 세계에서 암호학의 귀재로 통하는 사람들이 대거 모인 곳이기 때문이다. 해마다 봄이 되면 민간 기업들이 유능한 인재를 확보하기 위해 상당한 보수와 스톡옵션을 제시하며 졸업생들을 유혹하는데, NSA는 유심히 지켜보고 있다가 목표물이 눈에 뜨이면 그가 받은 제안의 두 배에 달하는 조건을 조용히 들이밀곤 했다. 덕분에 NSA는 원하는 인재를 놓치는 법이 없었다. 수전 역시 설레는 마음으로 워싱턴의 덜레스 국제공항으로 날아갔고, NSA는 직접 차를 보내 그녀를 포트미드로 데려왔다.

그해 수전과 같은 전화를 받은 사람은 모두 마흔한 명이다. 그중 스물여덟 살의 수전이 최연소였다. 그녀는 또 유일한 여성이기도 했다. 막상 가 보니 그 자리는 입사 설명회가 아니라 오히려 홍보와 지능 검사의 장에 가까웠다. 그다음 주에 수전은 다른 여섯 명의 후보자와 함께 또 NSA의 초대를 받았다. 수전은 많이 망설였지만 차마 거절할 수가 없었다. 후보자들은 각자 따로따로 거짓말 탐지기가 동원된 면접시험과 철저한 배경 조사, 필체 분석까지 받아야 했다. 그중에는 성적 취향을 묻는 질문도 포함되어 있었다. 급기야 면접관의 입에서 동물을 상대로 섹스를 한 적이 있느냐는 질문이 나오자 수전은 그대로 자리를 박차고 일어나고 싶은 마음이 굴뚝같았지만, '수수께끼의 궁전'으로 들어가 암호 이론의 첨단을 달리는 세계에서 가장 은밀한 조직인 NSA의 일원이 된다는 생각에 모든 것을 꾹 눌러 참았다.

베커는 꼼짝도 하지 않고 그녀의 이야기에 귀를 기울였다. "그들이 정말로 동물하고 섹스를 한 적이 있냐고 물었어요?"

수전은 어깨를 으쓱거렸다. "일상적인 배경 조사의 일부죠."

"음……." 베커는 터지는 웃음을 간신히 억누르며 물었다. "그래서 뭐라고 했어요?"

수전은 테이블 밑으로 그의 다리를 걷어찼다. "물론 없다고 했죠!" 그러고는 이렇게 덧붙였다. "어젯밤까지는 진짜 없었어요."

수전이 보기에 데이비드는 완벽에 가까운 남자였다. 한 가지 단점이 있다면 데이트를 할 때마다 번번이 자기가 계산을 해야 되다고 우긴다는 점이었다. 수전은 그가 하루치 일당에 해당하는 돈을 저녁 한 끼 값으로 쏟아붓는 게 영 마음에 걸렸지만, 아무리 말려도 데이비드는 꿈쩍도 하지 않았다. 결국 수전도 두 손을 들고 말았지만 마음이 개운하지는 않았다. '나야말로 버는 돈을 다 어디다 써야 할지 모르는 입장이잖아. 데이트 비용이라도 내가 내면 좋을 텐데.' 그녀는 생각했다.

하지만 시대에 뒤떨어진 기사도 정신을 제외하면 데이비드는 그야말로 이상적인 남자였다. 정도 많고, 똑똑하고, 재미있고, 무엇보다도 그녀가 하는 일에 큰 관심을 가지고 있었다. 스미소니언박물관에 구경을 가건, 자전거 하이킹을 즐기건 혹은 수전의 주방에서 스파게티를 만든답시고 온통 숯 더미를 만들어 놓건 간에 데이비드의 호기심은 끝이 없었다. 수전은 보안 규정에 위배되지 않는 한도 내에서는 NSA에 대해 데이비드의 질문에 답해 주었다. 그때마다 데이비드는 그렇게 신기해할 수가 없었다.

1952년 11월 4일 0시 1분에 트루먼 대통령이 설립한 NSA는 거의 50년 동안 세계에서 가장 비밀스러운 첩보 기관으로 은밀하게 활동해 왔다. 7쪽에 달하는 NSA의 설립 취지문에는 목적이 아주 간단명료하게 기술되어 있다. 미국 정부의 통신을 보호하고 다른 강대국의 통신을 가로챈다는 것이다. NSA 본관 옥상에는 거대한 골프공처럼 생긴 두 개의 레이돔을 포함해 모두 500개의 안테나가 촘촘히 박혀 있다. 건물 자체도 CIA 본부의 두 배에 달하는 18만 제곱미터의 규모를 자랑한다. 그 내부에는 약 2,400킬로미터의 전화선이 거미줄처럼 얽혀 있고, 약 7천 제곱미터의 창문은 열고 닫을 수가 없게 되어 있다.

수전은 데이비드에게 코민트(COMINT)에 대한 이야기도 들려주었다. 이것은 전 세계를 대상으로 감청 및 도청, 위성을 이용한 첩보 활동 등을 담당하는 정보 부서였다. 매일같이 수천 건의 통신문과 대화가 감청되어 NSA의 암호 해독 전문가들에게 전달된다. FBI와 CIA를 비롯해 미국의 외교 자문 역을 맡은 인물들은 하나같이 NSA가 제공한 정보에 의존해 결정을 내린다. 데이비드는 놀란 표정을 감추지 못했다.

"암호 해독이라고? 당신 전공은 뭐지요?"

수전은 위험한 적성 국가, 적대적인 분파, 테러리스트 집단 등이 주고받는 통신을 가로채는 방법을 설명했다. 특히 테러 집단은 국내에 숨어 있는 경우도 많았다. 그들은 만일의 사태에 대비하기 위해 암호화된 형태의 통신을 사용하는데, 코민트의 활약 덕분에 NSA가 그들의 통신 내용을 가로채는 것이다. 수전은 그 암호를 수작업으로 해독해서 상부에 보고하는 것이 자신의 임무라고 말해 주었다. 하지만 그건 진실과는 약간 거리가 있는 설명이었다.

수전은 새로 생긴 연인에게 거짓말을 해야 하는 자신에게 일말의 죄책감을 느꼈지만, 달리 선택의 여지가 없었다. 몇 년 전만 해도 그런 설명은 정확했다. 하지만 그사이에 NSA 내부에서, 아니 암호의 세계 전체가 커다란 변화를 겪었다. 수전이 새로 맡은 임무는 국가 기밀에 속하는 것이어서 최고위층에 속하는 인물들 중에도 모르는 이들이 많았다.

"암호라……." 데이비드가 진지한 표정으로 말했다. "어디서부터 시작해야 할지 어떻게 알지요? 그러니까…… 도대체 어떤 방법으로 암호를 해독하는 거예요?"

수전은 미소를 지었다. "그건 당신이 누구보다도 잘 알 텐데요. 말하자면 외국어를 배우는 것과 비슷해요. 처음에는 도무지 의미가 없는 횡설수설처럼 보이지만, 그 언어의 규칙을 알고 구조에 익숙해지면 의미를 뽑아 낼 수 있잖아요."

베커는 놀란 표정으로 고개를 끄덕였다. 그는 더 많은 것을 알고 싶어 했다.

수전은 냅킨과 콘서트 전단을 칠판 삼아 암호학에 대한 미니 강의를 시작했다. 출발점은 역시 율리우스 카이사르의 '완전 제곱' 암호 상자였다.

카이사르는 역사상 처음으로 암호를 사용한 인물이다. 그가 보낸 전령들이 적군의 매복에 걸려 정보가 새 나가는 사태가 벌어지자, 그는 자신의 지령을 암호로 바꾸는 초보적인 방법을 고안해 냈다. 그 방법을 이용해 배열한 메시지는 얼핏 봐서는 아무런 의미도 없어 보인다. 물론 사실은 그렇지 않다. 카이사르는 전달하고자 하는 명령의 글자 수를 세서 16, 25, 100 등과 같은 완전 제곱수가 되도록 했다. 그리고는 부하들에게 의미를 알 수 없는 메시지가 도착하면 글자들을 정사각형 표 속에 넣어 보라고 비밀리에 지시했다. 그렇게 해서 위에서 아래로 글자를 읽으면 비밀 메시지가 드러나는 식이다.

세월이 흐르면서 많은 사람들이 텍스트를 재배열하는 카이사르의 암호법을 발전시켜 더욱 해독하기 어려운 암호를 만들어 냈다. 컴퓨터가 등장하기 이전에 이 같은 암호법의 정점을 이룬 것은 제2차 세계대전 당시 나치가 만든 '에니그마(Enigma)'라는 암호 생성기였다. 구식 타자기와 비슷하게 생긴 이 기계는 놋쇠로 된 회전자가 돌아가면서 글자들을 뒤섞어 얼핏 봐서는 의미가 드러나지 않는 문자열로 재배열하는 기능을 가지고 있었다. 암호문을 받은 쪽에서는 똑같은 에니그마를 가지고 똑같은 방식으로 눈금을 조정함으로써 메시지를 해독할 수 있었다.

데이비드는 넋을 잃은 사람처럼 수전의 이 같은 설명에 빠져들었다. 교수가 학생의 입장이 되어 버린 것이다.

어느 날 밤, 수전은 한 대학에서 벌어진 〈호두까기 인형〉 공연을 보다가 처음으로 데이비드에게 간단한 암호문을 풀어 보라는 숙제를 주었다. 데이비드는 막간을 이용한 쉬는 시간 내내 펜을 손에 들고 열한 자로 이루어진 암호문과 씨름했다.

HL FKZC VD LDS

이윽고 제2막의 시작을 앞두고 객석의 불이 꺼질 무렵에야 데이비드는 그 암호를 풀었다. 수전의 암호는 알파벳을 한 글자씩 당겨서 바꿔치기 한 것이었다. 그 암호를 해독하기 위해서는 A는 B, B는 C 하는 식으로 한 글자씩 밀어서 끼워 넣으면 되었다. 규칙을 알아 낸 데이비드는 금방 그녀의 메시지를 해독할 수 있었다. 단 네 개의 단어가 사람을 그토록 행복하게 만들 수 있으리라고는 상상도 하지 못했다.

IM GLAD WE MET (당신을 만나서 기뻐요)

데이비드는 얼른 답장을 써서 그녀에게 건넸다.

LD SNN (나도)

그걸 본 수전의 얼굴이 환하게 달아올랐다.

데이비드는 서른다섯의 나이에 가슴 설레는 사춘기 소년처럼 웃음을 참을 수가 없었다. 그는 지금까지 수전처럼 매력적인 여자를 한번도 본 적이 없었다. 수전의 섬세한 유럽풍 외모와 부드러운 갈색 눈동자는 화장품 광고에 나오는 모델을 연상케 했다. 그녀가 10대 시절에 얼마나 마르고 못생겨 보였는지는 모르지만, 지금의 그녀는 전혀 그렇지 않았다. 늘씬하고 훤칠한 키에 단단하고 풍만한 가슴, 탄력 있는 복부에 이르기까지, 누가 봐도 우아하고 매력적인 모습이었다. 데이비드는 곧잘 응용 수학과 수 이론 분야의 박사 학위를 가진 수영복 모델은 처음 본다고 농담을 던지곤 했다. 이후 몇 달 동안 그들은 평생을 함께 할 동반자를 만난 것이 아닐까 생각하는 상황에 이르렀다. 그렇게 2년의 세월이 지난 어느 날, 느닷없이 데이비드가 청혼을 했다. 주말을 맞아 스모키 산에 여행을 가서 스톤 매너의 커다란 캐노피 침대에 누워 있을 때였다. 데이비드는 반지도 준비하지 않고 그냥 불쑥 청혼을 했다. 수전은 그렇게 형식에 얽매지 않는 그가 더욱 마음에 들었다. 수전은 정열적인 입맞춤을 퍼부었고, 데이비드는 그녀를 품에 안고 나이트가운을 벗겼다.

"그럼 승낙한 것으로 생각할게요." 데이비드는 그렇게 말했고, 두 사람은 따뜻한 불가에서 밤새 사랑을 나누었다.

그 마법과도 같은 시간이 벌써 6개월 전의 일이었다. 그 직후 데이비드는 예상을 깨고 현대 언어학과 학과장으로 승진했다. 그다음에도 두 사람의 사랑은 눈덩이 굴리듯이 커져만 갔다.

4

크립토의 출입문에서 나는 신호음이 수전의 우울한 몽상을 깨웠다. 빙글 돌아간 회전문이 이미 활짝 열려 있었고, 5초 후면 360도를 회전해 다시 닫힐 것이다. 수전은 얼른 정신을 차리고 안으로 들어섰다. 컴퓨터는 그녀의 출입 기록을 고스란히 기록했다.

수전은 3년 전 크립토가 완성된 이후로 줄곧 이곳에서 살다시피 했지만, 지금도 볼 때마다 입이 벌어지곤 했다. 크립토는 5층 건물 높이의 거대한 원형으로 이루어진 방이다. 돔 형태의 투명한 천장은 제일 높은 곳이 36미터에 달했다. 플렉시글라스로 된 둥근 지붕에는 폴리카보네이트가 그물처럼 얽혀 있어 2메가톤의 폭발에도 견딜 수 있었다. 그 천장으로 비치는 햇빛이 벽에 섬세한 레이스 모양의 그림자를 드리웠다. 조그만 먼지 입자가 커다란 나선을 그리며 위로 올라가는 것은 돔의 강력한 탈이온화 시스템 때문이었다.

넓은 각도를 이루며 완만히 흘러내린 천장의 곡선은 사람의 눈높이에 다다르면서 거의 수직으로 변했다. 색깔 역시 바닥 쪽으로 내려올

수록 불투명한 검정색으로 짙어지더니, 결국 기묘한 광채를 내는 검은 타일로 퍼져 나가면서 투명한 바닥 위에 서 있는 듯한 불안한 느낌을 주었다. 마치 검은 얼음 위에 서 있는 느낌이었다.

바다 한복판에는 거대한 어뢰의 끝 부분처럼 생긴 장치가 삐죽 솟아 있었는데, 그것이 이 돔을 지은 이유였다. 미끈한 검은색 외관은 둥그런 곡선을 그리며 7미터가량을 올라왔다가 다시 바닥으로 사라졌다. 마치 차가운 바다 한복판에서 그대로 얼어붙은 거대한 범고래를 보는 듯했다. 바로 이것이 세계에서 가장 값비싼 컴퓨터이자 NSA가 극구 그 존재를 부정하는 트랜슬레이터였다.

빙산과 마찬가지로 이 기계 역시 그 크기와 성능의 90퍼센트는 지면 아래 숨겨져 있었다. 번들거리는 타일 바닥 아래 지하 6층 깊이의 세라믹 격납고 같은 것이 설치되어 있고, 로켓을 연상케 하는 그 외관은 좁은 발판과 케이블, 프레온가스를 이용한 냉각 시스템에서 나오는 배기가스로 휘감겨 있었다. 밑바닥의 발전기에서는 끊임없이 저주파의 윙하는 소음이 새어 나와 크립토의 분위기를 더욱 음산하게 했다.

트랜슬레이터 역시 다른 모든 기술적 진보와 마찬가지로 필요에 의해 태어났다. 1980년대 들어 NSA는 첩보전의 양상을 완전히 바꿔 놓을 텔레커뮤니케이션 분야의 거대한 혁명을 목격했다. 일반 대중이 누구나 인터넷에 접속할 수 있게 된 것이다. 더욱 중요한 것은 전자우편의 도래였다.

전화 통화가 도청되는 사태에 신물을 내던 범죄자와 테러리스트, 각국의 첩보원들은 전자우편이라는 새로운 커뮤니케이션 수단을 발 빠르게 도입했다. 전자우편은 기존의 종이 우편물만큼이나 안전하면서 동시에 전화만큼이나 속도도 빨랐다. 통신 신호가 지하에 매설된 광섬유 케이블을 통해 전달되기 때문에 전파의 형태로 노출될 일이 없다는 점은 중간에 누군가가 가로챌 가능성을 걱정하지 않아도 된다는 인식을 심어 주었다.

그러나 실제로 인터넷 공간을 날아다니는 전자우편을 가로채는 것은 NSA의 기술진에게는 어린아이 장난에 지나지 않았다. 인터넷은 대부분의 사람들이 생각하는 것처럼 가정용 컴퓨터의 새로운 진화가 아니라 무려 30년 전에 미국 국방부에 의해 만들어진 작품이었다. 핵전쟁에 대비해 정부의 커뮤니케이션을 보호하기 위해 설계된 거대한 컴퓨터 네트워크가 인터넷의 맹아였던 것이다. 그 시절 인터넷을 좌지우지하던 인물들이 지금 NSA의 눈과 귀로 활동하고 있었다. 그 결과 전자우편을 통해 불법적인 활동을 펼치던 사람들은 자기네 비밀이 생각만큼 철저하게 지켜지지 않는다는 사실을 알게 되었다. FBI(연방수사국), DEA(마약단속국), IRS(국세청), 그 밖의 법 집행 기관들은 NSA의 도움으로 수많은 용의자를 체포하고 기소하는 실적을 올렸다.

물론 전 세계의 컴퓨터 사용자들이 전자우편을 마음대로 들여다보는 미국 정부의 행동을 알아차리자 한바탕 난리가 났다. 펜팔을 비롯해 재미 삼아 소식을 주고받는 전자우편까지도 프라이버시가 보장되지 않는다는 사실은 확실히 보통 일이 아니었다. 전 세계의 진취적인 프로그래머들이 전자우편의 보안을 강화하기 위한 작업에 뛰어들었다. 그렇게 해서 공개 키 암호라는 것이 탄생한 것이다.

공개 키 암호는 아주 단순하지만 그만큼 천재적인 발상이었다. 이 방법을 이용하면 사용하기 쉬운 가정용 컴퓨터 소프트웨어를 통해 전자우편 메시지를 아무도 읽을 수 없는 암호로 바꿀 수 있다. 사용자가 편지를 써서 암호화 소프트웨어에 넣고 돌리면 전혀 말이 안 되는 암호문이 출력된다. 따라서 설령 누군가가 이 전자우편을 가로챈다 해도 도저히 그 내용을 짐작할 방법이 없다.

암호화된 메시지를 해독하기 위해서는 반드시 송신자의 '패스 키

(pass key)'라는 것을 입력해야 된다. 이것은 현금 인출기의 비밀번호와 같은 역할을 하는 일련의 비밀 문자열이다. 패스 키는 대체로 상당히 길고 복잡한 편이다. 원래의 메시지를 되살리기 위해서 어떤 수학적 절차를 따라야 하는지를 알려 주기 위해서는 암호화 알고리즘에 필요한 모든 정보를 담아야 하기 때문이다.

이제 사용자들은 보다 안심하고 전자우편을 보낼 수 있게 되었다. 설령 누가 전자우편을 가로챈다 해도 패스 키를 알고 있는 사람만이 그 메시지를 해독할 수 있기 때문이다.

NSA는 이 같은 사태의 중요성을 금방 파악했다. 이제 그들은 더 이상 연필과 모눈종이만 가지고 간단한 치환 암호를 해독하는 일에 만족할 수 없게 된 것이다. 컴퓨터를 통해 카오스 이론과 복합 상징 문자까지 동원된 암호를 상대해야 하기 때문이었다.

처음에는 패스 키가 그렇게까지 길지 않았기 때문에 NSA의 컴퓨터들이 어느 정도 '짐작'은 할 수가 있었다. 열 자리 숫자로 이루어진 패스 키의 경우, 0000000000과 9999999999 사이의 모든 가능성을 대입해 보라는 명령을 입력한다. 이렇게 되면 시간이 얼마나 걸릴지는 몰라도 언젠가 컴퓨터가 정답을 찾아낸다. 수많은 시행착오를 통해 정답을 '짐작'하는 이 같은 방법을 흔히 '무차별 대입 공격(brute force attack)'이라고 부른다. 시간은 걸리지만, 수학적으로 그 효과가 보장되는 방법이다.

이 같은 방법의 위력이 알려지면서 패스 키는 점점 더 길어지기 시작했고, 이에 따라 컴퓨터가 정확한 키를 '짐작' 하는 데 필요한 시간도 몇 주에서 몇 달, 나아가 몇 년 단위로 길어졌다.

1990년대로 접어들면서 패스 키의 길이는 50자를 넘어섰고, 문자와 숫자는 물론 각종 기호까지 포함된 256자에 달하는 아스키(ASCII) 문자까지 사용됐다. 이렇게 되자 확률은 10의 120제곱, 즉 10 다음에 0이

120개나 붙는 수준까지 떨어졌다. 올바른 패스 키를 짐작하는 일은 이제 수학적으로 5킬로미터 길이의 해변에서 모래알 하나를 골라 내는 일과 맞먹을 만큼 불가능에 가까워졌다. 64비트의 표준 암호를 '무차별 대입 공격'으로 해독하기 위해서는 일급 비밀로 분류되던 NSA의 가장 빠른 컴퓨터 크레이/조셉슨 II를 19년 동안 쉬지 않고 돌려야 했다. 컴퓨터가 암호를 해독할 즈음에는 이미 아무런 쓸모도 없는 정보가 된 다음일 터였다.

정보의 공백 상태에 빠져든 NSA는 미합중국 대통령이 직접 승인한 극비 명령을 통과시켰다. 어떤 방법으로든 이 문제를 해결하라는 백지위임장을 받은 NSA는 연방 자금을 동원해 불가능을 가능으로 바꾸는 작업에 착수했다. 세계 최초의 유니버설 암호 해독기를 만들겠다는 것이었다. 많은 기술자들은 암호 해독용 컴퓨터를 만드는 것은 불가능하다는 견해를 피력했지만, NSA는 '불가능은 없다'라는 모토 아래 작업을 추진했다. 확실히 그들에게 불가능은 없었다. 단지 시간이 걸릴 뿐이었다.

5년이라는 세월 동안 50만 인시(人時)와 190달러의 자금을 쏟아부은 끝에 결국 NSA는 그 같은 자신의 모토를 다시 한 번 확인했다. 우표 크기의 프로세서 300만 개를 일일이 납땜으로 조립하고 마지막 내부 프로그램을 완성한 다음, 세라믹으로 만든 껍질까지 씌웠다. 이렇게 해서 트랜슬레이터가 탄생한 것이다.

트랜슬레이터의 작동 원리는 수많은 사람들의 아이디어를 합친 것이라 어느 한 사람이 완벽하게 이해할 수 있는 내용은 아니었지만, 기본적인 원칙은 '백지장도 맞들면 낫다'라는 지극히 단순한 진리에 입각한 것이었다.

300만 개의 프로세서는 모두 병렬로 연결되어 어마어마한 속도로 연산 작업을 수행한다. 아무리 막강한 패스 키라 할지라도 트랜슬레이터의 끈기를 당해 내지는 못할 거라는 계산이었다. 천문학적인 자금이 투입된 이 걸작품은 병렬 프로세싱의 위력과 함께 패스 키를 유추해 암호를 해독하는 기술의 발전에 토대를 두고 있었다. 이 같은 구상이 가능했던 것은 단순히 프로세서의 숫자만이 아니라 양자 컴퓨팅 분야에서 커다란 발전이 이루어졌기 때문이다. 새롭게 부각된 이 기술은 정보를 2진 데이터 상태가 아니라 양자 역학적인 상태로 저장할 수 있도록 했다.

폭풍우가 몰아치던 10월의 어느 목요일 아침, 드디어 진실의 순간이 다가왔다. 첫 번째 실전 테스트가 벌어진 것이다. 이 기계가 얼마나 빨리 결과물을 보여 줄 것인지는 아무도 예측할 수 없었지만, 모든 기술자들이 동의하는 확실한 사실이 하나 있었다. 프로세서가 모두 병렬로 작동하기만 하면 트랜슬레이터가 막강한 위력을 발휘할 것이다. 문제는 그 위력이 얼마나 막강할 것인가 하는 점이었다.

그 질문의 답은 12분 만에 나왔다. 출력기가 잠에서 깨어나 평문을 인쇄하기 시작하자, 현장에 모여 있던 몇 안 되는 관계자들은 숨 막히는 침묵으로 빠져들었다. 트랜슬레이터가 64개의 문자로 이루어진 키를 불과 10분 남짓한 시간 만에 해독해 낸 것이다. 이는 NSA에서 두 번째로 빠른 컴퓨터의 거의 100만 배에 이르는 속도였다.

운영 담당 부국장 트레버 J. 스트래드모어가 주도하는 NSA의 제작 부서는 환호성을 내질렀다. 트랜슬레이터가 성공을 거둔 것이다. 스트래드모어 부국장은 그러한 성공을 비밀에 부치기 위해 즉시 계획이 완벽한 실패로 돌아갔다는 역정보를 흘렸다. 이제부터 크립토에서는 20억 달러의 손실을 메우기 위한 활동에 전념할 수밖에 없다는 이야기였다. 하지만 NSA 내부에서도 극소수의 특권층은 진실을 알고 있었다. 트랜슬레이터가 날마다 수백 건의 암호를 해독하기 시작한 것이다.

컴퓨터를 이용한 암호는 전지전능한 NSA조차도 절대로 깨지 못한다는 소문이 돌면서 온갖 비밀 정보가 쏟아져 들어오기 시작했다. 툭 하면 휴대전화 통화 내용이 감청되어 곤욕을 치르던 마약과 사기, 테러의 거물들은 이내 암호화된 전자우편을 새로운 매개체로 활용하기 시작했다. 이제 그들은 두 번 다시 대배심 앞에서 자신의 목소리가 흘러 나오는 녹음 테이프를 바라보며 경악할 필요가 없을 거라고 믿었다. 하지만 실제로는 본인조차 까맣게 잊고 있던 통화 내용이 NSA의 위성을 통해 고스란히 녹음되는 경우가 많았다.

정보 수집은 너무나 쉬워졌다. NSA가 암호를 가로채 트랜슬레이터에 집어넣기만 하면 불과 몇 분 만에 완벽한 평문으로 해독되어 나왔다. 더 이상 비밀은 존재하지 않았다.

NSA는 자신의 능력을 위장하기 위해 모든 컴퓨터 암호화 소프트웨어를 금지시켜야 한다고 맹렬한 로비를 펼쳤다. 그런 소프트웨어들 때문에 범법자들을 체포하고 기소할 수가 없다는 이유였다. 인권 단체는 신이 나서 NSA는 원래부터 민간인의 통신을 엿보면 안 된다고 몰아붙였다. 암호화 소프트웨어는 계속 쏟아져 나왔고, 결국 NSA는 그 싸움에서 패배했다. 물론 계획된 결과였다. 전 세계 관계자들이 감쪽같이 속아 넘어간 것이다. 적어도 당장은 그렇게 보였다.

5

 "다들 어디 간 거야? 비상사태라면서…….." 수전은 텅 빈 크립토로 들어서면서 속으로 중얼거렸다.

 NSA 대부분의 부서는 주 7일 쉬지 않고 돌아가지만, 크립토만은 토요일이 되면 한산했다. 암호학을 전공한 수학자들은 천성적으로 지독한 일중독자이어서, 비상사태가 발생하지 않는 한 주말은 쉬는 것이 불문율이었다. NSA의 암호 해독 전문가들을 실컷 부려먹고 갖다 버리는 소모품으로 대접하기에는 너무 소중한 존재였던 것이다.

 수전이 천천히 걸음을 옮기는 동안 그녀의 오른쪽으로 트랜슬레이터가 희미하게 윤곽을 드러냈다. 8층 밑에서 발전기 돌아가는 소리가 오늘 따라 유난히 불길하게 들렸다. 수전은 근무 시간 외에 크립토에 혼자 있는 것을 좋아하지 않았다. 거대한 미래형 괴물과 함께 우리 속에 갇힌 느낌 때문이었다. 수전은 재빨리 부국장의 집무실로 걸음을 옮겼다.

 유리 벽으로 둘러싸인 스트래드모어의 집무실은 커튼을 모두 걷었을 때의 모습 때문에 '어항'이라고 불렸는데, 크립토 뒤쪽 벽에 설치된 좁은 계단 위에 자리하고 있었다. 수전은 쇠살대가 달린 계단을 올라가면서 스트래드모어 집무실의 육중한 참나무 문짝을 올려다보았다. 거기에는 대머리 독수리가 고대의 열쇠를 움켜쥔 모양의 NSA 문양이 박혀 있었다. 그 방의 주인은 지금까지 수전이 만나 본 가장 뛰어난 남자 중 하나였다.

56세의 운영 부국장 스트래드모어는 수전에게 아버지와도 같은 존재다. 그녀를 고용한 사람인 동시에, NSA를 그녀의 안식처로 만들어 준 인물이기도 했다. 10년 전 수전이 처음 NSA에 입사했을 때 스트래드모어는 새로 들어온 암호 전문가들을 교육시키는 크립토 개발 부서의 책임자였다. 그때만 해도 암호 전문가는 남자들의 세계였다. 스트래드모어가 원래 고참들의 텃세를 용납하지 않는 성격이기는 했지만, 특히 유일한 여자 직원을 지켜 주려는 그의 배려는 각별했다. 지나치게 그녀를 편애하는 것 아니냐는 항의도 없지 않았지만, 그때마다 스트래드모어는 수전 플래처야말로 지금까지 자신이 경험한 가장 똑똑한 요원이기 때문에 사소한 성희롱으로 그녀를 잃고 싶은 마음이 조금도 없다는 사실을 분명히 했다. 그런 그의 결심을 시험해 보려 했던 어느 고참의 시도는 정말 어리석은 행동이었음이 드러났다.

입사한 지 채 1년이 되지 않은 어느 날 아침, 수전은 서류 작업을 할 게 있어서 휴게실에 들렀다. 그 방에서 나오다가 게시판에 붙은 사진 한 장을 발견한 수전은 까무러치는 줄 알았다. 속옷 차림으로 침대에 드러누운 사진 속의 여자는 틀림없이 그녀 자신이었던 것이다.

알고 보니 고참 요원 한 사람이 포르노 잡지에서 스캔 받은 사진에 수전의 얼굴을 합성한 작품이었다. 얼핏 보면 누구나 속아 넘어갈 정도로 감쪽같았다.

그런 행동을 한 본인에게는 그다지 달갑지 않은 일이었지만, 스트래드모어는 그 일을 웃어넘기지 않았다. 두 시간 뒤 다분히 기념비적인 통고가 발표된 것이다.

부적절한 행동을 한 칼 오스틴 요원을 직위 해제함.

그날 이후로 누구도 감히 수전을 집적거리지 않았다. 수전 플래처는 스트래드모어의 특별한 총애를 받고 있다는 사실이 명백히 드러났기 때문이다.

하지만 스트래드모어가 실로 존경스러운 인물이라는 사실은 그의 부하들에게만 적용되는 이야기가 아니었다. 그는 일찍부터 기상천외한 첩보 작전을 제안하고 실행에 옮겨 커다란 성공을 거둠으로써 상급자들에게 자신의 존재를 알렸다. 이내 트레버 스트래드모어 하면 아무리 복잡한 상황도 정확하게 분석할 줄 아는 인물로 알려지게 되었다. 그는 NSA의 복잡한 의사 결정을 둘러싼 도덕적 혼란을 전체에게 해를 미치지 않고 적절히 극복해 내는 놀라운 능력의 소유자로 비쳤다.

스트래드모어가 자신의 조국을 사랑한다는 사실에 대해서는 누구도 의심하지 않았다. 그의 동료들은 한결같이 그를 뛰어난 애국자요, 이상주의자로 평가했다. 거짓으로 점철된 세계에서 그토록 번듯한 사람도 찾아보기 힘들 정도였다.

수전이 입사한 이후 스트래드모어는 크립토 개발 부서의 책임자에서 NSA 전체의 제2인자로 급부상했다. 이제 NSA에서 스트래드모어보다 지위가 높은 사람은 이 수수께끼의 궁전을 지배하는 베일 속의 인물, 르랜드 폰테인 국장밖에 없었다. 그는 직원들 앞에도 모습을 드러내거나 목소리를 들려주는 법이 없는, 영원한 공포의 대상이었다. 그와 스트래드모어는 좀처럼 직접 대면하는 경우가 없었지만, 일단 마주쳤다 하면 마치 두 거인이 정면으로 충돌하는 듯한 분위기가 연출되었다. 폰테인은 거물 중에서도 거물이었지만, 스트래드모어는 전혀 개의치 않았다. 그는 열정적인 권투 선수마냥 저돌적으로 자신의 견해를 주장했다. 미국 대통령조차도 폰테인 앞에서 스트래드모어만큼 과감한 모습을 보여 주지는 못했다. 그러기 위해서는 정치적으로 상당한 면역력을 갖추어야 했지만, 스트래드모어의 경우는 정치적 무관심이 그 같은 태도를 가능하게 했다.

계단을 다 올라온 수전이 미처 문을 두드리기도 전에 전자식 자물쇠 풀리는 소리가 났다. 이어서 문이 열리더니, 스트래드모어가 그녀를 향해 들어오라고 손짓을 했다.

"와 줘서 고마워, 수전. 신세를 한번 졌군."

"별말씀을 다 하세요." 수전은 그의 책상 맞은편 의자에 앉으며 미소를 지었다.

스트래드모어는 건장한 체구에 부드러운 인상이었지만, 실제로는 무척 고집이 세고 완벽을 요구하는 성격이었다. 잿빛 눈동자에서는 오랜 경험에서 비롯되는 자신감과 신중함이 뿜어 나왔다. 그러나 오늘은 왠지 상당히 불안해하는 기색이 역력했다.

"피곤해 보이시네요." 수전이 말했다.

"사실 상태가 별로 좋지 않아." 스트래드모어는 한숨을 내쉬며 대답했다.

'정말 그런 것 같군.' 수전은 생각했다.

아닌 게 아니라 수전은 그렇게 불안한 그의 모습은 일찍이 본 적이 없었다. 숱이 점점 적어지는 회색 머리칼은 아무렇게나 헝클어져 있었고, 냉방 장치가 정상적으로 가동되고 있었지만 이마에는 굵은 땀방울이 맺혀 있었다. 마치 정장을 입은 채 잠들었다가 깬 사람 같았다. 스트래드모어는 두 벌의 키패드와 컴퓨터 모니터가 달린 현대식 책상 앞에 앉아 있었다. 책상 위에는 컴퓨터 출력물들이 어지럽게 널려 있었고, 마치 커튼이 둘러진 방 한복판에 무슨 외계인의 조종석이 버티고 있는 것 같았다.

"한 주 동안 일이 많으셨나 보죠?" 수전이 물었다.

스트래드모어는 어깨를 으쓱했다. "늘 그렇지 뭐. EFF가 또 사생활권을 가지고 들들 볶아 대는군."

수전은 씁쓸한 웃음을 지었다. 전자프론티어재단(EFF, Electronics Frontier Foundation)은 온라인상의 언론 자유를 옹호하고 인터넷 시대의 현실과 위험을 경고하는 세계적인 규모의 컴퓨터 사용자 조직이었다. 그들은 정부 기관, 특히 NSA가 '조지 오웰의 소설에나 나올 법한 도청 기술'을 확보하고 있다며 그에 반대하는 로비 활동을 지속적으로 펼치고 있었다. 간단히 말하면 EFF는 스트래드모어 입장에서는 목에 걸린 가시와도 같은 존재였다.

"그거야 뭐 새삼스러운 일도 아니잖아요." 수전이 말했다. "목욕하는 사람까지 불러 낼 정도의 비상사태라는 건 뭐죠?"

스트래드모어는 멍한 표정으로 한동안 자신의 책상에 붙은 컴퓨터 트랙볼을 만지작거렸다. 오랜 침묵이 흐른 뒤, 그가 수전의 눈을 똑바로 쳐다보며 입을 열었다. "지금까지 트랜슬레이터가 암호를 해독하는 데 시간이 제일 오래 걸린 게 언제였지?"

수전은 그의 느닷없는 질문이 무척 곤혹스러웠다. 별다른 의미가 없는 질문인 것 같았다. '그것 때문에 나를 부른 거야?'

"글쎄요······." 수전이 머뭇거리며 말했다. "몇 달 전에 코민트가 가로챈 암호를 푸는 데 한 시간쯤 걸린 적이 있어요. 하지만 그때는 키가 비정상적으로 길었죠. 자그마치 1만 비트 정도는 되었으니까요."

스트래드모어는 끙 하는 신음을 토했다. "한 시간? 경계 탐색의 경우는 어때?"

수전은 어깨를 으쓱했다. "글쎄요, 진단 프로그램까지 포함시킨다면 조금 더 길어지겠죠."

"얼마나?"

수전은 스트래드모어가 도대체 무슨 말을 하고 싶은 것인지 감이 잡히지 않았다. "글쎄요, 지난 3월에 분할된 100만 비트짜리 키를 가진 알고리즘을 처리한 적이 있어요. 비정상적인 순환 기능과 세포 자동자(cellular automata)가 포함된 대작이었죠. 그래도 트랜슬레이터는 그 암호를 해독했어요."

"얼마 만에?"

"세 시간 걸렸어요."

스트래드모어는 눈썹을 치켜세웠다. "세 시간? 그렇게 오래?"

수전은 살짝 기분이 상해서 눈살을 찌푸렸다. 지난 3년 동안 그녀의 임무는 세계에서 가장 은밀한 컴퓨터를 길들이는 것이었다. 지금 트랜슬레이터가 이렇게 빠른 속도를 자랑할 수 있는 것도 대부분 그녀가 짠 프로그램 덕분이었다. 100만 비트의 키는 그다지 현실적인 시나리오가 아니었다.

"좋아." 스트래드모어가 말했다. "그렇다면 가장 극단적인 조건 아래 트랜슬레이터에서 제일 오랫동안 살아남은 암호의 수명이 세 시간이었다는 거지?"

수전은 고개를 끄덕였다. "네, 대충 그 정도예요."

스트래드모어는 후회할 말을 하고 싶지 않은 사람처럼 한참을 망설이더니, 고개를 들었다. "트랜슬레이터가 임자를 만났는데……."

수전은 그의 말이 끝나기를 기다리다 못해 먼저 입을 열었다. "세 시간 이상이 걸렸다는 거예요?"

스트래드모어는 고개를 끄덕였다.

그래도 수전은 태평했다. "새로운 진단 프로그램인가요? 시스템 보안실에서 또 뭘 만들어 낸 모양이죠?"

스트래드모어는 고개를 가로저었다. "이건 외부 파일이야."

수전은 그가 뭔가 보충 설명을 덧붙이기를 기다렸지만, 좀처럼 그럴 기색이 보이지 않았다. "외부 파일이라고요? 설마, 농담하시는 거죠?"

"그랬으면 좋겠어. 어젯밤 11시 반쯤에 걸었는데 아직도 돌아가고 있어."

수전의 입이 쩍 벌어졌다. 그녀는 자신의 손목시계를 한번 들여다본 다음, 다시 스트래드모어를 바라보았다. "아직도 돌아간다고요? 열다섯 시간이 넘었는데?"

스트래드모어는 몸을 앞으로 내밀며 모니터를 수전 쪽으로 돌렸다. 화면 한복판에서 깜빡거리는 조그만 노란색 입력창 외에는 아무것도 보이지 않았다.

경과 시간 15:09:33
키 해독 : ＿＿＿＿＿＿

수전은 멍하니 모니터를 들여다보았다. 트랜슬레이터가 하나의 암호를 열다섯 시간이 넘도록 붙잡고 있는 건 분명했다. 수전은 이 컴퓨터의 프로세서들이 초당 3천만 개의 키를 검사한다는 사실을 알고 있었다. 한 시간이면 1천억 개에 달하는 어마어마한 속도였다. 트랜슬레이터가 아직도 돌아가고 있다는 것은 키의 길이가 100억 자리가 넘는다는 의미였다. 말이 안 되는 소리였다.

"있을 수 없는 일이에요!" 수전이 단호하게 말했다. "오류가 발생한 것 아닌지 확인해 봤어요? 어쩌면 루프가 걸려서……."

"트랜슬레이터는 정상적으로 돌아가고 있어."

"그렇다면 패스 키가 엄청나게 긴 모양이죠!"

스트래드모어는 고개를 가로저었다. "상용 표준 알고리즘이야. 내 짐작으로는 64비트짜리 키인 것 같아."

수전은 어리둥절한 표정으로 창밖의 트랜슬레이터를 내다보았다. 지금까지의 경험으로 볼 때 64비트 키라면 10분 안쪽으로 풀려야 정상이었다. "뭔가 설명이 필요한 사태로군요."

스트래드모어는 고개를 끄덕였다. "맞아. 비록 자네는 그 설명이 별로 마음에 들지 않겠지만."

수전은 몹시 불안한 표정이었다. "트랜슬레이터가 오작동을 일으키는 건가요?"

"트랜슬레이터는 멀쩡해."

"그럼 바이러스가 침투했나요?"

스트래드모어는 고개를 가로저었다. "바이러스도 없어. 내 말 좀 들어 봐."

수전은 당혹스러웠다. 지금까지 트랜슬레이터가 한 시간 이내에 풀지 못한 코드는 하나도 없었다. 대개의 경우 불과 몇 분이면 스트래드모어의 출력기에 암호가 해독된 평문이 전달되게 마련이었다. 수전은 그의 책상 뒤에 놓인 고속 인쇄기를 힐끗 쳐다보았다. 텅 비어 있었다.

"수전." 스트래드모어가 조용히 말했다. "처음에는 받아들이기가 쉽지 않겠지만 잠깐만 내 말을 좀 들어 보게." 그는 입술을 잘근잘근 씹으며 말을 이었다. "지금 트랜슬레이터에 걸려 있는 이 코드 말이야, 이게 아주 독특해. 지금까지 한번도 본 적이 없을 만큼." 스트래드모어는 차마 입이 잘 떨어지지 않는 모양이었다. "이건 풀리지가 않는 코드야."

수전은 그를 빤히 쳐다보다가 하마터면 웃음을 터뜨릴 뻔했다. '풀리지 않는 코드? 도대체 무슨 소리를 하는 거지?' 풀리지 않는 코드 따위는 존재하지 않는다. 물론 시간이 조금 더 걸릴 수는 있지만, 모든 코드는 언젠가 풀리게 마련이다. 언제가 될지는 모르지만 트랜슬레이터가 올바른 키를 찾아내리라는 사실은 수학적으로도 보장되어 있지 않은가. "방금 뭐라고 하셨어요?"

"이건 풀리지 않는 코드야." 스트래드모어는 똑같은 소리를 되풀이했다.

'풀리지 않는 코드?' 수전은 장장 27년이라는 세월을 코드 분석에 바친 사람의 입에서 그런 소리가 나온다는 것이 믿기지 않았다.

"풀리지가 않는다고요?" 수전이 불안한 표정으로 되물었다. "버고프스키의 법칙은 어떡하고요?"

수전은 암호의 세계에 입문한 초창기에 버고프스키의 법칙을 배웠다. 이것은 무차별 대입 기술의 토대가 되는 법칙이다. 스트래드모어가 트랜슬레이터를 만들기로 마음먹게 된 계기도 바로 이것이었다. 컴퓨터가 충분히 많은 키를 대입하다 보면 수학적으로 반드시 올바른 키를 찾아낼 수 있다는 것이 버고프스키의 법칙이다. 코드의 보안이 성립되는 이유는 아무도 찾아내지 못하는 패스 키를 만들었기 때문이 아니라, 대부분의 사람들은 충분한 키를 대입해 볼 만한 시간이나 장비를 가지고 있지 못하기 때문이다.

스트래드모어는 고개를 가로저었다. "이 코드는 달라."

"다르다니요?" 수전은 삐딱한 눈길로 그를 바라보았다. '풀리지 않는 코드란 수학적으로 존재할 수 없어! 당신도 잘 알잖아!'

스트래드모어는 땀으로 축축한 머리칼을 쓸어 올렸다. "이 코드는 지금까지 우리가 한번도 본 적이 없는 완전히 새로운 암호화 알고리즘이야."

수전의 의구심은 더욱 커져만 갔다. 암호화 알고리즘은 단순한 수학적 공식, 텍스트를 코드로 바꿔 놓는 방법에 지나지 않는다. 수학자들과 프로그래머들은 매일같이 새로운 알고리즘을 만들어 낸다. 시장에도 PGP니 디피 헬먼(Diffie-Hellman)이니, ZIP이니, IDEA니, 엘 가말(El Gamal)이니 하는 수많은 알고리즘이 나와 있다. 트랜슬레이터는 그 모든 알고리즘을 이용한 코드를 매일같이, 아무런 문제도 없이 거뜬히 풀어 냈다. 트랜슬레이터에게는 어떤 알고리즘을 사용했는지와 관계없이 모든 코드가 똑같은 것으로 보일 뿐이다.

"이해가 안 가요." 수전이 말했다. "우린 지금 복잡한 기능을 갖춘 리버스 엔지니어링 이야기를 하고 있는 게 아니라 무차별 대입 이야기를 하고 있는 거잖아요. PGP든 루시퍼(Lucifer)든 DSA든, 그런 건 아무 문제가 되지 않아요. 알고리즘은 스스로 안전하다고 생각하는 키를 만들어 낼 뿐이고, 트랜슬레이터는 풀릴 때까지 계속 대입만 하면 되는 거잖아요."

스트래드모어는 훌륭한 선생님처럼 놀라운 인내심을 발휘하며 대답했다. "맞아, 수전, 트랜슬레이터는 반드시 키를 찾아내도록 되어 있지. 아무리 방대해도 말이야." 그는 한참 동안 뜸을 들이다가 한마디 덧붙였다. "하지만 만약……."

수전은 뭐라고 반박을 하고 싶었지만, 이제 스트래드모어의 입에서 폭탄선언이 튀어나올 때가 된 것 같았다.

'만약 뭐?'

"만약 코드가 풀렸다는 사실을 컴퓨터가 알아차리지 못하면 이야기가 달라져."

수전은 하마터면 의자에서 떨어질 뻔했다. "뭐라고요!"

"컴퓨터가 이미 올바른 키를 찾아냈다는 사실을 인식하지 못하고 작업을 계속하는 경우 말이야." 스트래드모어는 착잡한 표정으로 말을 이었다. "내가 보기에 이 알고리즘은 평문 순환 기능을 가지고 있는 것 같아."

수전은 짧은 신음을 토했다.

평문 순환 기능이라는 개념이 처음 제기된 것은 헝가리의 수학자 조지프 한이 1987년에 발표한 논문에서였다. 한은 무차별 대입 공격을 시도하는 컴퓨터가 특정한 단어의 패턴을 검토함으로써 코드를 푼다는 사실에 입각해 암호화에다 시간 변수를 적용함으로써 복호화한 평문을 추가하는 알고리즘을 제안했다. 이론상으로는 영구적인 변이가 무한정 반복되어 공격하는 컴퓨터는 인식 가능한 단어 패턴을 찾아낼 수 없게 되고, 따라서 올바른 키를 찾아내도 그 같은 사실을 알 수가 없게 된다. 이것은 한마디로 화성에 식민지를 개척하는 것과 비슷한 발상이다. 이론상으로는 충분히 가능하지만 현재로서는 인간의 능력을 크게 벗어나는 이야기일 뿐이다.

"이게 어디서 나왔어요?" 수전이 물었다.

스트래드모어의 대답이 나오기까지 또 한참 시간이 걸렸다. "정부기관의 어느 프로그래머가 만들었어."

"뭐라고요?" 수전은 의자에 털썩 주저앉았다. "세계 최고의 프로그래머들은 여기에 다 모여 있어요! 우리가 아무리 힘을 합쳐도 평문 순환 기능을 만드는 건 근처에도 가 보지 못했잖아요. 그런 판국에 어느 애송이가 개인용 컴퓨터를 가지고 그걸 만들었다고 말씀하시는 건가요?"

스트래드모어는 그녀를 진정시키려는 듯 목소리를 낮추었다. "꼭 애송이라고 할 수는 없지."

수전의 귀에는 그 말이 들어오지 않았다. 뭔가 다른 설명이 있어야 했다. 기계적 결함이든, 바이러스든, 뭐라도 좋았다. 풀리지 않는 코드가 나타났다는 소리보다는 좀 더 그럴 듯한 설명이 필요했다.

스트래드모어는 진지한 표정으로 그녀를 바라보았다. "역사상 가장 뛰어난 암호 전문가 가운데 한 사람이 이 알고리즘을 만들었어."

수전의 의구심은 더욱더 깊어졌다. 역사상 가장 뛰어난 암호 전문가는 대부분 그녀의 부서에 모여 있었지만, 그들 가운데 누구에게서도 이런 알고리즘에 대해서는 들어 본 적이 없었다.

"그게 누구죠?" 수전이 물었다.

"자네도 짐작이 갈 텐데." 스트래드모어가 말했다. "NSA를 별로 좋아하지 않는 친구지."

"아주 결정적인 단서로군요!" 수전이 비꼬듯이 쏘아붙였다.

"트랜슬레이터 프로젝트에 참여했던 인물이야. 그가 규정을 어기는 바람에 하마터면 정보계 전체에 끔찍한 악몽이 초래될 뻔했지. 그래서 내 손으로 해고했고."

영문을 몰라 하던 수전의 얼굴이 순식간에 하얗게 질렸다. "하느님 맙소사."

스트래드모어는 고개를 끄덕였다. "그는 오래전부터 무차별 대입 공격을 막아 낼 수 있는 알고리즘을 만들겠다고 떠벌렸어."

"하, 하지만……." 수전은 이제 말까지 더듬었다. "그냥 허풍인 줄 알았어요. 정말로 그가 성공했단 말이에요?"

"그래. 절대로 풀리지 않는 코드가 탄생한 거야."

수전은 오랫동안 말문을 열지 못했다. "하지만 그건……."

스트래드모어는 그녀의 눈을 똑바로 쳐다보며 말했다. "맞아. 엔세이 탄카도가 트랜슬레이터를 고철 덩어리로 만들어 버린 거야."

6

　제2차 세계대전 당시는 엔세이 탄카도가 세상에 태어나기 전이었지만, 그는 이 전쟁에 대한 모든 것을 철저하게 공부했다. 특히 이 전쟁의 정점, 원자폭탄 한 방으로 그의 동포 10만 명이 목숨을 잃은 사건은 그의 주요 관심사였다. 1945년 8월 6일 오전 8시 15분, 히로시마는 실로 수치스러운 파괴의 목표물이 되고 말았다. 이미 전쟁을 승리로 이끈 나라가 오로지 자신의 힘을 과시하기 위해 무분별한 결정을 행동으로 옮긴 것이다. 탄카도는 그 모든 것을 받아들였다. 하지만 그가 결코 받아들일 수 없는 것은 그 폭탄이 그에게서 어머니를, 그것도 얼굴조차 익힐 틈 없이 앗아 가고 말았다는 점이다. 탄카도의 어머니는 그를 낳다가 세상을 떠났다. 오래전 방사능에 노출되었던 후유증 때문이었다.

　탄카도가 태어나기 전인 1945년, 그의 어머니는 친구들과 함께 자원봉사를 하기 위해 히로시마의 병원로 들어갔다가 그녀 자신이 '히바쿠샤', 즉 피폭자 신세가 되어 버렸다. 그로부터 19년 후, 서른여섯의 나이에 분만실에서 내출혈을 일으킨 그녀는 자신의 목숨이 얼마 남지 않았음을 직감했다. 하지만 그녀가 미처 알지 못했던 것은 본인의 죽음으로 모든 고통이 끝나지는 않는다는 점이었다. 그녀의 처음이자 마지막 아이가 불구의 몸으로 태어난 것이다.

탄카도의 아버지는 아들의 얼굴조차 보지 않았다. 아내를 잃은 당혹감에, 온전치 못한 몸으로 태어난 아기가 그날 밤을 넘기기 힘들 것 같다는 간호사의 이야기를 들은 그는 그 길로 병원을 빠져나가 두 번 다시 돌아오지 않았다. 그렇게 해서 엔세이 탄카도는 결국 어느 집에 양자로 입양되었다.

어린 탄카도는 밤마다 뒤틀린 손가락으로 소원을 이루어 준다는 달마 인형을 움켜쥔 채 복수를 다짐했다. 어머니를 앗아 간, 또한 수치심에 사로잡힌 아버지로 하여금 자신을 버리게 만든 나라에 복수하겠다는 다짐이었다. 그러나 탄카도는 운명이 어떤 중재안을 내놓을지 미처 알지 못했다.

탄카도가 열두 살이 되던 2월의 어느 날, 도쿄의 한 컴퓨터 제조업체가 그의 양부모에게 전화를 걸어왔다. 장애 아동을 위해 새로 개발한 키보드를 시험적으로 사용해 줄 대상자를 찾고 있다는 이야기였다. 마다할 이유가 없었다.

엔세이 탄카도는 그전까지 한번도 컴퓨터라는 물건을 본 적도 없었지만, 본능적으로 그 사용법을 알고 있는 아이 같았다. 컴퓨터는 그가 미처 상상하지 못했던 새로운 세상을 열어 주었다. 머지않아 컴퓨터는 그의 삶 자체가 되었다. 나이가 들면서 컴퓨터를 가르치며 돈을 벌었고, 나중에는 장학생으로 도시샤 대학에 입학하게 되었다. 머지않아 엔세이 탄카도는 '후구샤 키사이', 즉 천재 장애아로 도쿄의 유명 인사가 되었다.

그사이 탄카도는 진주만과 일본의 전쟁 범죄에 대해 알게 되었다. 미국에 대한 증오심은 서서히 사라져 갔고, 그 대신 독실한 불교 신자가 되었다. 어린 시절의 복수심을 잊고, 깨달음으로 가는 길은 용서밖에 없다는 것을 알게 된 것이다.

스무 살 무렵의 엔세이 탄카도는 프로그래머 사이에서 영웅 대접을 받기에 이르렀다. IBM에서 취업 비자까지 내주며 텍사스로 오라는 제안을 보내 왔다. 탄카도는 그 기회를 놓치지 않았다. 3년 후에는 IBM을 떠나 뉴욕에 보금자리를 마련하고 독자적으로 소프트웨어를 짜기 시작했다. 그가 공개 키 암호의 새로운 물결을 일으킨 것이 그 무렵의 일이다. 그 알고리즘으로 적지 않은 돈을 벌어들이기도 했다.

뛰어난 암호화 알고리즘을 만든 사람 중에는 NSA의 구애를 받는 이들이 많은데, 탄카도 역시 예외가 아니었다. 한때 그가 그토록 증오하던 나라의 정부 핵심부에서 일할 기회가 주어진 것이 운명의 장난처럼 느껴졌다. 그는 면접에 응하기로 마음먹었고, 스트래드모어를 만나는 순간 그의 마음속에 남아 있던 일말의 의구심조차 깨끗이 사라졌다. NSA는 탄카도의 배경과 미국에 대한 적개심 그리고 장래의 계획에 대해 솔직한 입장을 털어놓았다. 탄카도는 거짓말 탐지기 검사를 비롯해 5주에 걸친 엄격한 조사를 받았고, 그 과정을 무난히 통과했다. 그의 증오심은 깊은 불심(佛心)으로 승화되어 있었다. 넉 달 후, 엔세이 탄카도는 NSA 암호 해독 부서의 정식 요원으로 발령받았다.

탄카도는 막대한 보수에도 불구하고 낡은 자전거를 타고 다녔고, 다른 요원이 구내식당에서 최고급 갈비와 크림수프로 만찬을 즐기는 동안 혼자 자기 자리에서 도시락으로 점심을 해결했다. 다른 요원들은 그런 그를 높이 평가했다. 그는 총명했고, 누구보다도 창의적인 프로그래머였다. 친절하고 솔직하고 조용한 성품에, 윤리관도 흠잡을 데가 없었다. 완벽에 가까운 도덕성은 그가 가장 중요하게 생각하는 덕목이었다. 그가 NSA에서 해고된 데 이어 미국 땅에서 추방당한 것이 커다란 충격으로 다가온 이유도 바로 그 점이었다.

탄카도 역시 크립토의 다른 요원들과 마찬가지로 트랜슬레이터 프로젝트가 성공할 경우 법무부의 사전 승인 없이는 함부로 개인의 전자 우편을 해독하지 않는다는 전제 아래 이 프로젝트에 참여했다. NSA가 트랜슬레이터를 활용하기 위해서는 FBI가 도청 활동을 하기 위해 연방 법원의 명령을 받아야 하는 것과 같은 비슷한 규제를 받게 될 예정이었다. 트랜슬레이터를 가동하려면 특별한 패스워드가 필요한데, 그 패스워드는 연방준비제도이사회(Federal Reserve)와 법무부가 관리하도록 되어 있었다. NSA가 전 세계 선량한 시민의 개인적인 통신 내용을 마음대로 들여다보는 사태를 막기 위해서였다.

하지만 정작 프로그램을 입력할 단계가 되자 트랜슬레이터 관계자들에게 계획이 수정되었다는 통고가 날아들었다. 대테러 활동을 원활히 수행하기 위해서는 촌각을 다투는 비상사태가 자주 발생한다는 이유로 트랜슬레이터의 일상적인 운영이 전적으로 NSA의 손에 일임된 것이다.

엔세이 탄카도는 격분했다. 그 같은 조치는 사실상 NSA가 모든 사람의 편지를 아무도 모르게 열어 보고 도로 봉해 놓을 수 있다는 의미였다. 전 세계의 모든 전화기에 도청 장치를 심는 것과 다를 바 없었다. 스트래드모어는 트랜슬레이터가 범죄를 예방하기 위한 수단일 뿐이라고 탄카도를 설득했지만, 그것이 결코 용납되어서는 안 될 인권 침해라는 탄카도의 생각을 돌려놓지는 못했다. 탄카도는 지체 없이 사직서를 제출했고, 그 직후 몇 시간도 안 되어 NSA의 비밀 준수 규정을 위반했다. EFF와 접촉을 시도한 것이다. 탄카도는 미국 정부가 전 세계 컴퓨터 사용자들을 위협할 무시무시한 음모를 꾸미고 있다는 사실을 폭로할 계획이었다. NSA는 그런 그를 그냥 두고 볼 리 없었다.

탄카도가 체포되어 국외로 추방된 사건은 온라인 뉴스그룹을 통해 널리 퍼져 나가면서 일종의 스캔들로 변질되었다. 스트래드모어의 바람과는 달리, NSA의 위기관리 전문가들이 앞장서서 탄카도가 트랜슬레이터의 존재를 폭로한다 해도 여론이 그의 주장을 믿지 않을 만큼 그의 신뢰성을 완전히 파괴하는 작업에 돌입했다. 엔세이 탄카도는 전 세계의 컴퓨터 관련 업계에서 기피 대상이 되었다. 미국이 엄청난 암호 해독기를 만들었다는 터무니없는 주장으로 자신에게 쏟아지는 비난을 잠재우려는 장애인으로 전락해 버린 것이다.

무엇보다 이상한 것은 탄카도가 그 같은 사태를 이해하는 듯한 태도를 취했다는 점이었다. 마치 정보전의 세계에서는 얼마든지 그런 일이 벌어질 수 있다고 생각하는 분위기였다. 그에게서는 분노 대신 단호한 의지만 엿보일 뿐이었다. 탄카도는 보안 요원들에게 끌려 나가면서 섬뜩하리만치 차분한 표정으로 스트래드모어에게 이 말 한마디를 남겼다. "우리는 모두 비밀을 지킬 권리가 있습니다. 언젠가 그런 날이 올 겁니다."

7

수전은 머릿속이 복잡했다. '엔세이 탄카도가 풀리지 않는 코드를 만드는 프로그램을 짰다고?' 도저히 믿기지 않았다.

"디지털 포트리스라고 이름을 붙였더군." 스트래드모어가 말했다. "모든 첩보 활동을 압도할 막강한 무기가 탄생한 셈이야. 만약 이 프로그램이 시중에 유포되면 초등학교 3학년짜리도 모뎀만 있으면 NSA가 절대 해독하지 못하는 코드를 송신할 수 있어. 한마디로 우린 망하는 거지."

하지만 수전에게는 디지털 포트리스가 몰고 올 정치적 파장이 문제가 아니었다. 아직도 그런 프로그램이 탄생했다는 사실 자체가 실감이 나지 않았다. '모든 코드는 풀리게 되어 있어. 그게 버고프스키의 법칙이잖아!' 수전은 하느님과 정면으로 맞닥뜨린 무신론자 같은 기분이었다.

"이 프로그램이 퍼지면……." 수전이 중얼거렸다. "암호학은 죽은 학문이 되겠군요."

스트래드모어는 고개를 끄덕였다. "우리가 지금 그걸 걱정할 처지는 아니지만."

"돈으로 해결하면 안 되나요? 탄카도가 우리를 미워하는 건 알지만, 몇 백만 달러 정도면 마음을 돌리지 않을까요? 그걸 유포하지 않는 조건으로 말이에요."

스트래드모어는 웃음을 터뜨렸다. "몇 백만 달러? 이 프로그램의 가치가 얼마나 된다고 생각해? 전 세계의 모든 정부가 억만금을 주고라도 그걸 손에 넣으려 할 거야. 우리가 대통령한테 우린 지금도 이라크를 감시할 수는 있지만, 더 이상 빼낸 암호를 해독할 수는 없게 되었습니다, 하고 보고하는 상황을 상상해 봐. 이건 NSA만의 문제가 아니라 정보기관 전체의 문제야. FBI, CIA, DEA…… 우리한테 정보를 의존하지 않는 기관이 어디 있나? 그들 모두가 눈 뜬 장님이 되어 버릴 거라고. 마약쟁이들이 엄청난 물량을 들여와도 추적을 못하고, 대기업들은 국세청을 바보로 만든 채 아무 흔적도 남기지 않고 돈을 송금할 거야. 테러리스트들도 더 이상 보안에 촉각을 곤두세울 필요가 없을 테고. 개판 되는 거지 뭐."

"EFF도 잔치를 벌이겠군요." 수전이 창백한 얼굴로 중얼거렸다.

"EFF는 우리가 여기서 무엇을 하고 있는지 감도 못 잡고 있어." 스트래드모어는 역겹다는 듯이 쏘아붙였다. "우리가 암호를 해독해 내는 덕분에 얼마나 많은 테러 공격을 막을 수 있는지 알면 그 작자들도 생각이 바뀔 텐데."

틀린 말은 아니지만, 수전도 현실을 잘 알고 있었다. EFF는 트랜슬레이터가 얼마나 중요한 역할을 하는지 꿈에도 알지 못할 것이다. 트랜슬레이터가 수십 건의 테러 공격을 미연에 방지한 것은 사실이지만, 그 같은 사실은 극비에 부쳐져 한번도 공개된 적이 없었다. 이유는 간단했다. 모든 진실이 드러날 경우, 정부는 거품을 물고 흥분할 여론을 감당할 수가 없는 것이다. 당장 작년 한 해 동안만 해도 미국 내 근본주의 세력이 두 차례나 핵전쟁 직전의 위기 상황을 초래했다는 사실이 알려지면 여론이 어떤 반응을 보일지는 생각할 필요도 없었다.

그러나 문제는 핵공격만이 아니었다. 지난달에도 트랜슬레이터 덕분에 NSA 출범 이후 가장 교묘한 테러 음모를 무산시킨 사례가 있었다. 어느 반정부 단체가 암호명 '셔우드 포리스트'라는 계획을 세웠다. '부의 재분배'를 목표로 뉴욕 증권거래소를 공격한다는 계획이었다. 이 단체는 6일에 걸쳐 증권거래소 주변 건물에 모두 스물일곱 개의 비폭발성 플럭스 주머니를 설치했다. 이것은 강력한 자기장 폭풍을 일으키는 장치였다. 치밀한 계산에 따라 배치된 이 주머니들이 일제히 터지면 증권거래소의 자기 기록 장치에 입력된 모든 데이터가 삭제될 만큼 강력한 자기장이 발생하도록 되어 있었다. 컴퓨터 하드드라이브와 메모리는 물론, 테이프 백업 장치와 심지어 플로피 디스크에 입력된 자료까지 모두 날아가는 것이다. 이렇게 날아간 자료는 복구가 불가능했다.

장치를 동시에 터뜨리기 위해서는 정확한 타이밍이 필수적이었기 때문에 각각의 플럭스 주머니는 인터넷 전화선으로 연결되어 있었다. 이틀에 걸친 카운트다운 기간 동안 주머니에 내장된 시계는 끊임없이 암호화된 동기화 데이터를 주고받았다. NSA는 이 같은 데이터의 흐름을 비정상적인 네트워크 활동으로 감지했지만, 의미없는 잡음이 오가는 것으로 판단하고 무시해 버렸다. 하지만 트랜슬레이터가 그 데이터 흐름을 분석한 결과, 요원들은 그것이 네트워크를 동기화시키는 카운트다운이라는 사실을 알아차렸다. 결국 세 시간을 남겨 놓고 주머니들의 위치를 파악해 모두 제거하는 데 성공했다.

수전은 NSA가 트랜슬레이터 없이는 최첨단 전자 테러리즘에 효과적으로 대항할 수 없다는 사실을 잘 알고 있었다. 그녀는 실행 모니터를 힐끗 쳐다보았다. 경과 시간은 여전히 열다섯 시간을 넘어선 상태였다. 설령 탄카도의 파일이 지금 당장 해독된다 해도 NSA가 받을 타격은 치명적이었다. 크립토가 하루에 단 두 개의 암호도 풀지 못하는 사태가 야기되기 때문이었다. 하루에 150건의 암호를 처리하는 지금도 순서를 기다리는 파일들이 잔뜩 밀려 있지 않은가.

"지난달에 탄카도에게서 연락이 왔었어." 스트래드모어의 목소리에 수전은 생각에서 깨어났다.

수전은 고개를 들었다. "탄카도가 직접?"

스트래드모어는 고개를 끄덕였다. "경고를 하기 위해서였지."

"경고라고요? 그는 부국장님을 미워하잖아요."

"풀리지 않는 코드를 만드는 알고리즘을 완성했다고 하더군. 나는 그 말을 믿지 않았어."

"왜 그가 그런 이야기를 했을까요?" 수전이 물었다. "우리가 돈으로 막기를 바란 것 아니에요?"

"아니야. 그건 협박이었으니까."

그제야 수전도 아귀가 맞아떨어지는 느낌이었다. "그랬겠군요." 그녀가 놀란 표정으로 중얼거렸다. "실추된 명예를 회복하고 싶었겠죠."

"그것도 아니야." 스트래드모어가 눈살을 찌푸리며 말했다. "탄카도가 원하는 것은 트랜슬레이터였어."

"트랜슬레이터?"

"그래. 나더러 우리가 트랜슬레이터를 가지고 있다는 사실을 세상에 공개하라고 하더군. 우리가 일반 대중의 전자우편을 읽을 수 있다는 사실을 인정하면 디지털 포트리스를 없애겠다는 거였어."

수전은 의심스러운 표정을 지었다.

스트래드모어가 어깨를 으쓱거리며 말을 이었다. "어쨌거나 이제는 너무 늦었어. 그가 자기 인터넷 사이트에다 디지털 포트리스를 올려 버렸으니까. 이제 전 세계의 모든 사람이 그걸 다운로드할 수 있어."

수전의 낯빛이 하얗게 질렸다. "뭐라고요?"

"일종의 홍보 전략이지. 거기에 대해서는 걱정할 필요가 없어. 그가 올려놓은 프로그램도 암호화되어 있으니까. 사람들이 다운로드할 수는 있어도 열 수는 없지. 정말 천재적이야. 디지털 포트리스의 소스 코드가 암호화되어 굳게 잠겨 있으니까."

수전도 놀란 표정이었다. "그렇군요! 누구든 가질 수는 있어도 열 수는 없다는 거죠?"

"그렇다니까. 탄카도가 당근을 하나 던진 셈이야."

"알고리즘을 직접 보셨어요?"

스트래드모어는 무슨 뚱딴지같은 소리야, 하는 표정이었다. "아니, 암호화되어 있다고 했잖아."

수전 역시 어리둥절한 표정으로 되물었다. "하지만 우리에겐 트랜슬레이터가 있잖아요. 그런 암호 정도는 풀 수 있는 것 아닌가요?"

하지만 스트래드모어의 표정을 본 수전은 자기가 무엇을 잘못 생각하고 있는지를 깨달았다. "아, 맙소사." 그녀는 불현듯 떠오른 깨달음에 신음을 토했다. "디지털 포트리스 자체가 암호화된 거군요?"

스트래드모어는 고개를 끄덕였다. "바로 그거야."

수전은 감탄하지 않을 수 없었다. 디지털 포트리스의 알고리즘이 디지털 포트리스 자신을 이용해 암호화된 것이다. 탄카도는 가격을 따질 수 없을 만큼 소중한 수학적 요리법을 인터넷에 올려놓았지만, 그 요리법은 암호로 쓰여 있는 셈이었다.

"비글먼의 금고······." 수전이 놀란 표정으로 중얼거렸다.

스트래드모어는 고개를 끄덕였다. 비글먼의 금고란 가설적인 암호학의 시나리오인데, 부당한 방법으로는 절대로 열리지 않는 금고의 설계도를 만든 어느 금고 기술자의 이야기를 담고 있다. 그 기술자는 설계도가 유출되는 것을 막기 위해 그 설계도에 따라 금고를 만들고 그 속에 설계도를 넣어 버렸다. 탄카도가 디지털 포트리스를 가지고 한 행동이 바로 그것과 똑같았다. 설계도에 나오는 공식으로 설계도를 암호화한 것이다.

"파일이 지금 트랜슬레이터에 들어 있는 거예요?" 수전이 물었다.

"나도 다른 사람들처럼 탄카도의 인터넷 사이트에서 그걸 다운로드했어. 이제 NSA는 디지털 포트리스 알고리즘을 확보한 거야. 열지를 못해서 탈이지만."

수전은 엔세이 탄카도의 천재성에 혀를 내둘렀다. 자신의 알고리즘을 드러내지도 않고 NSA를 상대로 그것이 절대 풀리지 않는다는 사실을 입증한 셈이었다.

스트래드모어는 수전에게 신문 기사 하나를 보여 주었다. 일본판 《월스트리트저널》이라 할 수 있는 《니케이신문》의 기사를 번역한 것이었는데, 엔세이 탄카도라는 일본인 프로그래머가 절대 풀리지 않는 코드를 만들 수 있는 수학 공식을 완성했다는 내용이 담겨 있었다. 이 공식은 디지털 포트리스라고 불리며, 인터넷에서 다운로드받을 수 있다고 되어 있었다. 탄카도는 이 프로그램을 경매에 붙여 가장 높은 가격을 제시한 사람에게 넘기겠다고 했다. 이어서 기사는 일본 내에서 커다란 관심이 일었지만, 디지털 포트리스에 대한 소문을 들은 미국의 몇몇 소프트웨어 회사들이 탄카도의 주장을 납으로 황금을 만드는 것과 비슷한 차원의 터무니없는 이야기로 치부하고 있다고 덧붙였다. 보나마나 사기일 게 뻔하니까 심각하게 생각할 필요가 없다는 것이다.

기사를 다 읽은 수전은 고개를 들었다. "경매라고요?"

스트래드모어는 고개를 끄덕였다. "바로 이 순간에도 일본의 모든 소프트웨어 회사들이 디지털 포트리스를 다운로드해서 어떻게든 열어 보려고 안간힘을 다하고 있어. 실패가 거듭될수록 가격은 더 올라가는 구조지."

"정말 어처구니없네요." 수전이 쏘아붙였다. "새로 등장한 암호화 파일은 트랜슬레이터가 없는 한 풀리지 않아요. 디지털 포트리스는 지극히 일반적인 공개용 알고리즘일 수도 있잖아요. 설령 그렇다 해도 소프트웨어 회사들이 풀 수 없는 건 마찬가지고요."

"하지만 마케팅 전략으로는 아주 뛰어난 발상이야." 스트래드모어가 말했다. "생각을 해 봐, 모든 방탄유리는 총알을 막을 수 있지만, 한 회사가 실제로 뚫어 보려고 나서면 다들 시도를 해 보고 싶어지는 법이거든."

"그럼 일본의 소프트웨어 회사들은 정말로 디지털 포트리스가 시중에 나와 있는 다른 암호화 프로그램들보다 더 뛰어나다고 믿는다는 건가요?"

"탄카도가 기피 대상인 것은 사실일지 몰라도 그가 천재라는 걸 모르는 사람은 없어. 해커들 사이에서는 전설적인 영웅이니까. 그런 탄카도가 이 알고리즘은 풀리지 않는다고 하면 그건 풀리지 않는 거야."

"하지만 대중은 모든 암호화 프로그램이 풀리지 않는다고 믿고 있어요!"

"맞아······. 지금 당장은." 스트래드모어가 생각에 잠긴 표정으로 중얼거렸다.

"그건 또 무슨 뜻이에요?"

스트래드모어는 한숨을 내쉬었다. "20년 전만 해도 우리가 12비트 스트림 암호를 해독할 수 있을 거라고 상상한 사람은 아무도 없어. 하지만 기술은 진보하거든. 언제나 마찬가지야. 소프트웨어를 만드는 사람들은 언젠가 트랜슬레이터 같은 컴퓨터가 탄생하리라는 것을 알고 있어. 기술은 기하급수적으로 발전하고, 결국 공개 키 알고리즘도 지금과 같은 지위를 상실하고 말겠지. 미래의 컴퓨터를 앞서기 위해서는 더 뛰어난 알고리즘이 필요해질 거야."

"디지털 포트리스가 그런 알고리즘이라는 뜻인가요?"

"바로 그거야. 무차별 대입 공격을 막을 수 있는 알고리즘은 절대로 생명력을 잃지 않아. 아무리 강력한 컴퓨터가 나타난다 해도 말이야. 하룻밤 사이에 전 세계적인 표준으로 자리를 잡겠지."

수전은 큰 숨을 들이쉬었다. "아, 하느님." 그녀가 속삭였다. "우리도 경매에 참여할 수 있어요?"

스트래드모어는 고개를 가로저었다. "탄카도는 이미 우리에게 기회를 주었어. 처음부터 자기 뜻을 분명히 밝힌 셈이지. 게다가 그건 너무 위험한 것도 사실이야. 우리가 뛰어들면 그건 곧 우리가 그의 알고리즘을 두려워한다는 사실을 자백하는 것과 마찬가지니까. 그렇게 되면 우리가 트랜슬레이터를 가지고 있다고 털어놓을 뿐 아니라 디지털 포트리스가 무적이라는 사실을 인정하는 것과 다름없어."

"대처할 시간은 얼마나 되죠?"

스트래드모어는 눈살을 찌푸렸다. "탄카도는 내일 정오에 최고 입찰가를 써 낸 사람을 발표할 예정이야."

수전은 더욱 속이 거북해졌다. "그다음에는요?"

"낙찰자에게 패스 키를 건네주는 거지."

"패스 키라뇨?"

"그것도 작전의 일부야. 모든 사람이 이미 디지털 포트리스를 가지고 있으니, 탄카도는 실제로 경매에 부친 것은 그 암호를 푸는 패스 키인 셈이지."

수전은 가벼운 신음을 토했다. "그렇군요." 완벽한 계획이었다. 모든 게 지극히 단순하고 깔끔했다. 탄카도는 디지털 포트리스를 암호화했고, 그걸 풀 수 있는 패스 키는 오로지 자신만이 갖고 있다. 수전은 어던가—아마도 탄카도의 주머니에 들어 있을 종잇조각 속에—미국의 정보 수집력을 영원히 마비시켜 놓을 예순네 글자짜리 패스 키가 존재한다는 사실이 도저히 믿기지 않았다.

수전은 발생 가능한 시나리오를 생각하자 더욱 속이 울렁거렸다. 탄카도는 최고 입찰가를 제시한 사람에게 패스 키를 내줄 것이고, 그 회사는 디지털 포트리스의 암호를 풀 것이다. 그러면 그들은 그 알고리즘을 해킹 불가능한 칩 속에 집어넣을 것이고, 앞으로 5년 이내에 모든 컴퓨터는 디지털 포트리스 칩이 사전에 내장되어 출시될 것이다. 지금까지 대규모 컴퓨터 제조업체들이 암호화 칩을 생산할 엄두를 내지 않은 것은 정상적인 암호화 알고리즘이라면 얼마 못 가 용도 폐기될 것이 분명하기 때문이었다. 하지만 디지털 포트리스는 절대로 용도가 폐기되는 일이 없을 것이다. 평문 순환 기능으로 무장한 무차별 대입 공격으로는 절대로 올바른 키를 찾아낼 수 없을 테니까. 이것은 곧 새로운 디지털 암호화 표준이 탄생한다는 의미였고, 그 같은 지위는 앞으로 영원히 유지될 것이다. 은행, 중개인, 테러리스트, 첩보원……. 온 세상이 하나의 알고리즘으로 통일되는 것이다.

극도의 무정부 상태가 도래할 것이 분명했다.

"그럼 우리가 할 수 있는 일이 뭐죠?" 수전이 물었다. 수전은 제아무리 NSA라 해도 마지막 순간에는 마지막 수단을 강구할 수밖에 없다는 사실을 잘 알고 있었다.

"우리는 그를 제거할 수 없어. 혹시 그런 의미로 물어본 거라면 말이야."

수전이 질문을 던진 의도가 바로 그것이었다. 수전은 NSA에서 일하는 동안 세계 최고 킬러들의 소문을 많이 들어 보았다. 지저분한 일을 깔끔하게 처리해 줄 또 다른 기술자를 고용하는 것 말이다.

스트래드모어는 고개를 가로저었다. "탄카도처럼 머리 좋은 녀석이 우리에게 그런 선택 사항을 남겨 놓았을 리가 없지."

수전은 묘하게도 일말의 안도감을 느꼈다. "누군가의 보호를 받고 있나요?"

"꼭 그런 건 아니야."

"그럼 아무도 모르는 곳에 숨어 있겠군요?"

스트래드모어는 어깨를 으쓱거렸다. "탄카도는 일본을 떠났어. 경매에 대해서는 전화로 확인해도 되니까. 하지만 우리는 그가 어디에 있는지 알고 있어."

"그런데도 행동을 취할 계획이 없다고요?"

"그래. 그는 좋은 보험을 들어 놓았거든……. 탄카도는 자신의 패스 키를 익명의 제3자와 공유하고 있어. 만일의 사태에 대비해서."

'물론 그렇겠지. 수호천사를 구해 놓은 거로군.' 수전은 생각했다. "그럼 탄카도에게 무슨 일이 생기면 그 수수께끼의 인물이 키를 팔아 넘기겠군요?"

"그 정도면 차라리 다행이야. 누가 탄카도를 제거하면 그의 동업자는 키를 공개하도록 되어 있어."

수전은 어리둥절한 표정이 되었다. "키를 공개한다고요?"

스트래드모어는 고개를 끄덕였다. "인터넷에 올리고, 신문에 발표하고, 아예 광고까지 내겠다는 거야. 말 그대로 그냥 공짜로 나눠줘 버리는 거지."

수전의 눈동자가 더욱 커졌다. "공짜 다운로드를 말하는 거예요?"

"바로 그거야. 탄카도는 자신이 이미 죽고 없으면 아무리 많은 돈도 소용없다는 사실을 잘 알고 있어. 그러니 세상에 조그만 작별 선물을 남기는 것도 안 될 건 없겠지."

오랜 침묵이 흘렀다. 수전은 끔찍한 진실을 받아들이려는 듯 심호흡을 계속했다. '엔세이 탄카도가 절대 풀리지 않는 알고리즘을 만들었

다. 그가 우리를 볼모로 잡고 있어.'

갑자기 그녀가 벌떡 일어섰다. 그러고는 단호하게 말했다. "탄카도에게 연락을 취해야 해요! 틀림없이 그의 생각을 돌릴 방법이 있을 거예요! 최고 입찰가의 세 배를 주겠다고 하세요! 누명도 깨끗이 벗겨 주고, 뭐든지 다 해 주면 되잖아요!"

"너무 늦었어." 스트래드모어가 말했다. 그러고는 깊은 한숨을 내쉬었다. "엔세이 탄카도는 오늘 아침 스페인의 세비야에서 시체로 발견됐거든."

8

쌍발 엔진을 갖춘 리어젯 60이 지글거리는 활주로에 내려앉았다. 창밖으로 스페인의 에스트레마두라의 황량한 풍경이 뿌옇게 스쳐 지나갔다.

"베커 씨? 도착했습니다." 스피커에서 조종사의 목소리가 흘러나왔다.

베커는 몸을 일으키며 기지개를 켰다. 머리 위의 짐칸을 열어 보고서야 그는 짐을 하나도 가져오지 않았다는 사실을 기억해 냈다. 짐을 쌀 시간도 없었지만, 설령 그렇지 않다 해도 문제될 건 없었다. 이번 여행은 아주 짧은 시간 안에 끝날 거라는 약속을 받았기 때문이다.

엔진 소리가 잦아들며 기체는 햇볕 속을 빠져나와 공항 청사 맞은편의 한적한 격납고를 향해 굴러갔다. 잠시 후 조종사가 나타나 출입문을 열었다. 베커는 한 모금 남아 있던 크랜베리 주스를 마저 마시고 잔을 카운터에 내려놓은 다음, 상의를 집어 들었다.

조종사가 주머니에서 두툼한 누런 봉투를 꺼냈다. "이걸 전해 드리라는 지시를 받았습니다." 그는 봉투를 베커에게 건넸다. 앞면에 파란 잉크로 글자가 쓰여 있었다.

잔돈은 가지시오.

베커는 손가락으로 불그스름한 지폐 다발을 넘겨 보았다. "이게 무슨……?"
"현지 화폐입니다." 조종사가 나른한 목소리로 대답했다.
"그건 나도 알아요." 베커는 자꾸 말이 헛나왔다. "하지만 이건 액수가 너무 많습니다. 내가 필요한 건 택시 요금뿐이에요." 베커는 머릿속으로 환율을 따져 보았다. "이건 수천 달러도 넘지 않습니까!"
"나는 명령을 따를 뿐입니다." 조종사는 그렇게 말하며 도로 조종실로 들어가더니 문을 닫아 버렸다.
베커는 비행기와 손에 든 돈 봉투를 번갈아 가며 쳐다보았다. 한동안 텅 빈 격납고에 혼자 서 있던 그는 봉투를 주머니에 넣고 상의를 어깨에 걸친 채 활주로를 가로지르기 시작했다. 처음부터 일이 이상하게 돌아간다는 생각이 들었지만, 애써 그런 생각을 떨쳐 버렸다. 조금만 운이 따라 준다면 수전과 함께 스톤 매너로 가기로 했던 계획을 완전히 포기하지 않아도 될지 모른다는 희망이 남아 있었다.
'치고 빠지기…….' 베커는 속으로 중얼거렸다.
그가 아직 사태의 심각성을 짐작하지 못하는 것은 당연했다.

9

시스템 보안 기술자 필 차트루키언은 잠깐 크립토에 들러 전날 깜빡 잊고 간 서류만 가지고 금방 나갈 생각이었다. 하지만 뜻하지 않은 변수가 생겼다.

크립토를 가로질러 시스템 보안실로 향하던 그는 즉각 뭔가가 이상하다는 사실을 알아차렸다. 트랜슬레이터의 작동 상황을 보여 주는 컴퓨터 단말기 앞에 사람이 아무도 없을 뿐 아니라, 모니터도 꺼져 있던 것이다.

차트루키언은 큰 소리로 동료들을 불러 보았다. "이봐요!"

아무 대답이 없었다. 방 안은 몇 시간 동안 누군가 드나든 흔적을 찾아볼 수 없을 만큼 깨끗했다. 스물세 살의 청년 차트루키언은 시스템 보안실에 합류한 지가 얼마 되지 않는 신참이었지만, 철저하게 훈련을 받은 덕에 이곳이 어떻게 돌아가는지를 잘 알고 있었다. 크립토에는 반드시 시스템 보안 요원이 상주하도록 되어 있었다. 특히 암호 전문 요원들이 출근하지 않는 토요일에는 더욱 그랬다.

그는 얼른 모니터의 전원을 넣고 벽에 붙은 근무 상황표를 살펴보았다. "누구 차례야?" 그는 큰 소리로 혼자 중얼거리며 명단을 훑어보았다. 상황표에 의하면 사이덴버그라는 이름의 신참이 어젯밤 자정부터 2교대로 자리를 지키고 있어야 했다. 차트루키언은 텅 빈 방 안을 다시 한 번 둘러보며 눈살을 찌푸렸다. "도대체 어딜 간 거지?"

차트루키언은 전원이 들어온 모니터를 들여다보며 시스템 보안실이 비어 있던 것이 알려지면 무슨 일이 벌어질지 생각해 보았다. 조금 전에 들어오면서 스트래드모어의 집무실 유리에 커튼이 드리워진 것을 이미 확인한 그였다. 그것은 스트래드모어가 자기 방에 있다는 의미인데, 그가 토요일에 출근을 하는 건 조금도 이례적인 일이 아니었다. 스트래드모어는 암호 전문 요원들에게는 토요일 휴무를 주면서 정작 본인은 1년 365일 일을 하는 것 같았다.

적어도 한 가지만은 확실했다. 스트래드모어가 시스템 보안실이 비어 있었다는 사실을 알면 자리를 비운 젊은 신참은 대번에 목이 달아날 것이다. 차트루키언은 전화기를 슬쩍 돌아보며 사이덴버그에게 연락을 해야 할지 잠시 고민했다. 시스템 보안실 요원들 사이에는 서로가 서로를 지켜 주어야 한다는 무언의 철칙 같은 것이 있었다. 적어도 크립토에서 시스템 보안 요원들은 2등 국민 신세를 면하지 못했고, 따라서 지배 세력을 견제하려면 힘을 합치는 수밖에 없었다. 수십억 달러가 투입된 이 크립토의 실질적인 주인이 암호 분석 요원들이라는 사실은 비밀이 아니었고, 그나마 시스템 보안 요원들이 이 정도 대우라도 받는 것은 그들의 장난감이 별 탈 없이 돌아가도록 관리하는 것이 바로 그들이기 때문이었다.

차트루키언은 이내 마음을 정하고 수화기를 집어 들었다. 하지만 그는 수화기를 미처 귀에 갖다 대지 못한 채 동작을 멈추고 모니터에 시선을 고정시켰다. 마치 느린 화면을 돌리듯, 그는 천천히 수화기를 내려놓고 넋 나간 사람처럼 입을 쩍 벌렸다.

필 차트루키언은 시스템 보안실에서 근무한 지난 8개월 동안 트랜슬레이터의 실행 모니터에서 작동 시간을 나타내는 숫자가 두 자리로 넘어간 것을 한번도 본 적이 없었다. 오늘이 처음이었다.

경과 시간: 15:17:21

"15시간 17분?" 그가 신음을 토했다. "불가능한 일이야."

그는 새로고침이 제대로 되지 않았을 수도 있다는 생각에 스크린을 새로 부팅해 보았다. 하지만 다시 켜진 모니터 역시 다를 게 없었다.

차트루키언은 한기를 느꼈다. 크립토의 시스템 보안실이 맡고 있는 유일한 임무가 바로 트랜슬레이터를 '깨끗하게' 유지하는 것, 다시 말해서 바이러스가 침투하지 못하도록 관리하는 것이었다.

차트루키언은 열다섯 시간의 경과 시간이 의미하는 것은 단 하나, '감염' 이외의 경우가 있을 수 없다는 것을 알고 있었다. 오염된 파일이 트랜슬레이터에 입력되어 시스템을 망가뜨린 것이다. 즉각 그동안 훈련받은 내용이 자동적으로 떠올랐다. 이제 시스템 보안실이 비어 있었다거나 모니터가 꺼져 있었다는 따위는 더 이상 문제가 아니었다. 그보다 훨씬 더 중차대한 문제가 그의 눈앞에 펼쳐져 있었다. 그는 지난 48시간 사이에 트랜슬레이터에 입력된 파일들의 목록을 불러서 훑어보기 시작했다. '감염된 파일이 침투했다고? 보안 필터가 뭔가를 놓친 건가?'

트랜슬레이터에 입력되는 모든 파일들은 이른바 '건트릿(Gauntlet, 갑옷의 손가리개—옮긴이)'을 거치도록 되어 있었다. 강력한 서킷 레벨 게이트웨이를 몇 단계나 거쳐야 하고, 그다음에도 패킷 필터와 살균 프로그램을 통과하는 동안 컴퓨터 바이러스나 위험한 결과를 초래할지 모를 서브루틴이 포착된다. 건트릿으로 파악되지 못한 요소가 포함된 파일은 즉시 입력이 거부된다. 그런 파일은 시스템 보안 요원들이 직접 검사한다. 때때로 건트릿은 단지 자신의 필터가 한번도 본 적이 없는 프로그래밍을 포함하고 있다는 이유만으로 아무런 문제도 없는 파일을 퇴짜 놓기도 한다. 이럴 경우 시스템 보안 요원들은 면밀한 수동 검사를 통해 이상이 없다는 사실을 확인한 다음에야 건트릿 필터를 우회하는 방식으로 트랜슬레이터에 입력한다.

컴퓨터 바이러스 역시 박테리아 바이러스만큼이나 다양하다. 진짜 바이러스와 마찬가지로 컴퓨터 바이러스 역시 목적은 하나다. 숙주에게 달라붙어서 스스로를 재생산하는 것……. 이 경우에는 트랜슬레이터가 숙주인 셈이다.

차트루키언은 NSA가 지금까지 한번도 바이러스와 관련된 문제를 겪지 않았다는 사실이 신기했다. 건트릿이 강력한 보초 노릇을 하고 있기는 하지만, NSA는 전 세계의 시스템에서 온갖 종류의 디지털 정보를 수없이 빨아들이는 강력한 포식자였다. 데이터를 가로채는 행위는 무분별한 섹스를 즐기는 행위와 비슷해서, 아무리 철저한 보호 조치를 취한다 해도 조만간 뭔가 걸리게 마련이다.

차트루키언은 파일 목록 검토를 마쳤다. 그리고 나니 더욱 혼란스러워졌다. 모든 파일은 검토가 끝난 상태에서 입력되었다. 건트릿이 비정상적인 파일을 발견하지 못했다는 것은 완벽하게 깨끗한 파일들만 트랜슬레이터에 입력되었다는 의미였다.

"그런데 왜 이렇게 오래 걸리는 거야?" 차트루키언은 텅 빈 방 안에서 혼자 중얼거렸다. 식은땀이 나기 시작했다. 당장 스트래드모어에게 이 사실을 보고해야 하는 것 아닌가 싶었다.

"바이러스 탐색기." 체트루키언은 이성을 되찾기 위해 일부러 큰 소리로 말했다. "바이러스 탐색기를 돌려야 해."

어차피 스트래드모어에게 보고를 해도 제일 먼저 탐색기를 돌리라는 지시가 떨어질 게 뻔했다. 차트루키언은 텅 빈 크립토 바닥을 한번 훑어보며 마음을 정했다. 그러고는 바이러스 탐색 소프트웨어를 띄워서 가동시켰다. 15분 정도 걸릴 터였다.

"제발 별일 없어야 할 텐데." 그는 혼잣말로 중얼거렸다. "제발 부탁이니, 아무 일도 아니라고 말해 줘."

하지만 차트루키언은 아무 일도 아닌 게 아님을 직감했다. 그의 본능은 이 거대한 암호 해독 괴물 안에서 뭔가 대단히 비정상적인 일이 벌어지고 있다고 외치고 있었다.

10

"엔세이 탄카도가 죽었다고요?" 수전의 울렁증은 이제 더욱 심해졌다. "부국장님이 죽였나요? 아까 말씀하시기로는……."

"우린 그를 건드리지 않았어." 스트래드모어가 단호하게 말했다. "사인은 심장마비라더군. 코민트에서 오늘 아침 일찍 연락이 왔어. 그들의 컴퓨터가 인터폴을 통해 세비야 경찰서에서 탄카도의 이름을 찾아낸 모양이야."

"심장마비? 그는 이제 겨우 서른 살이에요." 수전은 의심스러운 표정이 역력했다.

"서른두 살이지. 선천적으로 심장에 문제가 있었어." 스트래드모어가 말했다.

"그런 소리는 처음 듣는걸요."

"NSA 신체검사에서 드러난 사실이야. 본인 입으로 떠벌이지 않았을 뿐이지."

수전은 타이밍이 그렇게 절묘할 수 있다는 사실이 믿기지 않았다.

"심장에 문제가 있다고 젊은 사람이 그렇게 갑자기 죽을 수 있는 거예요?" 아무리 생각해도 너무 편리해 보였다.

스트래드모어는 어깨를 으쓱거렸다. "원래 심장이 약한 데다가 스페인의 폭염을 견디기 힘들었겠지. 게다가 NSA를 협박하느라 스트레스도 많이 받았을 테고……."

수전은 한동안 침묵을 지켰다. 아무리 상황이 좋지 않다고는 하지만, 그토록 탁월한 동료 암호학자를 잃었다는 건 가슴 아픈 일이 아닐 수 없었다. 스트래드모어의 진지한 목소리가 그녀의 상념을 흔들어 놓았다.

"유일한 희망은 탄카도가 혼자 여행하다가 변을 당했다는 점이야. 따라서 그의 동업자는 아직 그가 죽었다는 사실을 모르고 있을 가능성이 아주 높지. 스페인 경찰 당국도 최대한 오랫동안 이 사실을 발표하지 않겠다고 약속했어. 우리가 미리 연락을 받은 건 코민트가 정신을 바짝 차리고 있었기 때문이야." 스트래드모어는 수전을 유심히 바라보며 말을 이었다. "따라서 우리는 최대한 빨리 탄카도의 동업자를 찾아야 해. 그가 탄카도의 사망을 알아차리기 전에 말이야. 내가 자네를 부른 이유가 바로 이거야. 자네 도움이 필요하거든."

수전은 영문을 알 수가 없었다. 그녀로서는 탄카도가 절묘한 시점에 세상을 떠남으로써 모든 문제가 해결된 것처럼 보였기 때문이었다. "부국장님, 수사 당국이 그의 사망 원인을 심장마비로 결론 내렸다면 우린 더 이상 걱정할 필요가 없는 것 아닌가요? 그의 동업자도 NSA가 그의 죽음과 아무 관계도 없다는 사실을 알게 될 테니까 말이에요." 수전이 말했다.

"아무 관계가 없다고?" 스트래드모어는 믿기지 않는다는 듯 눈을 휘둥그렇게 떴다. "누군가가 NSA를 협박한 며칠 후에 시체로 발견되었어……. 그런데도 우리는 아무 관계도 없다? 탄카도의 친구는 그렇게 생각하지 않을 거라는 쪽에 내 전 재산을 걸어도 좋아. 사태가 어떻게 진전되건 간에 우리는 누명을 피할 수 없어. 독살과 부검 결과 조작을 비롯해 상상의 나래를 펼칠 여지는 얼마든지 있으니까." 스트래드모어는 잠시 뜸을 들인 후 말을 이었다. "자네는 탄카도가 죽었다는 소리를 듣고 제일 먼저 떠오른 생각이 뭐였지?"

수전은 얼굴을 찌푸렸다. 'NSA가 죽였을 거라고 생각했어요."

"바로 그거야. 만약 NSA가 중동 상공의 정지 궤도에 첩보 위성을 다섯 개쯤 띄워 놓을 수 있다면 우리가 스페인 경찰관 몇 명쯤 매수하는 건 아무것도 아니라고 생각할 수 있겠지." 일리 있는 말이었다.

수전은 큰 숨을 내쉬었다. '엔세이 탄카도가 죽었다. NSA에 비난의 화살이 쏟아질 것이다.' "우리가 늦기 전에 그의 동업자를 찾을 수 있을까요?"

"나는 가능하다고 생각해. 쓸 만한 단서가 있거든. 탄카도는 동업자가 있다는 사실을 공공연히 밝힌 경우가 많아. 아마 그렇게 하면 소프트웨어 회사들이 자기한테 해코지를 하거나 키를 훔치려는 엄두를 내지 못할 거라고 생각했겠지. 조금이라도 수상한 기미가 보이면 자신의 동업자가 키를 공개할 거라고 협박했고, 그렇게 되면 모든 업체들은 별안간 공짜 소프트웨어를 놓고 경쟁을 벌인 형국이 될 테니까."

"머리 좋네요." 수전은 고개를 끄덕였다.

스트래드모어가 말을 이었다. "탄카도는 공개적인 자리에서 몇 번이나 자기 동업자의 이름을 거론한 적이 있어. 노스 다코타라고 불렀다더군."

"노스 다코타? 그게 본명일 리가 없잖아요."

"맞아, 하지만 그래도 나는 혹시나 해서 노스 다코타라는 이름으로 인터넷 검색을 돌려 봤어. 뭔가 건질 수 있을 거라는 기대는 하지 않았지만, 뜻밖에도 전자우편 계정이 하나 튀어나오더군." 스트래드모어는 잠시 숨을 돌린 뒤 계속 말했다. "물론 나도 그게 우리가 찾는 노스 다코타일 거라고는 전혀 생각하지 않고 무심코 계정을 한번 살펴봤지. 그러니 그 계정에서 엔세이 탄카도가 보낸 전자우편을 무더기로 발견했을 때 내가 얼마나 놀랐을지 상상을 해 봐." 스트래드모어는 그렇게 말하며 눈썹을 치켜세웠다. "그 메시지에는 온통 디지털 포트리스에 대한 이야기와 NSA를 협박하겠다는 계획으로 가득했어."

수전은 회의적인 시선으로 스트래드모어를 바라보았다. 스트래드모어가 너무 쉽게 넘어가는 것 같아서 얼떨떨했다. "부국장님." 그녀가 말했다. "탄카도는 NSA가 자신의 전자우편을 가로챌 거라는 사실을 뻔히 알고 있어요. 그런 그가 전자우편을 이용해 비밀 정보를 보냈을 리가 없죠. 이건 함정이에요. 엔세이 탄카도가 의도적으로 노스 다코타에 대한 정보를 흘린 거라고요. 그는 부국장님이 노스 다코타를 검색할 거라는 사실을 알고 있었어요. 그가 무슨 정보를 보냈건 간에 그건 그가 부국장님에게 보여 주고 싶은 정보일 뿐이에요. 가짜 정보라는 거죠."

"훌륭한 추측이야." 스트래드모어가 반박했다. "몇 가지만 빼고. 사실 나는 노스 다코타라는 이름으로는 아무런 정보도 찾아내지 못했어. 그래서 검색을 약간 비틀어 봤지. 내가 탄카도의 전자우편을 발견한 건 앤다코타(NDAKOTA)로 변형된 계정이었어."

수전은 고개를 가로저었다. "그 정도 변형은 지극히 상식적인 차원이에요. 탄카도도 부국장님이 뭔가를 찾아낼 때까지 여러 가지 변형을 시도할 거라고 예상했을 거예요. 앤다코타는 변형이라고 하기조차 낯간지러운 수준이잖아요."

"그럴지도 모르지." 스트래드모어가 종이에 뭔가를 갈겨써서 건네주며 말했다. "하지만 이걸 좀 봐."

수전은 그 종이를 읽어 보았다. 그제야 스트래드모어의 판단이 옳다는 사실을 알아차렸다. 종이에는 노스 다코타의 전자우편 주소가 적혀 있었다.

NDAKOTA@ARA.ANON.ORG

수전의 시선을 사로잡은 것은 ARA라는 글자였다. ARA는 '미국 익명 재송신(American Remailers Anonymous)'을 줄인 것으로, 널리 알려진 익명 서버였다.

익명 서버는 자신의 신분을 노출하지 않으려 하는 인터넷 사용자들 사이에서 커다란 인기를 누리고 있었다. 이런 업체들은 수수료를 받고 중간에서 전자우편을 매개함으로써 사용자들의 프라이버시를 보호하는 역할을 한다. 말하자면 숫자로 된 사서함과 비슷한 개념이다. 사서함 사용자는 자신의 진짜 주소나 이름을 드러내지 않고 우편물을 주고받을 수 있다. 익명 서버는 가명으로 된 전자우편을 받아서 고객의 진짜 계정으로 전달한다. 무슨 일이 있어도 사용자의 신분이나 위치를 노출하지 않는다는 것이 그들의 주요 전략인 셈이다.

"물론 그게 결정적인 증거라고 할 수는 없지만, 상당히 의심스러운 데가 있는 건 사실이야." 스트래드모어가 말했다.

수전도 고개를 끄덕였다. "그럼 탄카도는 자신의 신분과 위치를 ARA가 보호해 주기 때문에 누군가 노스 다코타를 검색할지도 모른다는 가능성에 신경을 쓰지 않았다는 얘기로군요."

"바로 그거야."

수전은 잠시 생각을 정리해 보았다. "ARA는 대부분 미국 내의 사용자들을 대상으로 하고 있어요. 부국장님은 노스 다코타가 미국에 있을 거라고 생각하세요?"

스트래드모어는 어깨를 으쓱거렸다. "그럴 수도 있지. 탄카도는 미국의 동업자를 구하면 두 개의 패스 키를 따로따로 보관할 수 있다고 생각했을 거야. 나쁜 생각은 아니지."

수전은 그래도 의문이 남았다. 탄카도가 아주 가까운 친구 아니면 함부로 패스 키를 알려 주었을 리가 없다. 그녀가 기억하는 엔세이 탄카도는 미국에 많은 친구를 둔 인물이 아니지 않은가.

"노스 다코타······." 수전은 암호 전문가답게 별명이 시사하는 여러 가지 의미를 곰곰이 생각해 보았다. "그 사람이 탄카도에게 보낸 전자 우편에는 무슨 내용이 담겨 있었죠?"

"그건 나도 몰라. 코민트는 탄카도가 보낸 전자우편밖에 확인하지 못했어. 지금 우리가 노스 다코타에 대해 가진 정보는 익명의 주소뿐이야."

수전은 잠시 생각을 해 보았다. "그게 미끼일 가능성은 없나요?"

스트래드모어가 한쪽 눈썹을 치켜세웠다. "왜 그런 생각이 들었지?"

"탄카도는 우리가 가로챌 걸 염두에 두고 죽은 계정에다 가짜 전자 우편을 보냈을 수도 있어요. 우리는 그가 누군가의 보호를 받고 있다고 추측할 가능성이 높고, 따라서 그는 굳이 자신의 패스 키를 공유할 위험을 감수하지 않아도 되었겠죠. 동업자 따위는 없는지도 몰라요."

스트래드모어는 상당히 인상적이라는 듯 웃음을 터뜨렸다. "꽤 괜찮은 생각이긴 한데, 한 가지 허점이 있어. 탄카도는 자신의 집이나 사무실의 인터넷 계정을 이용하지 않았어. 직접 도시샤 대학을 찾아가서 그 학교의 메인프레임에 로그온을 했거든. 아마 틀림없이 그 서버에 계정을 열어 놓고 비밀리에 관리했을 거야. 워낙 교묘하게 숨겨진 계정이라, 내가 그걸 찾아낸 건 순전히 우연이었을 뿐이거든." 스트래드모어는 잠시 호흡을 가다듬고 덧붙였다. "따라서 의도적으로 우리에게 노출시킬 생각이었다면 굳이 비밀 계정을 이용할 필요가 있었을까?"

수전은 그 질문을 곰곰이 생각해 보았다. "우리가 그게 미끼일지 모른다는 의심을 하지 못하게 만들려고 비밀 계정을 이용했을 수도 있지 않을까요? 어쩌면 탄카도는 부국장님이 운이 좋아서 우연히 찾아냈다고 생각할 정도로만 계정을 숨겨 두었을 수도 있어요. 그래야 자신의 전자우편이 신빙성을 확보할 테니까요."

스트래드모어는 또 한 번 웃음을 터뜨렸다. "자넨 차라리 현장 요원이 되는 게 나을 뻔했어. 아주 머리가 잘 돌아가는군. 하지만 불행하게도 탄카도가 보낸 모든 편지에는 답장이 송신되었어. 탄카도가 쓰고, 그의 동업자가 답장을 보낸 거야."

수전은 눈살을 찌푸렸다. "알았어요. 그래서 부국장님은 노스 다코타가 실존 인물이라고 생각하시는 거죠?"

"그렇게 봐야 할 것 같아. 따라서 우린 그자를 찾아야 하고. 그것도 아주 조용하게. 만약 우리가 그를 추적한다는 소문이 그의 귀에 들어가는 날이면 모든 게 끝이야."

수전은 그제야 스트래드모어가 왜 자신을 호출했는지를 알아차렸다. "내가 맞춰 볼까요? 부국장님은 나더러 ARA의 데이터베이스로 침투해서 노스 다코타의 정체를 알아내라는 거죠?"

스트래드모어는 딱딱한 미소를 머금었다. "플래처 양, 자넨 내 속을 훤히 들여다보는군."

은밀한 인터넷 검색에 관한 한 수전 플래처를 따라올 사람은 아무도 없었다. 1년 전 백악관의 어느 수석 비서관이 익명의 전자우편을 통해 협박을 받은 사건이 있었다. 당장 NSA에 범인을 찾아내라는 요청이 떨어졌다. 물론 NSA는 재발송 업체를 상대로 사용자의 신원을 밝히라고 요구할 힘을 가지고 있었지만, 그보다는 조금 더 조용한 방법으로 일을 처리하고 싶어서 '추적기(tracer)'를 활용하기로 결정했다.

추적기는 전자우편을 가장한 일종의 안내 표지판인데, 이것을 만든 사람이 바로 수전이었다. 그걸 사용자의 가짜 주소로 보내면 재발송 업체는 계약상의 의무를 이행하기 위해 그 전자우편을 사용자의 진짜 주소로 전달한다. 일단 거기까지 침투한 다음, 자신의 현재 위치를 NSA에 보고하는 것이 이 프로그램의 임무였다. 임무를 마치면 흔적을 남기지 않고 깨끗이 사라지는 기능도 있었다. 그 이후로 NSA는 더 이상 익명의 재송신 업체 때문에 고민할 필요가 없어졌다.

"그자를 찾아낼 수 있겠나?" 스트래드모어가 물었다.

"물론이죠. 진작 연락하지 그러셨어요."

"사실은……." 스트래드모어가 미간을 찌푸리며 말했다. "자네한테 연락할 생각이 없었어. 이번 일에 나 이외의 누군가를 끌어들이고 싶지 않았거든. 그래서 내가 직접 자네가 만든 추적기를 보내려고 시도해 봤는데, 알고 보니 자네는 그걸 새로 나온 잡종 언어로 썼더군. 도무지 어떻게 작동시키는지 알 수가 있어야 말이지. 자꾸만 말도 안 되는 데이터만 돌아오기에 하는 수 없이 큰마음 먹고 자네를 호출한 거야."

수전은 웃음을 터뜨렸다. 스트래드모어는 천재적인 암호 분야의 프로그래머이기는 하지만, 그의 전공 분야는 주로 알고리즘 작업에 한정되어 있었다. 그러니 좀 덜 고상하고 좀 더 세속적인 프로그래밍에는 한계를 드러내는 것도 무리가 아니었다. 게다가 수전이 림보(LIMBO)라는 이름의 새로 나온 프로그래밍 언어를 사용한 탓에 스트래드모어는 더욱 곤욕을 치른 모양이었다. "그 문제는 내가 처리할게요." 수전은 돌아서며 미소를 지었다. "내 자리에서 작업하는 게 편하겠네요."

"시간이 얼마나 걸릴지 말해 줄 수 있겠나?"

수전은 잠시 생각을 해 본 뒤 대답했다. "글쎄요. 그건 ARA가 전자우편을 얼마나 빨리 전달하느냐에 따라 달라질 것 같네요. 만약 그가 미국 땅에 체류하고 있고 AOL이나 컴퓨서브 같은 업체를 이용한다면, 앞으로 한 시간 내에 그의 신용카드 번호와 주소를 뽑아낼 수 있어요. 만약 대학이나 기업에 소속된 자라면 조금 더 시간이 걸리겠죠." 수전은 그렇게 말하며 어색한 미소를 지었다. "그다음부터는 부국장님 손에 달린 것 아니에요?"

수전은 '그다음'이라는 것이 NSA의 특수팀을 의미한다는 것을 잘 알고 있었다. 일단 대상자의 집에 전기부터 끊어 놓고 스턴 건으로 무장한 채 창문을 깨고 들어가는 요원들 말이다. 아마도 특수팀은 무슨 마약 사범이라도 잡으러 가는 줄 알 것이다. 그다음에는 스트래드모어가 직접 현장으로 들어가 예순네 글자짜리 패스 키를 찾아내어 없애 버릴 것이다. 디지털 포트리스는 영원히 인터넷상에 남아 있겠지만, 그것을 열 수 있는 사람도 영원히 나타나지 않을 것이다.

"최대한 신중을 기해야 해. 노스 다코타가 무슨 낌새라도 알아차리는 날이면 겁에 질려 키를 가지고 어디론가 숨어 버릴 테니까." 스트래드모어가 강조했다.

"치고 빠지기죠. 추적 프로그램은 그의 계정을 발견하는 순간, 자동으로 소멸되도록 되어 있어요. 그는 그런 게 들어왔었다는 사실조차 알아차리지 못할 거예요." 수전이 자신 있게 말했다.

스트래드모어는 피곤한 표정으로 고개를 끄덕였다. "고맙네."

수전은 부드러운 미소를 지었다. 이렇게 심각한 위기가 닥친 상황에서도 스트래드모어가 차분한 태도를 유지할 수 있는 것이 놀라울 따름이었다. 아마도 그의 그런 능력이 그를 이런 분야로, 또한 이런 자리로 인도하지 않았을까 싶었다.

수전은 출입문 쪽으로 다가가며 한참 동안 트랜슬레이터를 쳐다보았다. 풀리지 않는 알고리즘이 탄생했다는 사실이 아직도 좀처럼 믿기지 않았다. 노스 다코타를 늦기 전에 찾을 수 있기를 바랄 뿐이었다.

"신속하게 움직여야 해." 스트래드모어가 뒤에서 소리쳤다. "계획대로만 되면 자넨 스모키 산에서 오늘 밤을 보낼 수 있을 거야."

수전은 얼어붙었다. 그 계획을 스트래드모어에게 이야기한 적이

없었다. 수전은 빙글 몸을 돌렸다. 'NSA가 내 전화를 도청하고 있는 거야?'

스트래드모어는 겸연쩍은 미소를 지었다. "오늘 아침에 데이비드에게서 들었어. 여행 계획이 연기되어서 자네가 신경질을 부렸다고 하던데."

수전은 여전히 영문을 알 수가 없었다. "오늘 아침에 데이비드랑 통화를 하셨어요?"

"물론이지." 스트래드모어는 수전의 그런 반응이 적잖이 당혹스러운 표정이었다. "임무를 설명해 주어야 했으니까."

"임무라니요? 도대체 무슨 말씀이에요?" 수전이 물었다.

"출장 말일세. 내가 데이비드를 스페인으로 보냈거든."

11

 스페인. '내가 데이비드를 스페인으로 보냈거든.' 스트래드모어의 그 말이 자꾸만 귓전에 맴돌았다.
 "데이비드가 스페인에?" 수전은 자신의 귀를 믿을 수 없었다. "부국장님이 보냈다고요? 왜요?" 그녀의 목소리에 분노가 묻어났다.
 스트래드모어는 좀처럼 말문이 떨어지지 않는 표정이었다. 감히 그에게 그렇게 화난 목소리로 따지고 드는 사람은 아무도 없었다. 하물며 자신이 데리고 있는 부하 직원이라면 말할 것도 없었다. 스트래드모어는 황당한 표정으로 수전을 바라보았다. 수전은 마치 새끼를 보호하는 어미 호랑이처럼 당장이라도 그에게 달려들 기세였다.
 "수전." 스트래드모어가 말했다. "자네도 그 친구랑 통화를 했잖아, 안 그래? 데이비드가 아무 설명도 해 주지 않던가?"
 수전은 너무 충격을 받아서 말도 제대로 나오지 않았다. '스페인? 그것 때문에 우리 여행을 연기한 거야?'
 "내가 오늘 아침에 데이비드에게 차를 보냈어. 떠나기 전에 자네한테 전화를 할 거라고 하더군. 미안해, 나는……."

"데이비드를 왜 스페인까지 보낸 거죠?"

스트래드모어는 동작을 멈추고 가만히 그녀를 바라보았다. "패스 키를 찾아오라고 보냈어."

"무슨 패스 키 말이에요?"

"탄카도가 가지고 있던 패스 키 말일세."

수전은 기가 찼다. "지금 무슨 말씀을 하시는 거예요?"

스트래드모어는 한숨을 내쉬었다. "탄카도는 사망 당시 자기 몸에 패스 키를 지니고 있었을 게 분명해. 그게 세비야의 시체 안치소 부근을 돌아다니는 꼴을 그냥 두고 볼 수 없지 않은가."

"그런데 왜 하필이면 데이비드 베커를 보낸 거죠?" 수전은 아직도 충격에서 헤어 나오지 못했다. 아무리 생각해도 말이 안 됐다. "데이비드는 우리 직원도 아니잖아요!"

스트래드모어 역시 당황한 기색이기는 마찬가지였다. 지금까지 NSA의 부국장을 이런 식으로 몰아세운 사람은 아무도 없었다. "수전." 그는 이성을 유지하려 애쓰며 말했다. "바로 그것 때문이야. 내가 필요한 건……."

호랑이가 더욱 목소리를 높였다. "언제든지 부국장님의 지시를 따를 준비가 되어 있는 직원이 자그마치 2만 명이에요! 도대체 무슨 권리로 하필이면 내 약혼자를 선택하신 거죠?"

"민간인이 필요했어. 정부하고는 아무런 관계도 없는 사람 말이야. 정상적인 채널을 동원했다가 자칫 무슨 일이라도 생기면……."

"부국장님이 아는 민간인이 데이비드 베커밖에 없나요?"

"아니, 물론 그렇지는 않아! 하지만 오늘 아침 6시에 사태가 얼마나 급박하게 돌아갔는지 알기나 해? 데이비드는 스페인어에 능통할 뿐 아니라 아주 똑똑한 친구야. 내가 전적으로 믿는 사람이기도 하고. 게다가 나는 그 친구를 생각해서 호의를 베푼 거라고!"

"호의를 베풀다니요?" 수전이 쏘아붙였다. "그를 스페인으로 보내는 게 호의랑 무슨 관계가 있죠?"

"나는 딱 하루 일을 해 주는 대가로 그 친구에게 1만 달러를 지불했어. 그가 할 일이라고는 탄카도의 소지품을 챙겨서 돌아오는 것뿐이야. 그 정도면 호의라고 할 수 있지 않나?"

수전은 입을 다물었다. 이해할 만했다. 결국은 돈 문제였다.

수전은 다섯 달 전 조지타운 대학 총장이 데이비드에게 언어학과 학과장 자리를 제의했던 순간을 떠올렸다. 총장은 학과장이 되면 강의 시간이 줄어드는 대신 서류 작업이 많아지겠지만, 그만큼 보수도 상당히 올라갈 거라고 했다. 수전은 데이비드에게 절대 그 제안을 받아들이지 말라고 고함이라도 지르고 싶었다. '틀림없이 후회하게 될 거야. 우린 돈이야 얼마든지 있잖아. 둘 중에 누가 벌건 무슨 상관이야?' 하지만 확실히 그것은 그녀가 나설 문제가 아니었다. 결국 그녀는 그 제안을 받아들인 그의 결정을 존중해 줄 수밖에 없었다. 그날 밤 잠자리에서 수전은 데이비드를 위해서라도 긍정적으로 생각하려고 노력했지만, 마음 한구석에서는 자꾸만 불길한 예감이 고개를 들었다. 결국 그녀의 생각이 옳았음이 입증되었지만, 이렇게 정확하게 들어맞을 줄은 미처 상상하지 못했다.

"1만 달러를 지불했다고요?" 수전이 물었다. "정말 지저분한 술책이네요!"

스트래드모어도 이제 화가 치미는 모양이었다. "술책? 그건 술책이 아니야! 나는 데이비드에게 돈 이야기는 꺼내지도 않았어. 그냥 개인적으로 부탁을 했을 뿐이라고. 데이비드는 선선히 내 부탁을 들어주었고."

"물론 그랬겠죠! 부국장님은 내 윗사람이잖아요! NSA의 부국장이

고요! 어떻게 싫다고 할 수 있었겠어요?"

"자네 말이 맞아." 스트래드모어가 쏘아붙였다. "내가 데이비드에게 연락을 한 것도 그런 이유 때문이었어. 나로서는 도저히……."

"국장님도 부국장님이 민간인을 보냈다는 사실을 알고 있나요?"

"수전." 스트래드모어의 말투에는 인내심이 서서히 바닥을 드러내고 있다는 암시가 깔려 있었다. "국장은 이번 일과는 상관이 없어. 아무것도 모르고 있다고."

수전은 믿기지 않는다는 표정으로 스트래드모어를 바라보았다. 자기가 지금 누구와 대화를 나누고 있는지 도무지 모르겠다는 표정이었다. 스트래드모어는 그녀의 약혼자, 그것도 대학 교수에게 NSA의 임무를 맡겼고, 게다가 이 조직 탄생 이래 최대의 위기를 맞은 마당에 국장에게 보고조차 하지 않았다는 것이다.

"폰테인 국장님께 이 사실을 알리지 않았단 말씀인가요?"

스트래드모어는 도저히 더 이상 참을 수가 없다는 듯 폭발하고 말았다. "수전, 내 말 잘 들어! 내가 자네를 부른 이유는 도움이 필요했기 때문이지 심문을 받고 싶어서가 아니야! 오늘 아침 나는 지옥에 떨어진 심정이었어. 어젯밤에 탄카도의 파일을 다운로드한 뒤로 제발 트랜슬레이터가 그걸 해독해 주기를 기도하며 몇 시간 동안이나 저 출력기 앞에 앉아 있었다고. 새벽이 되자 나는 자존심을 누르고 국장에게 전화를 걸었지. 내가 그 양반과 무슨 대화를 나누고 싶었는지 알아? 안녕하십니까, 국장님. 주무실 시간인데 죄송합니다. 이렇게 전화를 드린 이유는 트랜슬레이터가 고철 덩어리로 변해 버렸다는 사실을 알게 되었기 때문입니다. 그 많은 월급을 받아 가는 우리 크립토 요원들이 전부 달라붙어도 절대 만들지 못할 알고리즘이 탄생했기 때문입니다!" 스트래드모어가 말하며 주먹으로 책상을 쾅 내려쳤다.

수전은 얼어붙고 말았다. 아무 소리도 낼 수가 없었다. 지난 10년 동안 스트래드모어가 이렇게 흥분한 모습을 본 적은 몇 번 되지 않았고, 그나마 그녀를 상대로 그런 모습을 보인 적은 한번도 없었다.

10초 동안 두 사람 다 침묵을 지켰다. 이윽고 스트래드모어가 자세를 고쳐 앉았고, 수전은 그의 숨소리가 정상으로 돌아오는 것을 알아차렸다. 다시 입을 연 그의 목소리는 더없이 차분하고 침착했다.

"불행하게도 국장은 오늘 콜롬비아 대통령과 면담이 있어서 남미에 출장을 가고 없더군. 그가 여기서 할 수 있는 일이 하나도 없기 때문에 나로서는 두 가지 가운데 하나를 선택해야 했어. 면담을 취소하고 돌아오라고 요청하거나, 아니면 나 혼자 이 문제를 해결하는 것." 또 다시 긴 침묵이 이어졌다. 이윽고 그가 피곤한 눈빛으로 다시 수전을 바라보았다. 표정은 이미 완전히 누그러져 있었다. "수전, 미안해. 너무 피곤해서…… 마치 악몽이 현실로 나타난 기분이야. 자네가 데이비드 때문에 곤혹스러워 하는 건 나도 알아. 그 일을 이런 식으로 자네에게 알릴 생각은 아니었어. 자네도 아는 줄 알았거든."

수전은 일말의 죄책감을 느꼈다. "제가 과민 반응을 보인 것 같아요. 죄송해요. 데이비드를 선택하신 건 잘하셨어요."

스트래드모어도 고개를 끄덕였다. "오늘 밤이면 돌아올 거야."

수전은 스트래드모어가 지금 어떤 상황에 처해 있는지를 다시 한 번 생각해 보았다. 트랜슬레이터를 감독해야 하는 중압감에다, 회의는 또 얼마나 많은지……. 30년을 함께 살아온 그의 아내마저 그에게 등을 돌릴 판이라는 소문이 돌았다. 엎친 데 덮친 격으로 NSA 역사상 최악의 위기라고 해도 과언이 아닐 디지털 포트리스 사태가 터졌지만, 불쌍한 스트래드모어는 그 모든 짐을 혼자서 감당하려고 했다. 금방이라도 쓰러질 것처럼 보이는 것도 무리가 아니었다.

수전이 조용히 입을 열었다. "상황을 고려하면 아무래도 국장님에게 보고는 하셔야 할 것 같아요."

스트래드모어는 고개를 가로저었다. 굵은 땀방울이 그의 책상 위에 떨어졌다. "나로서는 국장의 안위를 놓고 타협하거나, 그가 아무런 역할도 하지 못할 위기 상황으로 그를 끌어들이는 짓은 하고 싶지 않아."

수전은 그 말에도 일리가 있다고 생각했다. 이런 순간에도 스트래드모어는 냉철한 이성을 유지하고 있었다.

"대통령에게 연락하는 건 고려해 보셨나요?"

스트래드모어는 고개를 끄덕였다. "해 봤지. 하지만 그러지 않기로 했어."

따지고 보면 그럴 만도 했다. NSA의 고위 관계자들은 비상사태가 발생할 경우 행정부의 간섭 없이 독자적으로 결정을 내릴 수 있는 권한을 가지고 있었다. 미국의 정보기관 가운데 연방 정부의 입김으로부터 완벽하게 자유로운 곳은 NSA가 유일했다. 스트래드모어는 이 같은 권한을 아주 적극적으로 활용하는 편이었다. 그는 언제나 혼자의 힘으로 문제를 풀어 가는 쪽을 선호했다.

"부국장님, 이건 부국장님 혼자서 감당하기에는 너무 벅찬 사건이에요. 누군가 함께할 사람이 필요해요." 수전이 말했다.

"수전, 디지털 포트리스는 우리 조직의 미래를 좌우할 중요한 변수로 작용할 게 분명해. 그렇다고 내가 국장을 따돌리고 대통령에게 직접 보고를 할 수는 없지 않나. 위기가 닥친 건 사실이지만, 나는 내 나름대로 대처를 하고 있어." 그는 신중한 눈빛으로 수전을 바라보았다. "내가 이 조직의 부국장 아닌가." 그의 얼굴에 희미한 미소가 번졌. "게다가 난 혼자가 아니야. 나에게는 수전 플래처가 있으니까 말이야."

그 순간, 수전은 자신이 왜 트레버 스트래드모어를 그토록 존경하는지 새삼스럽게 깨달았다. 10년 동안 크고 작은 많은 일들이 벌어졌지만, 그는 언제나 그녀가 가야 할 길을 인도해 주었다. 꾸준히, 흔들림 없이……. 수전은 조금도 동요하지 않고 자신의 원칙을, 자신의 조국을, 자신의 이념을 지켜 가는 스트래드모어의 헌신적인 모습이 그저 놀라울 따름이었다. 트레버 스트래드모어 부국장은 언제, 어떤 일이 터져도 불가능한 결단의 세계에서 환하게 빛나는 유도등과도 같은 역할을 지켜 갈 터였다.

"자네는 내 편이야, 그렇지 않나?" 스트래드모어가 물었다.

수전은 미소를 지었다. "물론이죠, 부국장님. 그건 100퍼센트 믿으셔도 돼요."

"좋아. 그럼 다시 일을 시작해 볼까?"

12

데이비드 베커는 장례식에도 가 보고 시신을 직접 본 적도 있었지만 지금처럼 당혹스러운 적은 처음이었다. 지금까지 그가 본 시신은 완벽하게 몸단장을 하고 비단이 깔린 관 속에 누운 모습이었다. 그러나 그는 지금 완전히 벌거벗겨진 채 무슨 짐짝처럼 알루미늄 테이블에 팽개쳐진 시신을 마주하고 있었다. 눈동자 역시 생명이 빠져나간 공허한 느낌보다는 두려움과 회한에 사로잡힌 채 천장을 향해 부릅뜨고 있는 것 같았다.

"¿Dónde están sus efectos(소지품은 어디에 있지요)?" 베커가 유창한 카스티야 억양의 스페인어로 물었다.

"Allí(저기요)." 치아가 누렇게 변색된 경찰관이 대답했다. 그가 가리킨 카운터에 옷가지를 비롯한 몇 가지 물건이 놓여 있었다.

"¿Es todo(이게 답니까)?"

"Si(네)."

베커는 종이 박스를 하나 달라고 부탁했다. 경찰관이 얼른 어디론가 달려갔다.

지금은 토요일 저녁이라, 세비야 시체 안치소는 이미 문을 닫았어야 할 시간이었다. 그럼에도 불구하고 젊은 경찰관이 베커를 들여보낸 것은 세비야 경찰서장의 지시를 받은 탓이었다. 누군지는 몰라도 이 미국인은 상당히 강력한 친구를 가진 모양이었다.

베커는 옷이 놓인 쪽을 살펴보았다. 한쪽 신발 속에 여권과 지갑, 안경 따위가 쑤셔 박혀 있었다. 경찰이 고인의 호텔에서 가져온 조그만 더플백도 하나 있었다. 베커가 받은 지시는 지극히 간단명료했다. 아무것도 건드리지 마라. 아무것도 읽지 마라. 그저 모든 것을 가져오기만 해라. 모든 것을. 무엇 하나 빠뜨려서는 안 된다.

베커는 소지품을 살펴보며 눈살을 찌푸렸다. 'NSA가 이 쓰레기를 가지고 뭘 하려는 거지?'

경찰관이 조그만 종이 박스를 가지고 돌아오자, 베커는 옷가지를 상자 속에 넣기 시작했다.

경찰관은 시신의 다리를 슬쩍 찔러 보며 물었다. "¿Quienes(누구예요)?"

"나도 모릅니다."

"중국인처럼 생겼네요."

'일본인이야.' 베커는 생각했다.

"불쌍한 양반이로군. 심장마비라지요?"

베커는 건성으로 고개를 끄덕였다. "그렇게 들었습니다."

경찰관은 한숨을 내쉬며 안됐다는 듯이 고개를 가로저었다. "세비야의 폭염이 어지간해야 말이지요. 선생도 내일 조심하셔야 할 겁니다."

"고마워요. 하지만 난 바로 돌아갈 거예요." 베커가 말했다.

경찰관은 깜짝 놀란 표정이었다. "도착한 지 몇 시간 되지도 않았잖아요!"

"그래요. 하지만 내 비행기표를 끊어 준 사람이 이 물건들을 기다리고 있어서요."

경찰관은 누가 스페인 사람 아니랄까 봐 못내 불쾌한 표정을 지었다. "세비야 구경도 안 하고 그냥 돌아간다는 겁니까?"

"몇 년 전에 와 본 적이 있어요. 아름다운 도시더군요. 나도 온 김에 며칠 머물렀으면 좋겠어요."

"그럼 히랄다 탑은 가 봤겠군요?"

베커는 고개를 끄덕였다. 그 오래된 무어 양식의 탑에 직접 올라가 보지는 않았지만, 아무튼 보기는 했다.

"알카사르는요?"

베커는 한 번 더 고개를 끄덕였다. 문득 스페인 출신의 기타리스트 파코 데 루치아(Paco de Lucia)가 그 안뜰에서 기타를 연주하던 그날 밤이 떠올랐다. 15세기에 만들어진 요새는 밤이 되자 별빛이 아주 아름다웠고, 그 밑에서 플라멩코를 듣는 기분이 일품이었다. 그 무렵은 수전을 알기 전이라는 게 안타까울 따름이었다.

"그럼 크리스토퍼 콜럼버스에 대해서도 알고 있겠군요." 경찰관이 눈빛을 반짝이며 말했다. "그 양반이 우리 성당에 묻혀 있잖아요."

베커는 고개를 들었다. "그래요? 난 지금까지 콜럼버스가 도미니카 공화국에 매장된 줄 알고 있었어요."

"말도 안 되는 소리! 도대체 어디서 그런 헛소문이 나왔는지 모르겠다니까! 콜럼버스의 시신은 이곳 스페인에 있어요! 대학까지 나온 분이 그걸 모르다니!"

베커는 어깨를 으쓱거렸다. "그날 수업을 빼먹은 모양이지요."

"스페인 교회는 콜럼버스의 유해를 아주 자랑스럽게 생각하고 있어요."

'스페인 교회……' 하긴 바티칸 시티보다도 가톨릭이 더 센 곳이 아마 여기일 것이다.

"아, 물론 우리가 콜럼버스의 시신을 통째로 가지고 있는 건 아니지요." 경찰관이 덧붙였다. "Solo el escroto."

베커는 짐을 정리하다 말고 그를 멍하니 바라보았다. 'Solo el escroto?' 입가에 번지는 미소를 들킬까 봐 걱정스러울 지경이었다. "고환만 여기 있다는 겁니까?"

경찰관은 자랑스럽게 고개를 끄덕였다. "그래요. 교회가 그토록 훌륭한 위인의 유해를 간직하게 되자, 성인으로 시성하고 모든 사람들이 그 위대함을 엿볼 수 있도록 여러 교회에 유해의 일부를 나누었지요."

"그래서 여기는 하필……." 베커는 또 한 번 웃음을 깨물었다.

"그래요! 아주 중요한 부위잖아요!" 경찰관이 기분 나쁜 듯이 소리쳤다. "갈비뼈나 손가락밖에 가지고 있지 못한 갈리시아의 교회들하고 비교할 바가 아니라니까요! 선생도 좀 더 시간을 두고 그걸 직접 봐야 해요."

베커는 정중하게 고개를 끄덕였다. "돌아가는 길에 한번 들러 보겠습니다."

"안됐군요. 새벽 미사 때나 되어야 교회가 문을 열 겁니다." 경찰관이 한숨을 쉬며 말했다.

"그럼 다음에 들르지요." 베커는 미소를 지으며 상자를 집어 들었다. "그만 가 봐야겠습니다. 비행기가 기다리고 있어서요." 베커가 말하며 마지막으로 다시 한 번 주위를 둘러보았다.

"공항까지 모셔다 드릴까요? 정문 앞에 오토바이를 세워 놓았거든요." 경찰관이 물었다.

"고맙지만 괜찮습니다. 택시를 타면 되니까요." 베커도 대학 시절에 오토바이를 몰다가 하마터면 죽을 뻔한 적이 있었다. 그 뒤로는 오토바이라면 앞자리든 뒷자리든 절대 타고 싶지 않았다.

"좋을 대로 하십시오." 경찰관은 그렇게 말하며 출입문 쪽으로 걸어갔다. "난 불이나 꺼야겠네요."

베커는 상자를 겨드랑이 밑에 끼웠다. '다 된 건가?' 그의 시선이 다시 한 번 테이블 위의 시신 쪽으로 향했다. 실오라기 하나 걸치지 않은 알몸이 환한 형광등 불빛 밑에 똑바로 누워 있으니 아무것도 감추려야 감출 수가 없었다. 베커는 자신도 모르게 시신의 손을 바라보았다. 정상인과는 상당히 다르게 생긴 기형적인 손이었다. 베커는 그 손을 좀 더 자세히 들여다보았다.

경찰관이 불을 끄자, 갑자기 주위가 캄캄해졌다.

"잠깐만요. 불 좀 다시 켜 주시겠어요?" 베커가 말했다.

금방 불이 다시 켜졌다.

베커는 상자를 바닥에 내려놓고 시신을 향해 다가갔다. 그러고는 눈을 가늘게 뜨고 허리를 굽혀 시신의 왼손을 집중적으로 살폈다.

경찰관이 베커의 눈길을 쫓으며 중얼거렸다. "좀 흉측하지요?"

하지만 베커의 눈길을 사로잡은 것은 그 손이 기형이라서가 아니었다. 뭔가 다른 것을 발견한 것이다. 그는 경찰관을 돌아보며 물었다. "이 사람의 소지품이 전부 저 상자 속에 있는 게 틀림없습니까?"

경찰관은 고개를 끄덕였다. "그래요, 그게 전부예요."

베커는 뒷짐을 진 채 한참 동안 꼼짝도 하지 않았다. 그런 다음 그는 상자를 집어 들고 내용물을 카운터 위에 도로 끄집어냈다. 옷가지를 하나하나 신중하게 털어 보기도 했다. 나중에는 돌멩이라도 털어 내는 듯이 신발을 거꾸로 들고 흔들어 보기까지 했다. 똑같은 과정을 한 번 더 되풀이한 다음에야 그는 뒤로 물러서며 얼굴을 찌푸렸다.

"무슨 문제라도 있습니까?" 경찰관이 물었다.

"예, 뭔가가 없어졌어요." 베커가 대답했다.

13

　도쿠겐 누마타카는 자신의 화려한 사무실에 서서 도쿄의 스카이라인을 응시했다. 그의 직원들과 경쟁자들은 그를 '아쿠타 사메', 즉 위험한 상어라고 불렀다. 지난 30년 동안 그는 일본 내의 경쟁자들을 상대로 머리싸움이든 입찰이든 광고전이든, 한번도 무릎을 꿇은 적이 없었다. 이제 그는 일본을 넘어 세계 시장의 거인으로 우뚝 서기 직전까지 와 있었다.
　지금 그가 목전에 두고 있는 입찰이 마무리되면 그가 이끄는 누마테크 주식회사는 미래의 마이크로소프트가 될 터였다. 그의 핏속에 아드레날린이 용솟음쳤다. 비즈니스는 곧 전쟁이고, 전쟁만큼 짜릿한 것도 없었다.
　의문의 전화가 걸려 온 사흘 전만 하더라도 도쿠겐 누마타카는 아직 확신을 갖지 못한 상태였지만, 이제는 사정이 달라졌다. '미오우리', 즉 엄청난 행운이 그를 찾아온 것이다. 신은 그를 선택했다.

"나는 디지털 포트리스의 패스 키를 가지고 있습니다." 미국인 억양의 목소리가 수화기에서 흘러나왔다. "살 의향이 있는지요?"

누마타카는 하마터면 큰 소리로 웃음을 터뜨릴 뻔했다. 미끼가 분명했다. 누마테크 주식회사가 엔세이 탄카도의 새 알고리즘에 엄청난 입찰가를 적어 냈다는 소문을 들은 어느 경쟁업체에서 입찰액을 알아내기 위해 장난을 걸어오는 모양이었다.

"패스 키를 가지고 있다고요?" 누마타카는 짐짓 흥미롭다는 듯 되물었다.

"그렇습니다. 내 이름은 노스 다코타입니다."

나마타카는 또 한 번 웃음을 억눌렀다. 노스 다코타를 모르는 사람은 아무도 없다. 탄카도는 언론을 통해 자신에게 비밀 동업자가 있다고 털어놓았다. 탄카도 입장에서는 동업자를 두는 게 현명한 선택이었다. 일본에서도 비즈니스를 위해서라면 낯 뜨거운 짓조차 서슴지 않는 풍토가 만연했다. 엔세이 탄카도에게 언제, 어떤 일이 생길지 모른다는 의미였다. 하지만 만일 누군가 서툰 짓을 하다가는 대번에 패스 키가 공개되고 말 것이고, 그렇게 되면 모든 소프트웨어 업체들이 커다란 어려움에 직면할 것이다.

누마타카는 우마미 시가 연기를 길게 내뿜으며 상대방의 유치한 장난에 장단을 맞춰 주었다. "그래서 패스 키를 팔겠다는 겁니까? 흥미롭군요. 엔세이 탄카도는 뭐라고 하던가요?"

"나로서는 굳이 탄카도 씨에게 충성을 바칠 이유가 없습니다. 나를 믿은 탄카도 씨가 어리석은 거지요. 패스 키의 가치는 그가 나에게 약속한 대가의 수백 배는 될 테니까요."

"미안합니다. 당신의 패스 키는 내게는 아무런 가치도 없습니다. 당신이 무슨 짓을 했는지 탄카도가 알게 되면 자신의 키를 공개해 버릴 것이고, 그러면 모든 게 수포로 돌아갈 테니까요." 누마타카가 말했다.

"당신은 두 개의 패스 키를 모두 갖게 될 겁니다." 상대방이 말했다. "내 것은 물론 탄카도 씨의 것까지도."

누마타카는 더 이상 참지 못하고 손으로 수화기를 가린 채 웃음을 터뜨렸다. 그러고는 이렇게 물었다. "두 개의 키를 얼마에 넘기겠다는 거지요?"

"미국 달러로 2천만 달러."

2천만 달러면 누마타카가 써 낸 입찰가에 거의 근접한 금액이었다. "2천만? 엄청난 금액이군요." 그는 짐짓 놀란 목소리로 말했다.

"나는 그 알고리즘을 직접 보았습니다. 그만한 가치가 있다고 장담할 수 있어요."

'천만에.' 누마타카는 속으로 중얼거렸다. '그 열 배의 가치가 있지.' 그는 슬며시 이 게임에 싫증이 나기 시작했다. "불행하게도 우리는 둘 다 탄카도 씨가 당신의 그런 행위를 용납하지 않을 거라는 사실을 알고 있습니다. 법적인 문제가 발생할 소지가 있어요."

상대방은 잠시 뜸을 들이다가 대답했다. "탄카도 씨는 이제 더 이상 변수가 될 수 없다고 말씀드리면 어떻겠습니까?"

누마타카는 그저 웃어넘기고 싶었지만, 상대방의 목소리는 더없이 진지했다. "탄카도가 변수가 될 수 없다?" 누마타카는 그 말을 곰곰이 생각해 보았다. "그렇다면 당신과 나의 거래가 성사되는 데 아무런 걸림돌이 없겠지요."

"다시 연락드리겠습니다." 그 말을 끝으로 전화는 끊어졌다.

14

 베커는 시신을 물끄러미 내려다보았다. 사망한 지 여러 시간이 지났는데도 이 아시아인의 얼굴에는 강렬한 햇볕 때문에 빨갛게 익은 기운이 남아 있었다. 나머지 신체 부위는 가슴 부위의 시퍼런 멍 자국만 빼면 모두 옅은 황색이었다.
 '심폐 소생술을 시도한 흔적이로군. 효과는 없었지만 말이야.' 베커는 생각했다.
 그는 다시 한 번 시체의 손을 살펴봤다. 베커는 지금까지 한번도 그렇게 생긴 손을 본 적이 없었다. 양손 모두 손가락이 세 개밖에 없었고, 그 손가락조차 이상한 각도로 뒤틀린 상태였다. 하지만 지금 베커가 눈여겨보고 있는 것은 그게 아니었다.
 "역시 그랬군." 맞은편에서 경찰관의 목소리가 들려왔다. "중국인이 아니라 일본인이었어요."
 베커는 고개를 들었다. 경찰관이 고인의 여권을 넘겨 보고 있었다. "그거 내려놓으세요." 베커가 말했다. '아무것도 만지지 마라. 아무것

도 읽지 마라.'

"엔세이 탄카도…… 1월생……."

"부탁입니다. 가만히 놔둬요." 베커가 정중하게 말했다.

경찰관은 한참 더 여권을 들여다보다가 상자 속으로 휙 던졌다.

"이 양반, 3종 비자를 가지고 있군요. 몇 년 정도는 머무를 수 있었을 텐데."

베커는 펜으로 시체의 손을 찔러 보며 말했다. "스페인에 거주하고 있었는지도 모르지요."

"그건 아니에요. 입국 날짜가 지난주로 되어 있는걸요."

"이사를 왔을 수도 있어요." 베커가 심드렁하게 대꾸했다.

"그래요, 그럴 수도 있지요. 도착하자마자 더럽게 재수가 없긴 했지만……. 일사병에 심장마비라, 불쌍한 양반이에요."

베커는 경찰관을 무시하고 손에 정신을 집중했다. "이 사람이 사망 당시에 장신구를 착용하고 있지 않은 게 틀림없습니까?"

경찰관은 깜짝 놀라 고개를 들었다. "장신구?"

"그래요. 이것 좀 보세요."

탄카도의 왼손 역시 햇볕에 그을린 흔적이 남아 있었는데, 새끼 손가락에 동그란 띠처럼 하얀 피부가 남아 있었다.

베커는 그 띠 부분을 가리키며 말했다. "이 부분에는 햇볕이 닿지 않은 모양이군요. 반지를 끼고 있었던 것 같은데요."

경찰관은 놀란 표정이었다. "반지?" 태평스럽던 그가 갑자기 당황해하며 중얼거렸다. 그러고는 자신도 시신의 손가락을 자세히 살펴보더니, 수줍은 듯 얼굴을 붉혔다. "맙소사." 그가 겸연쩍게 말했다. "그 이야기가 사실이었군."

베커는 뭔가 불길한 예감이 들었다. "무슨 이야기 말입니까?"

경찰관은 믿기지 않는다는 듯 고개를 가로저었다. "진작 말씀드렸어야 했는데……. 그 영감, 제정신이 아니라고 생각했거든요."

베커가 진지한 표정으로 되물었다. "그 영감이라니요?"

"응급실로 전화를 건 사람 말입니다. 캐나다 관광객이었어요. 계속 반지가 어떻고 하면서 떠들어 댔는데, 스페인어가 너무 엉망이라 알아듣기가 힘들었어요."

"그 사람이 탄카도 씨가 반지를 끼고 있었다고 했습니까?"

경찰관은 고개를 끄덕였다. 그러고는 금연 표지판을 힐끗 돌아보며 두카도 담배 한 개비를 꺼내 불을 붙였다. "진작 얘기를 하지 않은 건 내 불찰이지만, 진짜 미친 사람이 지껄이는 소리 같았어요."

베커는 얼굴을 찌푸렸다. 스트래드모어의 말이 계속 귓전에 맴돌았다. '엔세이 탄카도가 가지고 있던 것을 모두 가져와라. 하나도 빠뜨려서는 안 된다. 조그만 종잇조각 하나도 빠뜨리지 마라.'

"그 반지는 지금 어디 있습니까?" 베커가 물었다.

경찰관은 담배 연기를 길게 내뿜으며 말했다. "얘기가 길어요."

베커는 이게 그리 좋은 조짐이 아님을 직감했다. "말해 봐요."

15

수전 플래처는 노드 3에 있는 자신의 컴퓨터 단말기 앞에 앉아 있었다. 노드 3은 메인 플로어 바로 옆에 자리한 암호 요원들의 전용 사무실이었다. 방음 장치와 함께 5센티미터 두께의 특수 유리가 달려 있어서 안에서는 바깥을 훤히 내다볼 수 있어도 바깥에서는 안을 들여다볼 수 없도록 되어 있었다.

널따란 노드 3 안의 한쪽 구석에는 열두 대의 단말기가 원을 그리며 배치되어 있었다. 컴퓨터를 이렇게 둥그렇게 배치한 것은 요원들의 의사소통을 원활히 하고 '원탁의 기사들'처럼 소속감을 고취하는 효과가 있다고 믿었기 때문이었다. 하지만 정작 요원들은 이런 노드 3 안에서 다들 잔뜩 인상을 찌푸린 채 암호와 씨름하곤 했다.

'놀이방'이라는 별명이 붙은 이 노드 3은 황량하기 그지없는 크립토의 다른 방들하고는 분위기가 전혀 달랐다. 사무실이라기보다는 가정집에 가까운 구조로 설계되어 푹신한 카펫과 고성능 오디오 시스템, 신선한 음식이 가득한 냉장고와 주방 용품들, 심지어는 농구 골대까지 달려 있었다. NSA는 크립토에 관한 한 뚜렷한 철학이 있었다. 암호 해독을 위한 컴퓨터에 20억 달러를 쏟아부은 만큼, 최고 중의 최고라고 할 수 있는 요원들만이 그 컴퓨터를 만지도록 해야 한다는 것이었다.

수전은 굽 없는 살바토레 페라가모 구두를 벗고 스타킹만 신은 발가락을 두툼한 카펫에 갖다 댔다. 많은 보수를 받는 정부 기관 종사자들은 되도록 부를 지나치게 드러내지 않는 게 좋다는 교육을 받았다. 수수한 연립주택과 볼보 자동차, 낡은 목욕 가운으로도 얼마든지 행복한 수전은 굳이 그런 교육이 필요하지 않은 사람이었지만, 신발에 대해서만큼은 예외였다. 수전은 대학생 때도 최고급 신발 살 돈은 따로 떼어 놓곤 했다.

'발이 아프면 아무것도 못한다.' 그녀의 이모가 하던 얘기였다. '목적지에 도착했을 때는 최대한 근사해 보이는 게 중요해!'

수전은 길게 기지개를 켠 다음, 본격적으로 일을 시작했다. 그녀는 우선 추적기를 불러서 적절하게 구성할 준비를 했다. 스트래드모어가 준 전자우편 주소를 힐끗 쳐다보았다.

NDAKOTA@ARA.ANON.ORG

스스로를 노스 다코타라고 부르는 자는 익명 계정을 가지고 있었지만, 수전은 그의 익명성이 그리 오래 유지되지는 않을 거라는 것을 알고 있었다. 추적기는 ARA를 뚫고 들어가 노스 다코타에게 접근한 다음, 그의 진짜 인터넷 주소가 담긴 정보를 송신해 올 것이다.

일이 순조롭게 진행되면 머지않아 노스 다코타의 위치가 드러날 것이고, 스트래드모어는 어렵지 않게 그가 가진 패스 키를 확보할 수 있을 것이다. 그렇게 되면 남는 것은 데이비드밖에 없다. 그가 탄카도의 패스 키를 찾아오면 두 개를 모두 없애 버린다. 탄카도의 시한폭탄은

뇌관을 상실한 무용지물이 되어 버리는 것이다.

수전은 앞에 펼쳐 놓은 주소를 거듭 확인한 다음, 정확한 데이터필드에 정보를 입력했다. 스트래드모어가 자기 손으로 추적기를 보내려다 실패했다는 이야기를 떠올리자 웃음이 나왔다. 스트래드모어는 두 번 시도를 했는데 두 번 다 노스 다코타가 아니라 탄카도의 주소가 돌아왔다. 수전은 아주 사소한 실수가 그 같은 오류를 초래했을 거라고 생각했다. 스트래드모어가 데이터필드를 잘못 입력하는 바람에 엉뚱한 계정이 추적되었을 것이다.

추적기 구성을 마치자 그것으로 준비는 끝났다. 수전이 엔터 키를 누르자, 컴퓨터에서 신호음이 한 번 들렸다.

추적기 송신

이제부터는 끈질기게 기다리기만 하면 된다.

수전은 큰 숨을 내쉬었다. 스트래드모어를 너무 심하게 몰아붙인 것 아닌가 하는 생각에 은근히 죄책감이 들었다. 이번 위기를 혼자 힘으로 대처할 수 있는 유일한 인물이 있다면, 그게 바로 트레버 스트래드모어였다. 그는 자신에게 도전장을 내미는 사람들을 다루는 특유의 기술을 가지고 있었다.

6개월 전, EFF를 통해 NSA의 잠수함이 해저 전화 케이블을 도청하고 있다는 의혹이 터져 나오자, 스트래드모어는 침착하게 그 잠수함이 실제로는 유해 폐기물을 불법으로 매설했다는 소문을 흘렸다. EFF와 해양 생태학 관계자들은 어느 쪽 이야기가 진실인가를 밝혀내기 위해 진땀을 흘렸고, 그사이에 언론의 관심도 시들해져서 결국 그냥 넘어가 버렸다.

스트래드모어의 모든 행동은 주도면밀한 계획에 따른 것이었다. 계획을 수립하고 수정할 때는 주로 컴퓨터에 의존했다. NSA의 많은 직원들과 마찬가지로 스트래드모어 역시 자체적으로 개발한 '브레인스톰'이라는 소프트웨어를 이용했는데, 이것은 안전한 컴퓨터의 세계 안에서 마음껏 가상 시나리오를 돌려 볼 수 있는 획기적인 발명품이었다.

브레인스톰은 개발자들이 '원인-결과 시뮬레이터'라는 이름을 붙인 일종의 인공지능 실험에서 비롯되었다. 원래는 특정한 '정치적 환경'에 가장 적합한 모델을 찾아낸다는 정치적 용도로 개발된 프로그램이었다. 이 프로그램은 엄청난 양의 정보를 바탕으로 관계의 망을 형성한 다음 온갖 정치적 변수들 사이의 상호 작용을 가설화한 모델을 만들어 내는데, 여기에는 현재 주도권을 쥐고 있는 인물과 그들의 참모, 그들 사이의 개인적 관계, 갖가지 현안들, 성별과 인종, 재력과 권력 등과 같은 변수들로 가중치가 부여된 개인적 동기 등이 모두 망라된다. 따라서 사용자가 특정한 가상 이벤트를 입력하면 브레인스톰이 '환경'에 대한 이 이벤트의 효과를 예측해 내는 식이었다.

스트래드모어 부국장은 브레인스톰을 정치적인 목적뿐만 아니라 이른바 TFM 도구로까지 적극적으로 활용했다. TFM이란 시간대(Time-Line), 흐름도(Flowchart), 매핑(Mapping)의 머리글자를 딴 소프트웨어인데, 복잡한 전략의 윤곽을 잡고 취약점을 예측하는 강력한 도구였다. 수전은 언젠가 스트래드모어의 컴퓨터 속에 숨겨진 음모가 드러나 세상이 발칵 뒤집어지는 것 아닌가 하는 생각을 해 볼 때가 있었다.

'그래. 내가 너무 심하게 굴었어.' 수전은 생각했다.

그때 노드 3의 출입문이 열리는 소리가 그녀의 생각을 방해했다.

스트래드모어가 헐레벌떡 안으로 뛰어들었다. "수전." 그가 소리쳤다. "방금 데이비드에게서 연락이 왔어. 문제가 생긴 모양이야."

16

"반지라고요?" 수전은 뭔가 미심쩍은 표정이었다. "탄카도의 반지가 없어졌단 말이에요?"

"그래. 데이비드가 그 사실을 알아낸 게 우리한테는 얼마나 행운인지 몰라. 데이비드가 정말 큰일을 한 셈이지."

"하지만 부국장님이 원하는 것은 패스 키지 반지가 아니잖아요."

"나도 알아. 하지만 내 생각에는 그 두 가지가 서로 크게 다른 것 같지 않군." 스트래드모어가 말했다.

수전은 이건 또 무슨 소리인가 하는 표정을 지었다.

"얘기하자면 길어."

수전은 추적기가 돌아가고 있는 모니터를 가리켰다. "난 아직 별다른 성과가 없어요."

스트래드모어는 한숨을 내쉬며 방 안을 서성거리기 시작했다. "탄카도가 죽을 때 현장에 목격자가 있었던 모양이야. 데이비드가 시체 안치소에서 만난 경찰관 말에 의하면 어느 캐나다 관광객이 오늘 아침에 잔뜩 겁에 질린 목소리로 경찰서에 전화를 걸어왔다더군. 공원에서 일본인 남자가 심장마비를 일으켰다는 신고였지. 경찰관이 도착해 보니 탄카도는 이미 숨이 끊어졌고, 캐나다 관광객이 현장을 지키고 있더라는 거야. 그래서 경찰관은 무전으로 구급차를 불렀겠지. 의무진이 탄카도의 시신을 시체 안치소로 옮기는 동안 경찰관은 캐나다 관광객에게 사태가 어떻게 된 건지 설명을 해 달라고 했어. 그랬더니 이 나이든 관광객 아저씨는 탄카도가 죽기 직전에 반지를 자기한테 주려고 했다며 횡설수설하더라는 거야."

수전은 여전히 의심스러운 눈빛으로 스트래드모어를 바라보았다. "탄카도가 반지를 주려 했다고요?"

"그렇다니까. 제발 이것 좀 받아 달라는 식으로 관광객의 눈앞에 들이댔나봐. 보아하니 그 관광객은 반지를 제법 자세히 살펴본 모양이더군." 스트래드모어는 걸음을 멈추고 돌아섰다. "반지에 무슨 글자 같은 게 새겨져 있더라는 거야."

"글자?"

"그래. 그의 증언에 따르면 그건 영어가 아니었다는군." 스트래드모어는 잔뜩 기대에 찬 표정으로 눈썹을 치켜세웠다.

"그럼 일본어였을까요?"

스트래드모어는 고개를 가로저었다. "나도 처음에는 그럴 거라고 생각했지. 하지만 이걸 생각해 봐. 캐나다 관광객은 글자들이 도무지 뜻을 가진 것처럼 보이지가 않았다고 했어. 그가 일본 글자를 로마 알파벳과 혼동했을 리는 없지 않나. 마치 고양이가 타자기 위를 멋대로 돌아다닌 것처럼 보였다고 하더군."

수전은 웃음을 터뜨렸다. "부국장님, 지금 혹시 설마……."

스트래드모어가 그녀의 말을 가로막았다. "수전, 이건 생각해 볼 필요도 없는 문제야. 탄카도는 디지털 포트리스의 패스 키를 자기 반지에다 새겨 넣은 거야. 금은 내구성이 강하지. 잠을 잘 때도, 샤워를 할 때도, 밥을 먹을 때도 늘 패스 키를 몸에 지니고 있기에는 아주 좋은 방법이지. 여차하면 공개해 버리기도 좋고."

그래도 수전은 잘 납득이 가지 않는 모양이었다. "그렇게 중요한 패스 키를 사람들 눈에 훤히 보이는 손가락에 끼고 다녔단 말이에요?"

"안 될 이유라도 있나? 스페인이 특별히 세계에서 가장 암호가 발달한 나라도 아니고, 글자들이 무엇을 의미하는지 알아차릴 사람은 아무도 없었을 거야. 게다가 만약 그 키가 64비트 표준을 따르고 있다면 벌건 대낮에 똑바로 쳐다보고도 예순네 개의 글자를 모두 읽거나 기억할 사람이 누가 있겠나?"

수전은 당혹스러운 표정이었다. "그런데 탄카도가 그 반지를 죽기 전에 생판 모르는 사람한테 주었다고요? 왜요?"

스트래드모어의 눈매가 가늘어졌다. "왜 그랬을 것 같나?"

수전도 금방 그 이유를 짐작할 수 있었다. 대번에 그녀의 눈이 휘둥그레졌다.

스트래드모어는 고개를 끄덕였다. "탄카도는 그걸 없애고 싶었던 거야. 당연히 우리가 자기를 죽였다고 생각했겠지. 자기가 죽어 간다고 생각하자, 그게 우리의 짓이라고 단정한 것도 무리는 아니야. 타이밍이 절묘하게 맞아떨어지니까. 우리가 자기한테 접근해서 서서히 심장 마비를 유도하는 독극물이라도 먹였다고 생각했겠지. 그는 우리가 노스 다코타를 찾아내기 전까지는 절대로 자기한테 그런 짓을 하지 못한다는 것도 알고 있었어."

수전은 오싹 소름이 돋았다. "그렇겠죠. 탄카도는 자신의 보험이 효력을 상실하게 되자 우리가 자기까지 제거할 수 있었다고 생각했을 거예요." 그녀가 속삭였다.

수전은 이제 모든 것이 명쾌하게 이해되기 시작했다. 탄카도가 심장마비를 일으킨 시점이 NSA 입장에서는 너무나 행운이었기 때문에 그로서는 NSA가 개입되었다고 생각할 수밖에 없었을 것이다. 따라서 그의 마지막 본능은 복수심으로 이어졌을 것이 분명했다. 엔세이는 자신의 패스 키를 공개할 최후의 수단으로 자신의 반지를 누군가에게 전해야만 했다. 그 결과 아무것도 모르는 캐나다 관광객이 역사상 가장 강력한 암호화 알고리즘의 열쇠를 손에 쥐게 된 것이다.

수전은 숨을 깊이 들이쉬며 피할 수 없는 질문을 던졌다. "그럼 지금 캐나다인은 어디에 있죠?"

스트래드모어는 눈살을 찌푸렸다. "그게 좀 복잡하게 됐어."

"경찰관이 그의 소재를 알고 있을 것 아니에요?"

"그렇지가 않아. 그 캐나다인이 워낙 엉뚱한 소리를 늘어놓는 탓에 경찰관은 그가 너무 큰 충격을 받았거나 노망이 난 게 틀림없다고 생각했다는군. 그래서 그를 호텔로 데려다 주려고 자기 오토바이 뒷자리에 태웠는데, 아마 그 아저씨가 오토바이를 타 본 적이 없는 모양이야. 출발하자마자 그만 뒤로 떨어져서는 머리를 다쳤다는 거야, 팔목도 부러지고."

"뭐라고요!" 수전은 어이가 없었다.

"경찰관은 그를 병원으로 데려가려고 했는데, 캐나다인이 버럭 화를 내며 오토바이를 타느니 차라리 걸어서 캐나다로 돌아가겠다고 버티더라는 거야. 하는 수 없이 경찰관은 그를 공원 근처의 조그만 진료소로 데려다 준 다음, 치료 잘 받고 가라고 했다는 거야."

수전은 얼굴을 찡그렸다. "데이비드가 지금 어디로 가고 있을지는 물어볼 필요도 없겠네요."

17

데이비드 베커는 후끈 달아오른 에스파냐 광장의 보도블록 위로 걸음을 내디뎠다. 1만 2천 평방미터에 달하는 흰색과 파란색 아줄레주 타일 너머 나무들 위로 까마득한 옛날에 시청 역할을 하던 건물 아윤타미엔토(El Ayuntamiento)가 우뚝 솟아 있었다. 아랍풍의 첨탑과 화려하게 장식된 외관 때문에 공공 건물이라기보다는 무슨 궁궐 같은 느낌을 주었다. 군사 쿠데타와 화재, 공개 처형 등의 파란만장한 역사에도 불구하고 많은 관광객들이 이곳을 찾는 이유는 여기를 〈아라비아의 로렌스〉라는 영화에 나오는 영국군 본부라고 소개한 관광 안내 책자 때문이었다. 콜롬비아 영화사 입장에서는 이집트보다는 스페인에서 영화를 촬영하는 게 훨씬 싸게 먹혔을 것이고, 게다가 무어의 영향을 받은 세비야의 건축은 영화 관람객들에게 마치 카이로 시내를 보고 있는 듯한 착각을 불러일으키기에 충분했다.

베커는 세이코 손목시계를 현지 시간으로 고쳤다. 밤 9시 10분이었지만, 현지 기준으로는 아직도 오후였다. 스페인 사람들은 해가 지기 전에 저녁을 먹는 법이 없고, 안달루시아의 게으른 태양은 10시 전에 하늘을 내주는 법이 없었다.

베커는 초저녁의 열기에도 불구하고 빠른 걸음으로 공원을 가로질렀다. 스트래드모어의 말투는 아침보다 훨씬 다급했다. 그가 새롭게 내린 지시 역시 오해의 소지가 없을 만큼 명백했다. 그 캐나다인을 찾아서 반지를 손에 넣어라. 그러기 위해서 필요한 일이라면 뭐든지 해도 좋다.

베커는 글자가 새겨진 반지 하나가 왜 그렇게 중요한지 이해가 가지 않았다. 스트래드모어는 설명을 해 주지 않았고, 베커도 굳이 묻지 않았다. 문득 NSA는 '절대로 아무 말도 하지 않는다(Never Say Anything)'의 머리글자가 아닐까 하는 생각이 들었다.

이자벨라 카톨리카 가(街) 맞은편으로 진료소의 모습이 보였다. 만국 공통의 기호, 하얀 동그라미 속에 그려진 붉은 십자가가 옥상에 걸려 있었다. 경찰관이 캐나다인을 이 진료소에 데려다 준 것은 이미 몇 시간 전이었다. 팔목이 부러지고 머리에 혹이 난 정도라면, 치료를 받고 돌아가기에 충분한 시간이었다. 베커는 이 진료소에서 캐나다인이 묵는 호텔이나 연락 가능한 전화번호, 뭐든 정보를 얻을 수 있기를 기대했다. 조금만 운이 따라 준다면 얼른 그 캐나다인을 찾아 반지를 손에 넣은 다음, 더 이상 일이 복잡해지기 전에 집으로 돌아갈 수도 있을 터였다.

스트래드모어는 베커에게 말했다. "반지를 손에 넣기 위해 필요하다면 그 1만 달러를 이용해도 좋아. 돌아오면 갚아 줄 테니까."

"그럴 필요 없습니다." 베커는 대답했다. 어차피 돌아가면 그 돈을 돌려줄 생각이었다. 그가 스페인까지 온 것은 돈 때문이 아니라 순전히 수전 때문이었다. 트레버 스트래드모어 부국장은 수전의 스승이자

후견인과도 같은 존재였다. 수전이 그에게 그토록 많은 빚을 졌으니, 하루쯤 그의 심부름을 하는 것은 아무것도 아니었다.

불행하게도 오늘 아침에는 베커가 계획한 대로 일이 풀리지 않았다. 원래는 비행기 안에서 수전에게 전화를 걸어 모든 것을 설명할 계획이었다. 전화가 고장났다는 사실을 알게 되자, 조종사에게 부탁해서 스트랜드모어에게 무전으로 연락을 해 볼까 하는 생각까지 했다. 스트랜드모어에게 연락이 되면 수전에게 메시지를 전하기란 어렵지 않을 테니까……. 하지만 아무래도 자신의 개인적인 연애 문제에 부국장을 끌어들이기가 부담스러웠다.

지금까지 베커는 모두 세 번에 걸쳐 수전과 통화를 시도했다. 첫 번째는 비행기 안에서 고장난 전화기로, 그다음은 공항의 공중전화로, 그리고 마지막으로 시체 안치소에서도 전화를 걸어 보았다. 수전은 전화를 받지 않았다. 도대체 어디를 갔을지 짐작이 가지 않았다. 자동 응답기가 나오긴 했지만 베커는 메시지를 남기지 않았다. 그가 하고 싶은 말은 자동 응답기에 남길 성격의 것이 아니었다.

도로로 다가서던 그는 공원 입구 근처에 설치된 공중전화 부스를 발견했다. 베커는 한달음에 달려가 수화기를 집어 든 다음, 전화 카드를 이용해 전화를 걸었다. 번호가 연결되기까지 긴 침묵이 이어졌다. 드디어 신호음이 울리기 시작했다.

'제발, 제발 받아라.'

다섯 번 신호가 간 다음, 전화가 연결되었다.

"안녕하세요. 수전 플래처예요. 지금은 전화를 받을 수 없지만 성함을 남겨 주시면……."

베커는 메시지에 귀를 기울였다. '어디를 갔을까?' 지금쯤 수전은 안절부절 어쩔 줄을 몰라 하고 있을 것이다. 혹시 혼자서 스톤 매너로 간 것은 아닐까 하는 생각까지 해 보았다. 잠시 후 삐 소리가 들렸다.

"안녕, 나 데이비드야." 그는 뭐라고 말을 이어야 좋을지 몰라 잠시 머뭇거렸다. 그가 자동 응답기를 싫어하는 이유 가운데 하나는 생각을 하려고 잠시만 말을 멈추면 그냥 연결이 끊어져 버린다는 점이었다. "전화 못 해서 미안해." 베커는 전화가 끊어지기 직전에 간신히 말을 이었다. 무슨 일이 벌어지고 있는지 전화로 다 설명을 하는 게 좋을지 확신이 서지 않았다. 문득 그보다 더 좋은 생각이 떠올랐다. "스트래드모어 부국장님께 연락해 봐. 그분이 모든 걸 설명해 주실 거야." 베커는 심장이 두근거렸다. '이것 참, 못할 짓이군.' 그는 생각했다. "사랑해." 베커는 재빨리 그렇게 덧붙이고는 전화를 끊었다.

베커는 보르볼라 가에서 차들이 지나가기를 기다렸다. 아마도 지금쯤 수전이 최악의 사태를 상상하고 있지 않을까 싶었다. 그가 약속을 해 놓고 전화를 하지 않는 경우는 한번도 없었기 때문이었다.

베커는 4차선 대로로 내려섰다. "치고 빠지기." 그는 혼잣말로 중얼거렸다. 베커는 너무나 생각에 골몰한 나머지, 길 건너편에서 그를 지켜보고 있는 은 테 안경의 남자를 미처 발견하지 못했다.

18

도쿄의 초고층 건물, 거대한 통유리 앞에 선 누마타카는 시가 연기를 길게 내뿜으며 혼자 미소를 지었다. 굴러들어 온 행운이 도저히 믿기지 않았다. 그 미국인과 다시 한 번 통화를 했기 때문이다. 모든 일이 순조롭게 진행된다면 지금쯤 엔세이 탄카도는 이미 제거되었을 것이고, 그의 패스 키도 확보되었을 것이다.

엔세이 탄카도의 패스 키가 자신의 손에 들어오다니, 참으로 묘한 운명의 장난이 아닐 수 없었다. 도쿠겐 누마타카는 아주 오래전에 탄카도를 한 번 만난 적이 있었다. 갓 대학을 졸업한 이 젊은 프로그래머는 누마테크 주식회사에 입사하기 위해 그를 찾아왔다. 누마타카는 그를 받아들이지 않았다. 탄카도의 뛰어난 자질에는 의문의 여지가 없었지만, 그것만으로 사람을 채용할 수는 없는 노릇이었다. 일본도 변화하고 있기는 하지만, 오랜 전통을 자랑하는 학교에서 공부한 누마타카는 '멘보코', 즉 명예와 체면을 목숨보다 중요하게 여기는 인물이었다. 어떤 경우에도 결함은 용납되지 않았다. 만약 그가 장애인을 채용한다면, 이는 회사의 명예에 먹칠을 하는 것과 다름없었다. 그는 탄카도의 이력서를 제대로 살펴보지도 않고 돌려보냈다.

누마타카는 다시 한 번 시계를 확인했다. 노스 다코타라는 미국인이 전화를 하기로 한 시간이 이미 지나 있었다. 조금씩 초조해지기 시작했다. 모든 일이 잘 풀리기를 바랄 뿐이었다.

만약 패스 키와 관련한 노스 다코타의 장담이 사실이라면 이제 그들은 컴퓨터 시대가 도래한 이후 가장 중요한 제품의 자물쇠를 열게 될 터였다. 난공불락의 디지털 암호화 알고리즘……. 누마타카는 그 알고리즘을 해킹이 불가능한 VSLI 칩에 집어넣어 시장을 공략할 계획이었다. 컴퓨터 제조업체, 정부, 관련 산업, 심지어는 테러리스트들의 암시장과 같은 좀 더 은밀한 시장에 이르기까지, 전 세계를 한 번에 휩쓸어 버릴 수 있을 터였다.

누마타카는 미소를 지었다. 이번에도 '시치고산', 행운의 일곱 신들이 자신에게 커다란 은혜를 베푸는 느낌이었다. 누마테크 주식회사는 지구상에 단 하나밖에 없는 디지털 포트리스를 관리하게 될 것이다. 2천만 달러는 큰돈이었지만, 물건의 가치를 생각하면 그 정도는 희대의 도둑질과 다름없었다.

19

"만약 다른 누군가가 그 반지를 찾고 있으면 어떻게 되죠?" 수전은 갑자기 걱정이 되어서 물었다. "데이비드가 위험에 빠질 수도 있지 않나요?"

스트래드모어는 고개를 가로저었다. "그 반지의 존재를 아는 사람은 아무도 없어. 내가 데이비드를 보낸 이유도 바로 그거고. 이 일은 이런 식으로 푸는 게 맞을 거라고 판단했지. 아무리 호기심이 많은 첩보원도 스페인어 선생의 뒤를 쫓지는 않을 테니까."

"그는 선생이 아니라 교수예요." 수전은 그렇게 말해 놓고 괜한 소리를 했다고 후회했다. 이따금 수전은 스트래드모어가 데이비드를 그리 탐탁지 않게 생각한다는 느낌을 받을 때가 있었다. 학교 선생이 그녀의 배필이 되기에는 뭔가 부족하다고 생각하는 눈치였다.

"부국장님, 오늘 아침에 카폰으로 데이비드에게 임무를 설명했다면, 누군가 도청을 했을 가능성도……." 수전이 말했다.

"그럴 확률은 100만 분의 1도 안 돼." 스트래드모어가 단호하게 잘라 말했다. "카폰을 도청하려면 바로 코앞까지 접근해야 하니까." 스트래드모어는 수전의 어깨에 손을 얹었다. "조금이라도 위험이 따르는 일이라면 데이비드를 보내지 않았을 거야." 그는 미소를 지으며 덧붙였다. "나를 믿어. 문제가 생길 조짐이 보이면 바로 전문가를 보낼 테니까."

스트래드모어의 말이 떨어지기가 무섭게, 누군가가 노드 3의 유리를 쾅쾅 두들기기 시작했다. 수전과 스트래드모어는 동시에 뒤를 돌아보았다.

시스템 보안실의 필 차트루키언이 안쪽을 들여다보려고 유리에 잔뜩 찌푸린 얼굴을 갖다 댄 채 주먹으로 유리를 두들기고 있었다. 그가 뭐라고 외치는지는 방음 유리 때문에 들리지 않았지만, 마치 귀신이라도 본 사람 같았다.

"차트루키언이 여기서 뭘 하고 있는 거지? 오늘 근무할 순서도 아니잖아." 스트래드모어가 투덜거렸다.

"무슨 문제가 생긴 모양이네요. 실행 모니터를 봤을지도 몰라요." 수전이 말했다.

"빌어먹을! 오늘 당직인 보안 요원에게 출근하지 말라고 연락까지 했는데 말이야!" 스트래드모어가 씩씩거렸다.

그리 놀라운 일은 아니었다. 시스템 보안 요원의 당직 근무를 취소하는 것은 이례적인 일이긴 하지만, 스트래드모어가 현재 벌어지고 있는 사태를 비밀에 부치고 싶어 하는 것은 당연한 일이었다. 어느 충성심 넘치는 시스템 보안 요원이 디지털 포트리스의 뚜껑을 열어젖히는 일은 상상만 해도 끔찍했다.

"트랜슬레이터의 가동을 중단하는 게 좋겠어요." 수전이 말했다. "실행 모니터를 초기화하고 필한테는 아무 일도 아니라고 둘러대면 될 테니까요."

스트래드모어는 잠시 생각을 해 보더니 고개를 가로저었다. "아직은 안 돼. 트랜슬레이터는 지금 열다섯 시간째 사투를 벌이고 있어. 나는 24시간을 꼬박 채워 보고 싶어. 혹시 모르니까."

수전이 보기에도 일리가 있는 판단이었다. 디지털 포트리스는 평문 순환 기능을 사용하는 최초의 프로그램이었다. 어쩌면 탄카도가 조그만 허점을 남겼을 수도 있고, 트랜슬레이터가 24시간 만에 그 허점을 발견할 수도 있었다. 수전은 비록 그럴 가능성을 별로 높게 보지는 않았지만 말이다.

"트랜슬레이터는 계속 돌려야 해." 스트래드모어가 단호하게 말했다. "이 알고리즘이 정말로 깨지지 않는지 확인을 해야 하니까."

그사이에도 차트루키언은 계속해서 유리를 두들겼다.

"귀찮은 노릇이군." 스트래드모어가 신음을 토했다. "장단이나 잘 맞춰 줘."

스트래드모어는 큰 숨을 들이쉬며 미닫이 유리 문 쪽으로 걸어갔다. 바닥의 압력 감지기가 작동하며 문이 자동으로 활짝 열렸다.

문에 바짝 기대고 있던 차트루키언의 몸이 쓰러지다시피 안으로 쏠렸다. "부국장님, 방해해서 죄송합니다만, 실행 모니터⋯⋯. 바이러스 탐색기를 돌려 보았는데⋯⋯."

"필, 진정하게." 스트래드모어는 친근한 동작으로 차트루키언의 어깨에 손을 올려놓으며 안심시키듯이 말했다. "무슨 일인가?"

스트래드모어의 태평스러운 목소리만으로는 누구도 지금 그의 세계가 무너져 내리고 있음을 짐작도 못할 터였다. 그는 한쪽 옆으로 비켜서며 성소와도 같은 노드 3 안으로 차트루키언을 안내했다. 차트루키언은 잘 훈련된 강아지처럼 조심스럽게 안으로 들어섰다.

차트루키언의 당혹스러운 표정으로 미뤄볼 때, 그는 지금까지 한번도 이 방 안쪽을 들여다보지 못한 게 분명했다. 자기가 무엇 때문에 그토록 호들갑을 떨었는지 순간적으로 잊어버린 듯, 화려한 실내 장식과 개인용 단말기들, 소파, 책꽂이, 부드러운 조명 따위를 일일이 훑어보는 것이었다. 이윽고 시선이 크립토의 여왕 수전 플래처에게 닿자, 그는 재빨리 눈길을 돌렸다. 그에게 수전은 도저히 범접하지 못할 인물이었다. 마치 차원이 다른 정신 세계를 가진 여자 같았고 외모는 또 얼마나 아름다운지……. 그녀 앞에만 서면 자꾸 말이 헛나올 지경이었고, 게다가 겸손하기까지 하니 더욱 불안했다.

"문제가 뭐지, 필?" 스트래드모어가 냉장고 문을 열며 말했다. "한잔하겠나?"

"아니, 괜찮습니다, 부국장님." 차트루키언은 뜻밖의 환대가 믿기지 않아 자꾸만 혀가 꼬였다. "부국장님, 아무래도 트랜슬레이터에 문제가 생긴 것 같습니다."

스트래드모어는 냉장고 문을 닫으며 태연한 눈길로 차트루키언을 바라보았다. "실행 모니터 말인가?"

차트루키언은 깜짝 놀란 기색이 역력했다. "부국장님도 보셨습니까?"

"물론이지. 내가 잘못 본 게 아니라면 지금 거의 열여섯 시간째 돌아가고 있을 거야."

차트루키언은 더욱 어리둥절한 표정이었다. "맞습니다, 부국장님. 열여섯 시간째예요. 하지만 그것만이 아닙니다. 바이러스 탐색기를 돌려 봤더니, 뭔가 아주 이상한 게 나타났어요."

"그래?" 스트래드모어는 별로 관심이 없는 말투였다. "뭔데?"

수전은 스트래드모어의 연기를 지켜보며 속으로 감탄사를 뱉었다.

차트루키언이 더듬거리며 설명을 늘어놓았다. "트랜슬레이터에 아주 강력한 놈이 들어온 것 같습니다. 트랜슬레이터의 필터가 처음 경험하는 프로그램이 틀림없어요. 아무래도 바이러스가 아닐까 싶습니다."

"바이러스?" 스트래드모어는 상대방이 기분 상하지 않을 정도의 웃음을 지었다. "필, 자네의 헌신적인 모습은 고마워, 정말이야. 하지만 플래처 양과 나는 지금 새로운 최첨단 진단 프로그램을 돌리는 중이야. 자네한테도 미리 얘기를 해 두었더라면 좋았겠지만, 자네가 오늘 당직인 줄 미처 몰랐어."

차트루키언은 최대한 말썽의 소지를 없애려고 나름대로 최선을 다 했다. "신참 요원과 날짜를 바꿨습니다. 원래는 그 친구가 주말 근무였 거든요."

스트래드모어가 눈을 가늘게 뜨며 말했다. "그것 참 이상하군. 어젯 밤에 내가 직접 그 친구랑 통화를 했거든. 오늘 출근하지 않아도 된다 는 말을 전하려고 말이야. 자네랑 날짜를 바꿨다는 이야기는 없던데."

차트루키언은 목구멍에서 뭔가가 치밀어 올랐다. 잠시 팽팽한 긴장 감 속에 침묵이 흘렀다.

스트래드모어가 이윽고 한숨을 내쉬며 말했다. "음, 뭔가 일이 좀 꼬 인 것 같군." 그는 차트루키언의 어깨에 손을 올려놓으며 그를 출입문 쪽으로 이끌었다. "자네는 그만 퇴근해도 괜찮아. 플래처 양과 내가 하 루 종일 여기 붙어 있을 테니까. 여기는 우리가 지킬 테니 자네는 가서 주말을 즐기라고."

차트루키언은 잠시 망설였다. "부국장님, 제 생각에는 아무래도 좀 더 검사를······."

"필." 스트래드모어는 조금 더 엄격하게 되풀이했다. "트랜슬레이터 는 아무 이상도 없어. 바이러스 탐색기가 뭔가 이상을 발견했다면, 그 건 우리가 의도적으로 입력한 게 분명해. 자, 그럼 이만······."

스트래드모어는 말끝을 흐렸지만, 차트루키언은 그의 뜻을 금방 알 아차렸다. 그만 나가 달라는 소리였다.

"진단 프로그램 좋아하시네!" 차트루키언은 시스템 분석실로 들어서며 혼자 씩씩거렸다. "무슨 놈의 진단 프로그램이 300만 개의 프로세서를 열여섯 시간 동안이나 붙잡고 있다는 거야?"

차트루키언은 시스템 보안 책임자에게 보고를 해야 되는 것 아닌가 싶었다. '빌어먹을 암호쟁이들. 보안에 대해서는 쥐뿔도 모르면서!' 그는 생각했다.

차트루키언은 처음 시스템 보안실에 합류할 때 서약한 게 있다는 사실을 떠올렸다. 천문학적인 예산이 투입된 NSA의 컴퓨터 시스템을 지키기 위해 자신의 전문 지식은 물론 본능까지 총동원하겠다는 서약이었다.

"본능이라……." 그는 도전적인 목소리로 중얼거렸다. '이게 진단 프로그램 문제가 아니라는 건 삼척동자도 알아!'

차트루키언은 굳은 얼굴로 터미널 앞으로 다가가 트랜슬레이터의 시스템 평가 소프트웨어를 가동시켰다.

"당신 애인한테 문제가 생겼어, 부국장." 그는 혼잣말로 중얼거렸다. "당신은 직감을 믿지 않지? 내 손으로 증거를 들이대 주겠어!"

20

 살루드 공립 진료소는 초등학교 건물을 개조한 곳으로, 전혀 병원 같아 보이지가 않았다. 기다란 단층짜리 벽돌 건물이었고, 큼지막한 유리창과 뒤쪽의 녹슨 그네가 눈길을 끌었다. 베커는 오래된 계단 쪽으로 걸음을 옮겼다.
 건물 안은 컴컴하고 소란스러웠다. 길고 좁은 복도를 따라 한 줄로 놓인 철제 접이식 의자들이 대기실인 모양이었다. 톱질용 모탕에 판지로 된 표지판을 붙여 놓았는데, 복도 안쪽을 가리키는 화살표와 함께 '사무실'이라는 글자가 적혀 있었다.
 베커는 불빛이 어두컴컴한 복도를 걸어갔다. 할리우드 공포 영화의 한 장면을 연상시킬 만큼 으스스한 분위기였다. 어디선가 지린내가 났다. 반대편 끝의 전등에 불이 들어오지 않아서 마지막 15미터가량은 어두컴컴한 윤곽선밖에 보이지 않았다.
 피를 흘리는 여인, 눈물을 흘리는 젊은 부부, 기도를 하고 있는 어린 소녀……. 이윽고 베커는 복도 끝자락에 다다랐다. 왼쪽에 붙은 문이 살짝 열려 있어서 안을 들여다보았다. 텅 빈 방에 놓인 침대 위에서 한 앙상한 할머니가 벌거벗은 채 환자용 변기와 씨름하고 있었다.

'아름다운 광경이로군.' 베커는 신음을 삼키며 조심스럽게 문을 닫았다. '도대체 사무실은 어디 있다는 거야?'

오른쪽 왼쪽으로 번갈아 살짝 구부러진 복도 주위에서 무슨 소리가 들렸다. 그 소리를 따라가 보니 투명한 유리 문이 나타났다. 그 너머에서 한바탕 싸움판이 벌어진 듯 시끌벅적한 소리가 터져 나왔다. 베커는 머뭇거리며 그 문을 밀어 보았다. 사무실이었다. '난장판이로군.' 걱정했던 대로였다.

줄을 선 열 명가량의 사람들이 서로 밀치며 고함을 질러 대고 있었다. 스페인은 확실히 높은 효율성으로 유명한 나라는 아니어서, 캐나다 관광객에 대한 정보를 얻어 내려면 밤새 기다려야 할 판이었다. 책상 앞에 앉은 여직원 한 사람이 혼자서 그 많은 환자들의 불만을 상대하고 있었다. 베커는 잠시 문 앞에 서서 어떻게 해야 할지를 고민해 보았다. 이내 좋은 수가 떠올랐다.

"Con permiso(실례합니다)!" 남자 간호사 한 사람이 그렇게 외치며 바퀴 달린 침대를 쏜살같이 밀고 지나갔다.

베커는 재빨리 길을 비켜 준 다음, 그를 쫓아가며 물었다. "¿Dónde está el teléfono(전화기는 어디에 있습니까)?"

간호사는 걸음을 늦추지도 않은 채 어느 문을 가리키며 모퉁이를 돌아 사라졌다. 베커는 재빨리 그 문을 밀고 안으로 들어갔다.

낡은 체육관으로 보이는 커다란 방이었다. 형광등이 한 번씩 껌뻑거릴 때마다 연두색 바닥이 제대로 보였다 안 보였다 하는 바람에 현기증이 일 지경이었다. 한쪽 벽에 붙은 백보드에 농구 골대 하나가 비스듬히 걸려 있었다. 여기저기 야트막한 간이침대에 수십 명의 환자들이 드러누워 있었다. 반대편 구석의 낡아 빠진 점수판 밑에 구닥다리 공중전화가 보였다. 베커는 제발 그 전화기가 고장이 아니기를 빌었다.

　베커는 그쪽으로 걸어가면서 주머니를 뒤졌다. 택시 요금을 내고 거슬러 받은 5두로짜리 동전으로 75페세타가 나왔다. 시내 통화 몇 통을 걸기에는 충분한 돈이었다. 베커는 지나쳐 가는 간호사에게 상냥한 미소를 지어 보이며 전화기로 다가갔다. 그가 먼저 통화를 시도한 곳은 전화번호 안내 센터였다. 30초 후, 그는 이 병원의 사무실 전화번호를 알아냈다.

　어느 나라건 간에 모든 사무실에서 공통적으로 찾아볼 수 있는 보편적인 진리가 하나 있다. 계속해서 울리는 전화 벨소리를 무시하는 사람은 아무도 없다는 점이다. 도움을 기다리는 고객이 아무리 줄 지어 기다린다 해도, 사무실 직원은 전화벨이 울리면 하던 일을 멈추고 수화기부터 집어 들게 마련이다.

　베커는 여섯 자리로 된 전화번호를 눌렀다. 이제 곧 이 병원의 사무실과 연결될 것이다. 오늘 팔목이 부러지고 머리를 다쳐서 이 병원을 찾은 캐나다 관광객이 두 명 이상일 가능성은 극히 희박했고, 당연히 그의 서류는 금방 찾을 수 있는 곳에 놓여 있을 것이다. 베커는 병원 사무실에서 정체불명의 외부인에게 환자의 이름이나 주소를 쉽게 알려주지는 않을 거라고 생각했지만, 그에게는 나름대로의 계획이 있었다.

　신호음이 울리기 시작했다. 베커는 다섯 번 정도 신호가 가면 통화가 연결될 거라고 생각했다. 실제로는 열아홉 번이었다.

　"Clinica de Salud Publica(살루드 공립 진료소입니다)." 다급한 여직원의 목소리였다.

　베커는 스페인어를 사용하긴 했지만 의도적으로 프랑스 캐나다계 미국인의 억양을 잔뜩 집어넣었다. "나는 데이비드 베커라고 합니다. 캐나다 대사관 직원이에요. 우리 시민권자 한 분이 오늘 그 병원에서 치료를 받았는데, 우리 대사관에서 그분의 병원비를 처리하려면 신상 정보가 필요합니다."

"알았어요. 월요일날 대사관으로 보내 드리죠." 여직원이 말했다.

이대로 물러설 수는 없었다. "지금 당장 확인이 되어야 일을 처리할 수 있습니다."

"그건 안 돼요. 우린 지금 너무 바쁘거든요." 단호한 목소리였다.

베커는 최대한 공식적인 말투를 유지했다. "아주 다급한 사안입니다. 그분은 팔목이 부러지고 머리에도 부상을 입었어요. 오늘 오전에 치료를 받았으니 관련 서류가 아직 제일 위에 놓여 있을 겁니다."

베커는 말투에 조금 더 억양을 넣었다. 자신의 요구가 얼마나 중요한지를 강조하고, 또한 상대방의 반응에 불쾌해하는 기색이 살짝 드러날 정도의 억양이었다. 사람들은 상대가 강하게 밀어붙이면 어떻게든 융통성을 발휘할 방편을 찾게 마련이다.

그러나 여직원은 융통성을 발휘하는 대신, 자기만 급하다고 생각하는 북미 사람들에 대해 노골적으로 불만을 드러내며 전화를 뚝 끊어 버렸다.

베커는 인상을 찌푸리며 수화기를 내려놓았다. 보기 좋게 삼진을 먹은 셈이다. 그렇다고 사무실로 돌아가 줄을 서서 차례를 기다릴 엄두는 나지 않았다. 지금쯤 캐나다 아저씨가 어디까지 가 있을지 누가 알겠는가. 어쩌면 캐나다로 돌아가기로 결정했는지도 모를 일이다. 어쩌면 반지를 팔아 버릴 수도 있었다. 베커는 줄을 서서 기다릴 시간이 없었다. 결국 그는 마음을 단단히 먹고 다시 한 번 수화기를 집어 든 채 재발신 단추를 눌렀다. 그러고는 수화기를 귀에 갖다 대고 벽에 등을 기댔다. 신호가 가기 시작했다. 베커는 무심코 방 안을 둘러보며 신호음에 귀를 기울였다. 한 번…… 두 번…… 세…….

갑자기 온몸에 전기가 통하는 듯이 짜릿한 흥분이 일었다.

베커는 빙글 몸을 돌려 재빨리 수화기를 내려놓았다. 그러고는 넋이

나간 사람처럼 다시 정면을 바라보았다. 바로 맞은편 침대에 베개를 여러 겹 받쳐 놓고 누운 나이 지긋한 남자의 오른쪽 팔목이 새하얀 깁스로 감겨 있었다.

21

도쿠겐 누마타카의 전용 회선으로 연결된 미국인의 목소리는 상당히 초조하게 들렸다.

"누마타카 씨, 난 지금 무척 급합니다."

"좋습니다. 두 개의 패스 키를 모두 확보했으리라고 믿습니다."

"조금 더 시간이 걸릴 듯합니다." 미국인이 대답했다.

"용납할 수 없소." 누마타카의 목소리가 거칠어졌다. "오늘 안으로 두 개 모두 내 손에 들어올 거라고 장담하지 않았소!"

"아직 마무리할 일이 남았습니다."

"탄카도는 어떻게 됐소?"

"처리했습니다." 목소리가 대답했다. "내 부하가 탄카도 씨를 살해하는 데는 성공했지만 패스 키는 아직 손에 넣지를 못했어요. 탄카도가 죽기 직전에 그걸 어느 관광객에게 넘겨줘 버렸습니다."

"말도 안 되는 소리!" 누마타카가 소리쳤다. "그러면서 어떻게 나한테 배타적인……."

"진정하세요." 미국인이 달래듯이 말했다. "당신은 배타적인 권리를 갖게 될 겁니다. 그건 내가 보장하지 않았습니까. 사라진 패스 키를 찾는 즉시 디지털 포트리스는 당신 것이 됩니다."

"하지만 누군가가 패스 키를 복사하면 어떻게 할 거요?"

"그 키를 본 사람은 누구든 살아남지 못할 겁니다."

오랜 침묵이 흘렀다. 이윽고 누마타카가 입을 열었다. "패스 키는 지금 어디 있습니까?"

"당신은 내가 곧 그걸 찾을 수 있다는 사실만 알고 있으면 됩니다."

"그렇게 장담할 수 있는 근거라도 있습니까?"

"그걸 찾는 사람이 나 혼자가 아니니까요. 미국의 정보기관에서 그 키가 사라졌다는 정보를 입수했어요. 그들이 디지털 포트리스가 유포되는 사태를 막으려 하는 건 당연한 일이지요. 키를 찾기 위해 그쪽에서 사람을 보냈어요. 데이비드 베커라고 하는 인물입니다."

"그걸 당신이 어떻게 아시오?"

"당신과는 관계없는 일입니다."

누마타카는 잠시 생각을 해 보았다. "베커 씨가 키를 찾아내면?"

"내 부하의 손에 들어올 겁니다."

"그다음에는?"

"그건 걱정할 필요가 없습니다." 미국인이 차가운 목소리로 말했다. "베커 씨가 키를 찾아내면 응분의 보상을 받게 될 테니까요."

22

데이비드 베커는 침대에 누운 채 잠든 노인을 살펴보았다. 오른쪽 팔목에 깁스가 감겨 있었다. 나이는 예순에서 일흔 살 사이로 보였다. 눈처럼 흰 머리는 단정하게 가르마를 타서 빗어 넘겼고, 이마 한복판에 자줏빛 멍 자국이 오른쪽 눈으로 이어져 있었다.

'혹이 조금 났다고?' 베커는 경찰관이 한 말을 떠올렸다. 손가락을 살펴보니 금반지는 보이지 않았다. 베커는 팔을 뻗어 노인의 팔을 건드려 보았다. "어르신?" 반응이 없자, 팔을 살짝 흔들며 다시 한 번 불렀다. "실례합니다, 어르신?"

노인은 꿈쩍도 하지 않았다.

베커는 조금 더 목소리를 높였다. "어르신?"

그제야 노인이 몸을 뒤척거렸다. "Qu'est-ce quelle heure es(몇 시나 되었나)." 노인은 천천히 눈을 뜨고 베커를 향해 눈동자의 초점을 맞추었다. 귀찮아하는 기색이 역력했다. "Qu'est-ce-que vous voulez(무슨 일이오)?"

'프랑스계 캐나다인이야!' 베커는 생각했다. 베커는 그를 내려다보며 미소를 지었다. "잠깐 말씀 좀 나눌 수 있을까요?"

베커는 프랑스어도 완벽하게 구사할 줄 알았지만 일부러 영어를 선택했다. 노인은 아무래도 영어보다는 프랑스어에 익숙할 터였다. 낯선 사람에게 금반지를 내놓도록 설득하는 일은 절대 만만한 일이 아닐 테니, 어떻게든 조금이라도 기선을 제압할 필요가 있었다.

노인이 온전히 정신을 차릴 때까지 잠시 침묵이 흘렀다. 노인은 주위를 한번 둘러보더니, 기다란 손가락을 들어 숱이 별로 많지 않은 하얀 콧수염을 매만졌다. 이윽고 그가 입을 열었다. "무슨 일이오?" 그의 영어 억양에는 가벼운 콧소리가 섞여 있었다.

"어르신." 베커는 귀가 잘 들리지 않는 사람에게 얘기할 때처럼 의식적으로 발음에 힘을 주었다. "몇 가지 여쭤 볼 게 있습니다."

노인은 의아한 표정으로 베커를 바라보았다. "무슨 문제라도 있소?"

베커는 얼굴을 찌푸렸다. 노인의 영어는 흠잡을 데가 없었다. 베커도 굳이 발음에 신경을 쓸 이유가 없었다. "성가시게 해서 죄송합니다만, 혹시 오늘 에스파냐 광장에 가지 않으셨습니까?"

대번에 노인의 눈매가 가늘어졌다. "시청에서 나왔소?"

"아닙니다, 사실 저는……."

"그럼 관광청?"

"아니, 저는……."

"이것 봐요, 나는 당신이 왜 나를 찾아왔는지 알아!" 노인은 힘겹게 일어나 앉으며 말을 이었다. "내가 협박에 넘어갈 사람처럼 보이나? 내 입으로 한번 내놓은 말은 천 번이라도 되풀이할 수 있어. 피에르 클루차드는 자신이 직접 경험한 세상에 대해서만 글을 쓰는 사람이라고. 당신네가 만든 안내책자는 나를 하룻밤 공짜로 재워 주는 대가로 내 글을 책상 밑에 쑤셔 박아 싶겠지만, 《몬트리올타임스》는 고용 계획이 없어! 절대 안 해!"

"죄송합니다, 어르신. 뭔가 잘못 생각하시는 것······."

"Merde alors(빌어먹을)! 잘못 생각하는 것 하나도 없어!" 그는 베커를 향해 앙상한 손가락을 흔들어 보였고, 그의 목소리가 강당 전체에 울려 퍼졌다. "당신이 처음인 줄 알아? 물랭루주에서, 브라운의 궁궐에서, 라고스의 골피그노에서도 다 마찬가지였어! 하지만 결국 신문에는 뭐가 실리는지 알아? 진실이야! 그렇게 형편없는 웰링턴 스테이크에 지저분한 욕조, 자갈투성이 해변은 처음이었다고! 내 글을 읽는 독자들에게는 진실을 알 권리가 있어!"

주위의 환자들이 무슨 일인가 하고 하나둘 일어나 앉기 시작했다. 베커는 혹시 간호사가 달려오지 않나 싶어 주위를 둘러보았다. 이런 순간에 쫓겨 나가면 모든 게 물거품으로 돌아갈 터였다.

클루차드는 더욱 열을 냈다. "당신네 도시에서 일하는 경찰관이 얼마나 한심한 핑계를 댔는지 알아? 그자가 나를 자기 오토바이에 태웠어! 내 꼴을 좀 보라고!" 그는 팔목을 들어 보이려 애쓰며 말을 이었다. "이제 내 칼럼은 누가 쓰지?"

"어르신, 저는······."

"43년 동안 여행을 해 왔지만 이렇게 불편했던 적은 한번도 없어! 당신도 눈이 있으면 여길 좀 보라고! 내 칼럼이 자그마치 몇 개 신문에 실리는지······."

"어르신!" 베커는 다급한 표정으로 두 손을 치켜들어 상대방을 제지했다. "저는 어르신의 칼럼에는 관심이 없습니다. 저는 캐나다 영사관에서 나왔어요. 어르신이 괜찮은지 확인하려고 말입니다."

갑자기 강당 전체가 침묵에 휩싸였다. 노인은 침대에 앉은 채 뭔가 미심쩍은 표정으로 베커를 바라보았다.

베커는 거의 속삭임에 가까울 정도로 목소리를 낮췄다. "혹시 제가

도와드릴 일은 없는지 살펴보려고 왔습니다." '아무래도 안정제 몇 알이 제일 급할 것 같군.'

오랜 침묵이 흐른 뒤, 노인이 입을 열었다. "영사관?" 크게 누그러진 말투였다.

베커는 고개를 끄덕였다.

"그럼 내 칼럼 때문에 온 게 아니라고?"

"그렇습니다, 어르신."

마치 피에르 클루차드의 머릿속에서 커다란 거품이 터져 버린 것 같았다. 그는 천천히 베개 더미에 다시 몸을 기댔다. 크게 상심한 표정이 역력했다. "자네가 시에서 나온 사람인 줄 알았어. 나를 설득하려고……." 그는 말꼬리를 흐리며 베커를 올려다보았다. "칼럼 때문이 아니라면 왜 나를 찾아온 거지?"

'정말 좋은 질문이로군.' 베커는 스모키 산을 떠올리며 속으로 중얼거렸다. "비공식적인 외교적 배려입니다." 물론 거짓말이었다.

노인은 깜짝 놀란 표정이었다. "외교적 배려?"

"그렇습니다. 어르신 같은 지위에 오른 분이라면 물론 잘 알고 계시겠지만, 캐나다 정부는 자국민이 이렇게…… 음, 표현이 어떨지 모르지만 '덜 세련된' 국가에서 불필요한 곤욕을 치르는 일이 없도록 최선을 다하고 있습니다."

무슨 말인지 이해가 간다는 듯 클루차드의 입가에 옅은 미소가 어렸다. "하지만…… 정말 고마운 노릇이군."

"어르신은 캐나다 시민권자시지요?"

"물론이지. 그나저나 내가 정말 어리석게 굴었어. 용서하게나. 내 위치가 위치인 만큼 엉뚱한 사람들이 접근해서……. 무슨 말인지 알지?"

"알고 말고요, 클루차드 씨. 다 이해합니다. 사실 어르신 같은 분들은 그 정도 유명세쯤은 각오를 하셔야지요."

"그런 모양이야." 클루차드는 과장스럽게 한숨을 내쉬었다. 마치 어리석은 중생들 때문에 고민하는 순교자 같았다. "이렇게 끔찍한 곳이 또 있을까 몰라." 그는 주위를 둘러보며 눈을 부라렸다. "이건 모욕이야. 나더러 이런 곳에서 하룻밤을 보내라고?"

베커도 주위를 둘러보았다. "저도 압니다. 정말 끔찍한 노릇이지요. 진작 찾아뵙지 못해서 죄송합니다."

클루차드는 조금 혼란스러운 모양이었다. "난 자네가 오는 줄도 모르고 있었는데."

베커는 얼른 주제를 바꾸었다. "이마에 상당히 큰 혹이 난 것 같군요. 아프지는 않습니까?"

"별로 아프지는 않아. 오늘 아침에 오토바이에서 떨어졌거든. 선한 사마리아인이 되기 위해서는 이런 대가를 치러야 되는 모양이야. 진짜 아픈 건 팔목이야. 멍청한 경찰 같으니라고! 나 같은 늙은이를 오토바이에 태우다니, 정말 괘씸한 녀석이야."

"뭐 당장 필요하신 거라도 있습니까?"

클루차드는 베커의 관심을 즐기는 듯 잠시 생각을 해 보았다. "음, 사실은……." 그는 목을 길게 뽑더니 좌우로 머리를 흔들었다. "괜찮다면 베개가 하나 더 있었으면 좋겠는데."

"그 정도야 아무것도 아니지요." 베커는 옆 치대에서 베개를 집어 와 클루차드가 좀 더 편안한 자세를 취하도록 도와주었다.

노인은 만족스러운 듯 한숨을 내쉬었다. "훨씬 낫군……. 고맙네."

"Pas du tout(천만의 말씀입니다)." 베커가 대답했다.

"아!" 대번에 노인의 얼굴에 다정한 미소가 떠올랐다. "자네도 문명 세계의 언어를 할 줄 아는군."

"뭐 많이 알지는 못합니다." 베커가 수줍은 듯 대답했다.

"괜찮아." 클루차드가 자랑스럽게 말했다. "내 칼럼은 미국 신문에도 실리거든. 사실 난 영어도 꽤 잘하는 편이지."

"그건 저도 이미 파악했습니다." 베커도 미소를 지으며 말한 다음, 클루차드의 침대 가장자리에 걸터앉았다. "혹시 실례가 되지 않을지 모르겠습니다만, 클루차드 씨, 어르신 같은 분이 어쩌다가 이런 병원으로 오시게 되었는지요? 세비야에는 좀 더 나은 병원들도 있을 텐데요."

클루차드는 화난 표정으로 대답했다. "경찰관 녀석 말이야. 그 녀석이 나를 오토바이에서 떨어뜨리고는 피가 줄줄 흐르는 나를 길바닥에 그냥 내버리더군. 내 발로 걸어서 여기까지 왔다니까."

"그가 좀 더 나은 곳으로 모시겠다고 하지 않던가요?"

"그 망할 놈의 오토바이를 또 타라고? 말도 안 되는 소리!"

"오늘 아침에 정확하게 무슨 일이 벌어진 겁니까?"

"거기에 대해서는 경찰관에게 다 얘기했어."

"저도 그 사람을 만나 봤는데……."

"아주 혼구멍을 내 주지 그랬어!" 클루차드가 베커의 말을 가로막았다.

베커는 고개를 끄덕였다. "단단히 조치를 취하겠습니다. 우리 사무실에서 진상 파악에 나설 겁니다."

"그래야지."

"무슈 클루차드." 베커는 미소를 지으며 주머니에서 펜을 꺼냈다. "저는 공식적으로 시에 항의를 할 생각입니다. 그러기 위해서는 어르신의 도움이 필요해요. 어르신처럼 유명하신 분의 증언은 강력한 위력을 발휘하니까요."

클루차드는 자신의 증언이 인용될 거라고 생각하니 뿌듯한 모양이었다. 그가 다시 자세를 바로잡으며 말했다. "그래, 그렇겠지. 기꺼이 도와주겠네."

베커는 조그만 수첩을 꺼내며 고개를 들었다. "좋습니다, 그럼 오늘 아침에 벌어진 일부터 시작하지요. 사고에 대해서 말씀해 주시겠습니까?"

노인은 한숨을 내쉬었다. "아주 슬픈 광경이었어. 불쌍한 아시아 친구가 갑자기 풀썩 쓰러지더라고. 내가 어떻게든 도우려 해 봤지만 소용이 없더군."

"어르신께서 심폐 소생술을 시도하셨나요?"

클루차드는 약간 부끄러운 표정이었다. "유감스럽게도 나는 어떻게 하는지를 몰라. 대신 구급차를 불렀지."

베커는 탄카도의 가슴에 남아 있던 멍 자국을 떠올렸다. "그럼 응급 요원들이 심폐 소생술을 시도했겠군요?"

"천만에!" 클루차드는 코웃음을 쳤다. "죽은 말한테 채찍을 휘두를 이유가 없지 않나. 구급차가 도착했을 때 그 친구는 이미 숨이 끊어진 다음이었어. 그들은 맥박을 확인해 보더니, 나를 멍청한 경찰관한테 남겨 놓고 그냥 시신을 싣고 가 버렸어."

'이상한 일이군.' 베커는 그럼 멍 자국은 어디서 생겼을지 의아했지만, 얼른 그 의문을 떨쳐 버리고 보다 시급한 문제로 넘어갔다. "반지는 어떻게 된 겁니까?" 베커는 그냥 지나가는 말처럼 툭 던져 보았다.

클루차드는 깜짝 놀란 표정이었다. "그 경찰관이 자네한테 반지 이야기도 했어?"

"예."

클루차드는 좀처럼 믿기지 않는다는 듯이 말했다. "그래? 난 그가 내 말을 믿지 않는 줄 알았어. 꼭 내가 거짓말이라도 하는 것처럼 무례하게 굴더라니까. 하지만 물론 나는 단 한 마디도 거짓말을 하지 않았어. 나처럼 정확한 사람도 없을 거야."

"반지는 어디 있습니까?" 베커는 조금 더 밀어붙였다.

클루차드는 그 말을 못들은 것 같았다. 흐리멍덩한 눈으로 허공을 바라보며 말을 이었다. "좀 이상한 반지였지. 글자들이 잔뜩 새겨져 있는데, 어느 나라 말인지조차 모르겠더라고."

"혹시 일본어 아닐까요?" 베커가 물었다.

"그건 절대 아니야."

"자세히 살펴보신 모양이군요?"

"물론이지! 내가 어떻게든 도우려고 몸을 숙이니까 그 남자가 자꾸만 내 얼굴 쪽으로 손가락을 내밀더라고. 나한테 그 반지를 주고 싶은 게 틀림없었어. 손이 어찌나 이상하게 생겼는지, 정말 끔찍하더군."

"그래서 그 반지를 받으셨나요?"

클루차드의 눈이 휘둥그레졌다. "경찰관이 자네한테 그런 소리를 했군! 내가 그 반지를 받았다고 말이야!"

베커는 은근히 불안해져서 몸을 꼼지락거렸다.

클루차드가 버럭 화를 내며 소리쳤다. "내 그럴 줄 알아어! 도통 내 말을 듣는 것 같지 않더라니까! 헛소문은 그렇게 나기 시작하는 거지. 나는 그 경찰관한테 일본인이 반지를 내밀기는 했는데, 그걸 받은 사람은 내가 아니라고 분명히 얘기했어! 내가 무엇 때문에 죽어 가는 사람한테서 뭔가를 받겠나? 맙소사! 생각만 해도 끔찍하군!"

베커는 또 한 번 일이 꼬이는 느낌이었다. "그럼 어르신은 그 반지를 가지고 있지 않군요!"

"물론이지!"

베커는 갑자기 명치끝이 묵직해졌다. "그럼 누가 가지고 있지요?"

클루차드는 화난 표정으로 베커를 노려보았다. "독일인! 그 독일 사람이 가져갔어!"

베커는 누군가가 자기 발밑에서 양탄자를 휙 잡아당기는 느낌이었다. "독일인이라니, 어떤 독일인 말입니까?"

"공원에 있던 독일인! 경찰관한테 다 얘기했어! 내가 그 반지를 받지 않으니까 그 파시스트 돼지 같은 인간이 날름 받았다고!"

베커는 종이와 펜을 내려놓았다. 게임은 끝났다. 정말 골치 아픈 사태가 벌어진 것이다. "그럼 그 독일인이 반지를 가지고 있습니까?"

"그렇다니까."

"그가 어디로 갔습니까?"

"그걸 어떻게 알아. 나는 경찰에 신고를 하려고 달려갔고, 돌아와 보니 사라지고 없더라고."

"그 사람이 누구인지는 아십니까?"

"관광객이야."

"확실합니까?"

"나는 평생을 관광으로 보낸 사람이야." 클루차드가 잘라 말했다. "척 보면 안다고. 그는 여자친구와 함께 공원을 산책하고 있었어."

베커는 점점 더 혼란스러워졌다. "여자친구라고요? 그 독일인이 다른 사람과 함께 있었다는 말입니까?"

클루차드는 고개를 끄덕였다. "콜걸이었어. 아주 대단한 빨강머리였지. Mon Dieu(맙소사)! 아름다운 여자더군."

"콜걸?" 베커는 도무지 종잡을 수가 없었다. "그러니까, 창녀 말씀입니까?"

클루차드는 인상을 찌푸렸다. "그래, 표현이 좀 천박하긴 하지만."

"하지만 경찰관은 거기에 대해서는 한마디도……."

"물론 안 했겠지! 내가 콜걸 이야기는 꺼내지도 않았으니까." 클루차드는 선심이라도 쓰듯이 성한 쪽 팔을 내저었다. "콜걸이 범죄자는 아니잖아. 그들을 좀도둑과 똑같이 취급하는 건 어리석은 생각이야."

베커는 적잖이 당혹스러웠다. "다른 사람이 또 있었나요?"

"아니, 우리 셋뿐이었어. 날씨가 너무 더웠으니까."

"아무튼 그 여자가 창녀인 건 확실하다는 말씀이지요?"

"그렇다니까. 돈을 주고받지 않는 한 그렇게 아름다운 여자가 그런 남자와 함께 있을 리가 없어! 맙소사! 그 독일인은 아주 엄청난 뚱보였어! 목소리 크고 고집 센 독일 뚱보였단 말이야!" 클루차드는 자세를 바꾸다가 통증을 느끼는 듯 잠시 얼굴을 찌푸렸지만 계속 말을 이었다. "솔직히 사람처럼 보이지도 않았어. 몸무게가 적어도 130킬로그램은 넘을 거야. 그런 녀석이 그 불쌍한 여자를 꼼짝도 못하게 꽉 붙들고 있더라니까. 그렇다고 내가 그 여자를 비난하는 건 아니야. 천만에! 틈만 나면 여자의 몸을 더듬으면서 300달러를 냈으니 주말 내내 그 여자가 자기 거라고 자랑을 해 대더라니까! 비명횡사는 그 불쌍한 아시아인이 아니라 바로 그 돼지 같은 독일인에게나 어울릴 운명인데 말이야."

클루차드가 잠시 숨을 고르는 동안 베커가 얼른 끼어들었다.

"혹시 그 사람 이름은 못 들었습니까?"

클루차드는 잠시 생각을 해 보더니 고개를 가로저었다. "아니." 그는 다시 한 번 얼굴을 찌푸리며 천천히 베개에 몸을 기댔다.

베커는 한숨을 내쉬었다. 바로 눈앞에서 반지가 사라져 버린 것이다. 스트래드모어의 낙담한 얼굴이 눈에 선했다.

클루차드는 손으로 자신의 이마를 어루만졌다. 너무 흥분해서 떠들어 댄 통에 증세가 도진 모양이었다. 갑자기 진짜 환자처럼 보였다.

베커는 다른 접근 방법을 시도해 보았다. "클루차드 씨, 나는 그 독일인과 콜걸에게서 진술서를 받아야 합니다. 그들이 어디에 묵고 있는지 짚이는 데가 없습니까?"

클루차드는 기운이 다 빠진 듯 눈을 감았다. 숨소리도 조금씩 가빠졌다.

"전혀 짚이는 데가 없나요?" 베커가 다시 한 번 몰아세웠다. "콜걸의 이름은 뭐였지요?"

오랜 침묵이 이어졌다.

클루차드는 오른쪽 관자놀이를 주물렀다. 안색도 무척 창백해 보였다. "음…… 아니야, 모르겠어." 이제 목소리까지 흔들렸다.

베커는 그를 향해 몸을 숙였다. "괜찮으세요?"

클루차드는 가볍게 고개를 끄덕였다. "음, 괜찮아. 그냥 좀 너무 흥분해서……." 그의 말꼬리가 흐려졌다.

"잘 생각해 보세요, 클루차드 씨." 베커가 끈질기게 물고 늘어졌다. "아주 중요한 일입니다."

클루차드는 얼굴을 찌푸렸다. "모르겠어. 그 여자는 그러니까 남자가 그녀를 부를 때……." 그는 눈을 감고 신음을 토했다.

"그 여자 이름이 뭐였지요?"

"정말 기억이 안 나." 클루차드는 빠른 속도로 의식을 잃어 가고 있었다.

"기억을 더듬어 보세요." 베커가 몰아세웠다. "서류를 가능한 한 완벽하게 작성하는 건 아주 중요한 일이에요. 다른 증인의 진술이 뒷받침되어야 어르신이 하신 말씀도 신빙성이 생길 것 아닙니까. 그 사람들을 찾는 데 도움이 되는 정보라면 뭐든지……."

하지만 클루차드는 더 이상 그의 말을 듣고 있지 않았다. 그 대신 침대 시트로 이마를 문지르며 중얼거렸다. "미안하네. 아마 내일이면……." 속이 무척 거북한 것처럼 보였다.

"클루차드 씨, 지금 당장 기억을 해 내셔야 합니다." 베커는 문득 자기 목소리가 너무 커졌다는 사실을 알아차렸다. 주위의 다른 환자들이 아직도 그들을 유심히 지켜보고 있었다. 반대편 출입문에서 간호사가 나타나 그들을 향해 다가오기 시작했다.

"뭐든지 좋습니다." 베커가 다급하게 말했다.

"독일인이 그 여자를 부를 때……."

베커는 당장이라도 클루차드가 의식을 잃을 것 같아서 가볍게 몸을 흔들어 보았다.

클루차드의 눈동자가 잠시 깜빡거렸다. "그녀의 이름은……."

'제발, 조금만 더 버텨 봐.'

"듀……." 클루차드의 눈이 다시 감겼다. 그 사이에 간호사가 바짝 다가와 있었고, 표정이 아주 사나워 보였다.

"듀?" 베커는 클루차드의 팔을 잡고 흔들었다.

노인은 신음처럼 중얼거렸다. "그 여자를 부를 때……." 이제 클루차드의 웅얼거리는 목소리는 좀처럼 알아듣기가 힘들 지경이었다.

채 열 발짝도 안 되는 거리까지 다가선 간호사가 성난 목소리로 베커를 향해 뭐라고 외쳤다. 베커의 귀에는 아무것도 들리지 않았다. 그의 눈동자는 노인의 입술에 고정되어 있었다. 그가 다시 한 번 클루차드를 흔들어 깨우려 할 때는 이미 간호사가 코앞까지 다가와 있었다.

간호사가 데이비드 베커의 어깨를 낚아챘다. 그녀가 베커를 일으키자, 클루차드의 입술이 벌어졌다. 이어서 그의 입술 사이를 빠져나온 하나의 단어는 단어라기보다 한숨 소리에 가까웠다. "듀드롭……."

베커를 낚아챈 손길이 더욱 거칠어졌다.

'듀드롭?' 베커는 속으로 중얼거렸다. '세상에 그런 이름도 있었나?' 그는 간호사의 손을 뿌리치며 마지막으로 다시 한 번 클루차드를 바라보았다. "듀드롭? 확실합니까?"

하지만 피에르 클루차드는 이미 깊은 잠에 빠져 버렸다.

23

 수전은 화려한 분위기의 노드 3에 혼자 앉아 있었다. 레몬향 허브 티를 한 잔 들고 추적기가 돌아오기를 기다리는 중이었다.
 암호팀장인 수전은 제일 전망이 좋은 위치의 단말기를 차지하는 특권을 누렸다. 둥그렇게 배치된 컴퓨터들 중에서 제일 뒷쪽이라 메인 플로어가 마주보이는 자리였다. 그 자리에 앉으면 노드 3이 한눈에 들어왔다. 뿐만 아니라 맞은편의 특수 유리를 통해 크립토 바다 한복판에 우뚝 버티고 선 트랜슬레이터도 보였다.
 수전은 시계를 확인했다. 거의 한 시간이 다 되어 갔다. ARA가 노스다코타의 메일을 전달하는 데 평소보다 훨씬 시간이 더 걸렸다. 수전은 깊은 한숨을 몰아쉬었다. 아침에 데이비드와 나눈 대화를 잊어버리려고 노력했지만, 자꾸만 그의 목소리가 귓전에 맴돌았다. 수전은 데이비드를 너무 심하게 몰아세웠다는 생각이 들었다. 그저 그가 스페인에서 무사히 돌아오기를 기도할 뿐이었다.
 갑자기 출입문이 열리는 바람에 그녀의 생각이 흩어졌다. 고개를 든 수전은 자신도 모르게 신음을 내뱉었다. 암호 해독 요원 그렉 헤일이 안으로 들어서는 중이었다.

그렉 헤일은 큰 키에 근육질의 몸, 숱 많은 금발과 턱의 보조개가 돋보이는 남자였다. 목소리가 크고 약간 뚱뚱한 편이었으며, 지나치다 싶을 정도로 옷차림에 신경을 쓰기도 했다. 동료들은 그의 이름과 광물의 이름을 연결시켜 '헬라이트(Halite, 암염)'라는 별명으로 불렀다. 헤일은 타의 추종을 불허하는 자신의 지성과 바위처럼 단단한 육신에 비춰 볼 때 헬라이트는 아주 귀한 보석이 틀림없다고 웃어넘겼다. 자존심을 접고 백과사전만 한번 찾아봤더라도 그것이 바닷물이 증발하면서 남은 염분일 뿐이라는 사실을 알아차렸을 텐데 말이다.

NSA의 암호 해독 요원들이 다 그렇듯이 헤일 역시 상당한 액수의 보수를 받았다. 하지만 그는 그 같은 사실을 혼자만 알고 있기가 너무 억울한 모양이었다. 그의 자동차는 선루프와 초강력 오디오 시스템이 장착된 흰색 로투스였다. 최신 기술이라면 사족을 못 쓰는 그에게 자동차는 큰 자랑거리였다. GPS와 음성 인식으로 작동하는 잠금 장치는 기본이었고, 강력한 레이더 교란기와 이동식 팩스 겸 전화까지 달려 있어서 절대 메시지 서비스와 접촉이 끊어지는 법이 없었다. '메가바이트'라는 글자가 새겨진 화려한 번호판의 테두리에는 자주색 네온이 달려 있기도 했다.

소소한 범죄로 점철된 어린 시절을 보내던 그렉 헤일은 해병대에 입대하면서 인생의 전기를 마련했다. 컴퓨터를 배운 곳도 거기였다. 해병대가 생긴 이후 최고의 프로그래머로 꼽히던 그는 덕분에 성공적인 군 경력을 쌓아 갔다. 하지만 세 번째 복무 기간의 만기를 불과 이틀 앞두고 갑자기 그의 미래에 커다란 변화가 일어났다. 술에 취해 싸움을 벌이다가 그만 동료 해병대원을 죽이고 만 것이다. 한국의 호신술인 태권도가 단순히 자기 보호 차원이 아니라 치명적인 위력을 발휘할 수도 있다는 사실이 입증된 순간이었다. 그 사건으로 헤일은 군복을 벗을 수밖에 없었다.

잠시 옥고를 치르고 풀려난 핼라이트는 프로그래머로서 사회생활에 뛰어들었다. 불명예 제대라는 오점을 지닌 그는 한 달 동안 무보수로 일하며 자신의 가치를 입증해 보이는 방법으로 기업들의 눈길을 끌었다. 덕분에 일자리를 구하기는 그리 어렵지 않았고, 일단 그가 컴퓨터를 가지고 무엇을 할 수 있는지가 드러나면 사람들은 절대 그를 놓치지 않으려 했다.

그사이 컴퓨터 기술도 점점 발전한 헤일은 전 세계를 인터넷으로 묶는 작업을 시작했다. 전자우편을 통해 세계 각국에 친구를 사귀고 각지의 전자 게시판과 채팅 그룹에서 왕성한 활동을 펼치는 전형적인 사이버 세대의 선두 주자가 된 것이다. 업무용 계정을 이용해 친구들의 포르노 사진을 올리다가 두 번이나 다니던 회사에서 해고를 당하기도 했다.

"여기서 뭐 하는 거예요?" 헤일이 문 앞에 멈춰 서서 수전을 바라보며 물었다. 오늘 하루 노드 3을 독차지할 거라는 기대를 품고 온 게 분명했다.

수전은 침착하게 대처하려고 마음을 다잡았다. "오늘은 토요일이잖아, 그렉. 내가 물어볼 걸 먼저 물으면 어떡해?" 하지만 수전은 헤일이 왜 왔는지 알고 있었다. 그는 못 말리는 컴퓨터 중독자였다. 토요일 휴무라는 규정에도 불구하고 NSA의 막강한 컴퓨터를 이용해 자기가 새로 개발한 프로그램을 돌려 보려고 주말에도 출근을 하는 경우가 종종 있었다.

"나야 뭐 프로그램 짠 거 몇 줄 고치고 전자우편이나 확인하려고 들렀지요." 헤일이 말했다. 그리고는 수상하다는 듯이 수전을 힐끗 쳐다보는 것이었다. "당신이 여기서 뭐 하고 있는지는 대답했어요?"

"아니." 수전이 대답했다.

헤일은 놀란 듯이 한쪽 눈썹을 치켜세웠다. "부끄러워할 것 없어요. 여기 노드 3은 비밀이 없는 곳이잖아요, 안 그래요? 전체는 개인을 위해, 개인은 전체를 위해."

수전은 차를 한 모금 마시며 그의 말을 무시해 버렸다. 헤일은 어깨를 한번 으쓱하고는 주방 쪽으로 다가갔다. 그가 출근하면 제일 먼저 하는 일이 그거였다. 헤일은 방을 가로지르다가 단말기 밑으로 수전이 다리를 쭉 뻗고 있는 것을 슬쩍 훔쳐보며 한숨을 내쉬었다. 수전은 고개도 들지 않고 다리를 끌어모은 채 하던 일을 계속했다. 헤일이 응큼한 미소를 머금었다.

수전은 헤일의 그런 태도에 이미 익숙해진 상태였다. 툭하면 자기와 하드웨어 호환성을 점검해 보지 않겠느냐고 흰소리를 늘어놓았고, 그때마다 수전은 속이 뒤집힐 것 같았다. 물론 스트래드모어에게 고자질을 할 수도 있었지만, 그냥 무시해 버리는 쪽이 훨씬 쉬워서 참았다.

주방으로 다가간 헤일은 황소처럼 격자 문을 열어젖히더니, 냉장고에서 타파웨어를 꺼내 두부 몇 조각을 입에 집어넣었다. 그러고는 스토브에 기대서 회색 벨비엔 바지와 풀 먹인 셔츠를 매만지는 것이었다. "오래 있을 거예요?"

"밤샐 거야." 수전이 무뚝뚝하게 대답했다.

"음." 핼라이트는 한입 가득 음식을 우물거리며 중얼거렸다. "우리 둘이 놀이방에서 오붓한 토요일을 보내게 생겼네요."

"우리 둘이 아니라 셋이야." 수전이 쏘아붙였다. "스트래드모어 부국장이 위층에 있어. 당신은 부국장 눈에 뜨이기 전에 사라지는 게 좋을걸."

헤일은 어깨를 으쓱했다. "그 양반, 팀장님이 여기 있는 건 상관하지 않잖아요. 아마 당신과 같이 있는 걸 즐기는 모양이지요."

수전은 대꾸를 하지 않으려고 성질을 눌렀다.

헤일은 혼자 웃음을 지으며 두부 그릇을 치웠다. 그러고는 올리브 오일 병을 집어 들고 꿀꺽꿀꺽 들이켰다. 건강을 끔찍이도 챙기는 그는 올리브 오일이 장을 깨끗하게 해 준다고 주장했다. 심심하면 동료들에게 당근 주스를 먹어 보라고 강요하는가 하면, 장 세척이 얼마나 중요한지 설교를 늘어놓기도 했다.

올리브 오일을 치운 그는 수전의 자리 바로 맞은편의 자기 컴퓨터 앞에 앉았다. 거리가 꽤 되는데도 그의 향수 냄새가 물씬 풍겨 왔다. 수전의 콧잔등에 주름이 잡혔다.

"향수 냄새 좋은데, 그렉. 한 병을 통째로 뿌렸나?"

헤일은 자기 단말기에 전원을 넣으며 대답했다. "오로지 팀장님을 위해서지요."

헤일이 자리에 앉아 단말기가 켜지기를 기다리는 동안, 수전은 갑자기 불안한 생각이 들었다. 헤일이 트랜슬레이터의 실행 모니터를 보게 되면 무슨 일이 벌어질까? 그가 굳이 트랜슬레이터를 확인해야 할 이유는 없지만, 수전은 진단 프로그램을 실험하고 있다는 말도 안 되는 설명으로 트랜슬레이터가 열여섯 시간째 돌아가고 있는 이유를 둘러댈 수는 없는 노릇이었다. 헤일은 틀림없이 사실대로 말해 달라고 요구할 터였다. 그러나 수전은 그럴 생각이 전혀 없었다. 그녀는 그렉 헤일을 믿지 않는 쪽이었다. 그는 NSA에 어울리는 인물이 아니었다. 그런 이유로 수전은 처음부터 그의 채용을 반대했지만, NSA는 선택의 여지가 없었다. 헤일은 일종의 위기 관리 차원에서 영입된 경우였다.

이른바 스킵잭(Skipjack) 사건.

4년 전, 의회는 공개 키 암호화 표준을 통일시킨다는 목표 아래, 미국 최고의 수학자들이 모여 있는 NSA를 상대로 새로운 슈퍼 알고리즘을 만들어 달라고 요구했다. 의회가 새로운 알고리즘을 표준화하는 법안을 통과시켜 서로 다른 알고리즘 때문에 혼선을 빚고 있는 기업들의 어려움을 덜어 준다는 계획이었다.

물론 NSA한테 공개 키 암호화의 개선을 의뢰하는 것은 사형수에게 자기 관을 손수 만들게 하는 것과 비슷한 측면이 있었다. 아직 트랜슬레이터가 태어나기 전이었기 때문에 암호화 표준이 마련되면 프로그래밍 작업이 더욱 활발해져 그렇지 않아도 힘든 NSA의 임무가 더욱 어려워질 것이기 때문이었다.

이 같은 이해관계의 상충을 잘 알고 있던 EFF는 NSA가 저품질의 알고리즘을 내놓을 가능성이 높다며 격렬히 반대했다. NSA가 어렵지 않게 깰 수 있는 알고리즘을 만들 거라고 내다보았기 때문이었다. 의회는 이 같은 우려를 불식하기 위해 NSA의 알고리즘이 완성되면 그 공식을 공개해서 전 세계의 수학자들로 하여금 수준을 평가하도록 하겠다고 발표했다.

이렇게 해서 스트래드모어 부국장이 이끄는 NSA의 암호팀은 마지못해 작업에 착수했고, 스킵잭이라는 이름을 붙인 알고리즘을 내놓았다. 스킵잭은 의회의 승인을 기다리는 수순을 밟았고, 전 세계의 수학자들이 스킵잭을 시험한 결과, 이구동성으로 좋은 평가가 이어졌다. 별다른 결함을 찾기 힘든 강력한 알고리즘이기 때문에 암호화 표준으로 손색이 없다는 것이었다. 하지만 의회의 표결이 벌어지기 사흘 전, 벨 연구실의 어느 젊은 프로그래머가 이 알고리즘에 숨겨진 '백도어'를 발견했다고 발표하여 세상을 발칵 뒤집어 놓았다.

이 백도어는 스트래드모어 부국장이 알고리즘 속에 숨겨 놓은 몇 줄의 간단한 프로그래밍 언어로 이루어져 있었다. 워낙 교묘하게 숨겨 놓은 탓에 그렉 헤일을 제외한 그 누구도 미처 알아차리지 못했던 것이다. 이것은 다시 말해서 스킵잭을 이용해 짠 프로그램은 NSA만 알고 있는 비밀 패스워드를 통해 간단히 해독될 수 있다는 의미였다. 스트래드모어는 미국의 암호 표준을 한 손에 틀어쥔다는 NSA 출범 이후 최고의 야심이 현실화되기 일보 직전에 뜻을 접어야 했다. 하마터면 NSA가 미국에서 쓰이는 모든 코드의 만능열쇠를 손에 쥘 뻔한 사건이었다.

컴퓨터를 잘 아는 대중 사이에서는 난리가 났다. EFF가 들고 일어나 의회의 안일한 태도를 집중적으로 공격했고, NSA는 히틀러 이후 자유 세계에 대한 최대의 위협이라고 몰아세웠다. 암호화 표준은 물론 그대로 사장되었다.

그로부터 이틀 후, NSA가 그렉 헤일을 영입한 것은 그다지 놀라운 일도 아니었다. 스트래드모어로서는 그가 바깥에서 NSA에 흠집을 내도록 내버려 두는 것보다는 차라리 NSA 내부에 데리고 있는 게 낫다는 판단을 한 것이다.

다른 한편, 스트래드모어는 정면으로 스킵잭 스캔들을 돌파했다. 의회 앞에서 자기 행동의 정당성을 강력하게 주장한 것이다. 프라이버시를 요구하는 대중의 갈망은 결국 부메랑이 되어 되돌아 올 것이라고 주장했다. 대중은 누군가 스스로를 감시해 줄 사람이 필요하고, 평화를 지키기 위해서는 NSA가 암호를 깰 수 있어야 한다는 논리였다. 물론 EFF 같은 단체의 입장은 달랐다. 그 이후로 그들은 스트래드모어를 상대로 치열한 싸움을 벌여 왔다.

24

 데이비드 베커는 살루드 공립 진료소 맞은편의 공중전화 부스 안에서 있었다. 방금 환자 번호 104번, 무슈 클루차드를 괴롭힌 죄로 병원에서 쫓겨 나온 참이었다.
 갑자기 일이 예상보다 훨씬 복잡해졌다. 스트래드모어에게 조그만 호의를 베풀겠다는 계획—누군가의 개인 소지품을 가져다주는 것—이 정체불명의 반지를 쫓는 보물찾기가 되어 버린 느낌이 들었기 때문이다.
 그는 조금 전에 스트래드모어에게 전화를 걸어 독일인 관광객에 대한 이야기를 전했다. 물론 그것은 스트래드모어에게 좋은 소식일 리가 없었다. 좀 더 자세히 얘기해 보라고 들볶던 스트래드모어가 이야기를 다 듣더니 한참 동안 말이 없었다. "데이비드." 이윽고 그가 아주 무거운 목소리로 입을 열었다. "그 반지를 찾는 일에 국가 안보가 달려 있어. 전적으로 자네 손에 맡길 테니 나를 실망시키지 말게." 그 말을 끝으로 전화는 끊어졌다.

데이비드는 공중전화 부스에 선 채 한숨을 내쉬었다. 그러고는 너덜너덜한 전화번호부를 집어 들고 업소 안내를 뒤지기 시작했다. "손해 볼 거야 없겠지." 그는 혼자 중얼거렸다. 전화번호부에 등록된 에스코트 서비스 업체는 딱 세 군데였고, 달리 대안이 있는 상황도 아니었다. 그가 아는 거라고는 그 독일인의 상대가 빨강머리라는 점뿐인데, 그나마 스페인에서는 그런 머리 색깔이 아주 드물다는 것이 유일한 위안이었다. 클루차드는 정신이 오락가락하는지, 여자의 이름을 듀드롭이라고 했다. '듀드롭?' 베커가 보기에 그건 아름다운 여인보다는 암소한테나 어울릴 만한 이름이었다. 그렇다고 가톨릭 가문의 이름 같지도 않았다. 클루차드가 뭔가 착각을 한 게 틀림없었다.

아무튼 베커는 첫 번째 전화번호를 눌렀다.

"Servicio Social de Seville(세비야 서비스 클럽입니다)." 상큼한 여자 목소리가 전화를 받았다.

베커는 독일어 억양이 진하게 섞인 스페인어로 말했다. "Hola, ¿hablas Aleman(독일어 할 줄 아세요)?"

"아니요. 하지만 영어는 할 줄 알아요." 상대방이 대답했다.

베커는 영어로 더듬더듬 말을 이었다. "고마워요. 혹시 도움을 부탁해도 될까요?"

"어떻게 도와 드릴까요?" 여인은 고객이 될지도 모르는 상대방의 이해를 돕기 위해 아주 천천히 말을 이었다. "에스코트를 원하시나요?"

"예, 맞아요. 오늘 우리 형인 클라우스가 아주 아름다운 빨강머리 아가씨를 데리고 나타났어요. 나도 그 여자를 원해요. 내일 만날 수 있을까요?"

"당신 형이 우리 고객이라고요?" 갑자기 목소리가 마치 오랜 친구를 대하듯 더욱 사근사근해졌다.

"그래요. 우리 형은 아주 뚱뚱해요. 기억나지요?"

"오늘 우리한테 왔었다고요?"

베커는 그녀가 장부를 확인하는 소리를 들었다. 물론 클라우스라는 이름은 명단에 올라 있지 않겠지만, 이런 업소를 이용하는 고객들이 실명을 사용하는 경우는 별로 없을 것 같았다.

"음, 미안해요." 상대방은 사과부터 했다. "그런 이름은 안 보이네요. 당신 형이 만난 아가씨의 이름은 뭐였죠?"

"빨강머리예요." 베커는 그녀의 질문을 못 들은 척하고 말했다.

"빨강머리?" 상대방이 잠시 머뭇거리다가 대답했다. "여긴 세비야 서비스 클럽이에요. 당신 형이 찾아간 데가 여기 맞아요?"

"맞아요."

"선생님, 여긴 빨강머리는 없어요. 순수한 안달루시아 미녀만 있거든요."

"빨강머리예요." 베커는 바보가 된 기분으로 그렇게 되풀이했다.

"죄송해요. 우리한테는 빨강머리는 한 명도 없어요. 하지만 만약……"

"이름은 듀드롭이에요." 베커는 그렇게 불쑥 말해 놓고 나니 자기가 더 바보 같았다.

상대방은 그 이상한 이름을 듣고도 별다른 반응이 없었다. 그 대신 다시 한 번 사과를 한 다음, 아무래도 다른 업소를 착각한 모양이라며 정중하게 전화를 끊는 것이었다.

원 스트라이크를 먹은 셈이다.

베커는 잔뜩 얼굴을 찌푸린 채 두 번째 전화번호를 시도했다. 금방 통화가 연결되었다.

"Buenas noches, Mujeres España(안녕하세요. 무헤레스 에스파냐입니다). 무엇을 도와 드릴까요?"

베커는 독일인 관광객 행세를 하며 오늘 자기 형과 함께 시간을 보낸 빨강머리 여인을 보내 주면 돈은 얼마든지 지불하겠다며 똑같은 소리를 늘어놓았다.

상대방은 정중한 독일어로 대답을 하기는 했지만, 이번에도 빨강머리는 없다는 것이었다. "Keine Rotköpfe(죄송합니다)." 여인은 그렇게 말하고 전화를 끊었다.

투 스트라이크.

베커는 전화번호부를 물끄러미 쳐다보았다. 이제 번호는 하나밖에 남지 않았다. 이미 희망의 끈은 사라진 거나 다름없었다.

그래도 시도조차 해 보지 않을 수는 없었다.

"Escortes Belen(벨렌 수행원 소개소입니다)." 이번에는 아주 나긋나긋한 남자 목소리가 전화를 받았다.

베커는 또 한 번 멍청한 소리를 늘어놓았다.

"예, 그렇군요, 선생님. 내 이름은 세뇨르 롤단입니다. 기꺼이 도와 드리지요. 우리에게는 빨강머리 아가씨가 둘이나 있습니다. 아주 아름다운 애들이지요."

베커는 심장이 벌렁거렸다. "아주 아름답다고?" 그는 독일어 억양을 흉내 내며 말했다. "빨강머리 맞아요?"

"그렇습니다. 형님 되시는 분 성함이 뭐지요? 오늘 누가 형님을 모셨는지 확인해 보고, 내일은 선생님한테 보내 드리겠습니다."

"클라우스 슈미트라고 합니다." 베커는 예전에 교과서에 나왔던 이름을 주워섬겼다.

한동안 침묵이 이어졌다. "음, 선생님……. 우리 고객 명단에 클라우스 슈미트라는 이름은 보이지 않는군요. 하지만 아마 형님께서는 신중을 기하고 싶으셨겠지요. 혹시 댁에 부인이 계시지 않습니까?" 그러면서 그는 억지스러운 웃음을 터뜨렸다.

"그래요, 형은 유부남이에요. 하지만 어찌나 뚱뚱한지, 형수조차 형 옆에 누우려고 하지를 않아요." 베커는 부스 유리에 비친 자신의 모습을 향해 눈알을 굴리며 말했다. '수전이 지금 내가 지껄이는 소리를 들으면…….' 문득 그런 생각이 들었다. "사실은 나도 좀 뚱뚱하고 외로움을 많이 타요. 그래서 그 여자와 자고 싶어요. 돈은 많이 줄 수 있어요."

베커는 나름대로 혼신을 다해서 연기를 했지만 아무래도 조금 도를 지나친 모양이었다. 스페인에서 매춘은 불법이고, 세뇨르 롤단은 아주 신중한 사람이었다. 게다가 그는 전에도 관광객 행세를 하는 경찰한테 꼼짝없이 당해 본 적이 있었다. '그 여자와 자고 싶어요.' 롤단은 이 전화가 함정이라고 판단했다. 만약 알겠다고 대답하면 엄청난 벌금과 함께 제일 쓸 만한 아가씨를 돈 한 푼 못 받고 경찰서장에게 상납하는 사태가 벌어질 터였다.

다시 입을 연 롤단의 목소리는 조금 전처럼 상냥하지 않았다. "선생님, 여기는 벨렌 수행원 소개소입니다. 실례지만 누구신지 여쭤 봐도 되겠습니까?"

"아……. 지그문트 슈미트라고 합니다." 베커는 대충 생각나는 대로 갖다 붙였다.

"우리 전화번호는 어떻게 아셨습니까?"

"전화번호부 업종별 번호란에서 찾았어요."

"그렇습니다. 그건 저희가 에스코트 서비스를 제공하기 때문입니다."

"그래요, 내가 원하는 게 에스코트예요." 베커는 이야기가 뭔가 이상해지고 있음을 알아차렸다.

"선생님, 우리는 말 그대로 점심이나 저녁 만찬에 대동할 파트너를 소개하는 업체입니다. 그렇게 합법적인 업무를 하기 때문에 전화번호부에도 등록이 된 것이지요. 선생님이 원하는 상대는 창녀입니다." 마치 그 단어가 몹쓸 전염병이라도 되는 듯한 말투였다.

"하지만 우리 형은……."

"선생님, 만약 선생님의 형님께서 하루 종일 어떤 아가씨와 공원에서 키스를 했다면, 그 아가씨는 우리 회사 소속이 아닐 겁니다. 우리는 아주 까다로운 규정을 가지고 있거든요."

"하지만……."

"아마 다른 업체와 혼돈하신 것 같습니다. 우리 회사에 소속된 빨강머리는 인마쿠라다와 로치오 둘밖에 없는데, 둘 다 돈 때문에 남자와 잠자리를 하는 여자는 아닙니다. 우리는 그런 행위를 '매춘'이라고 부고 있습니다. 이곳 스페인에서는 불법이지요. 그럼 안녕히 계십시오."

"하지만……."

딸깍.

베커는 소리 죽여 욕설을 내뱉으며 수화기를 내려놓았다. 꼼짝없는 삼진이었다. 클루차드는 틀림없이 그 독일인이 빨강머리 아가씨를 주말 내내 고용했다고 하지 않았던가.

베커는 살라도 가와 아순시온 가 교차로의 공중전화 부스를 빠져나왔다. 적지 않은 교통량에도 불구하고 세비야 특유의 달콤한 오렌지 향기가 코끝에 맴돌았다. 막 해가 저물 무렵, 그러니까 하루 중에서도 가장 낭만적인 시간이었다. 베커는 수전을 떠올렸다. 스트래드모어의 목소리도 계속 귓전을 맴돌았다. '반지를 찾아야 해.' 베커는 참담한 심정으로 벤치에 털썩 주저앉아 이제부터 어떻게 할 것인지를 생각해 보았다.

'어떻게 해야 하지?'

25

 살루드 공립 진료소는 면회 시간이 이미 끝난 다음이었다. 체육관의 불은 모두 꺼졌다. 피에르 클루차드는 깊이 잠들어 있었다. 누군가가 잔뜩 몸을 웅크린 채 자신을 내려다보고 있는 것을 알 리가 없었다. 훔친 주삿바늘이 어둠 속에서 반짝 빛났다. 바늘이 클루차드의 팔목에 연결된 링거 튜브에 꽂혔다. 주사기에는 청소부의 수레에서 훔친 세척제 30cc가 들어 있었다. 강력한 엄지손가락이 주사기의 피스톤을 힘껏 누르자, 푸르스름한 액체가 노인의 정맥 속으로 들어갔다.
 클루차드가 의식을 되찾은 시간은 불과 몇 초밖에 되지 않았다. 엄청난 고통에 비명이 터져 나왔지만, 강력한 손아귀가 그의 입을 틀어막았다. 클루차드는 자신의 침대에 누운 채 사지를 버둥거렸지만, 엄청난 무게에 짓눌려 꿈쩍도 할 수 없었다. 손목 쪽에서 불에 덴 듯 화끈거리는 통증이 올라오기 시작했다. 통증은 겨드랑이와 가슴을 거쳐, 산산조각 터져 나가는 유리처럼 그의 뇌를 강타했다. 클루차드는 환한 빛이 번쩍하는 것을 보았다. 그것으로 모든 게 끝이었다.

방문자는 손을 풀고 어둠 속에서 진료 기록부에 적힌 이름을 확인했다. 이어서 그는 조용히 자리를 빠져나왔다.

길거리로 나온 은 테 안경은 허리띠에 찬 조그만 장비를 꺼내 들었다. 신용카드 크기의 직사각형 장비는 새로 개발된 모노클 컴퓨터 시제품이었다. 미국 해군이 잠수함의 비좁은 공간에서 배터리 전압을 기록하기 위해 개발한 이 초소형 컴퓨터에는 이동식 모뎀을 비롯해 마이크로 분야의 최신 기술이 총망라되어 있었다. 투명 액화 크리스털 디스플레이로 된 모니터는 안경의 왼쪽 렌즈에 장착되어 있었다. 모노클은 개인용 컴퓨팅의 신기원을 이룰 제품이었다. 사용자는 데이터를 통해 세상을 볼 수 있을 뿐 아니라 주위 세상과 상호 작용할 수 있었다.

그러나 모노클의 핵심 기술은 초소형 디스플레이가 아니라 데이터 입력 시스템이었다. 사용자는 손가락에 부착된 조그만 콘택트를 통해 정보를 입력할 수 있다. 사용자가 속기와 비슷한 방식으로 콘택트를 건드리면 컴퓨터가 그 정보를 영어로 번역하는 것이다.

킬러가 조그만 스위치를 누르자, 그의 안경이 본연의 기능을 발휘하기 시작했다. 손가락의 미세한 움직임이 그의 뜻대로 정보를 입력했다. 이내 그의 눈앞에 메시지가 나타났다.

대상 : P. 클루차드—제거

그는 빙그레 미소를 지었다. 작업의 성공 여부를 통고하는 것 역시 그의 임무 중 하나였다. 하지만 피살자의 이름을 명시하는 것은······ 일종의 멋이었다. 그의 손가락이 다시 한 번 분주하게 움직였고, 이동식 모뎀이 작동되었다.

메시지 송신

26

　베커는 공립 진료소 맞은편의 벤치에 앉아 이제부터 어떻게 해야 할지 고민했다. 에스코트 서비스에 전화를 걸어 봤지만 아무런 성과도 거두지 못했다. 스트래드모어 부국장은 보안상의 이유로 반지를 찾기 전까지는 연락을 하지 말라고 지시했다. 베커는 현지 경찰을 찾아가 도움을 청해 볼까 생각했다. 어쩌면 빨강머리 매춘부에 대한 자료가 있을지도 몰랐다. 하지만 스트래드모어는 여기에 대해서도 엄격한 지시를 내린 바 있었다. '자네는 투명 인간이야. 누구도 이 반지의 존재를 알아서는 안 돼.'

　이어서 베커는 마약의 거리로 알려진 트리아나를 배회하며 그 수수께끼의 여인을 찾아볼까 하는 생각까지 해 보았다. 아니면 레스토랑을 일일이 뒤져서 그 뚱뚱한 독일인을 찾아낸다? 보나마나 시간 낭비일 게 뻔했다.

　스트래드모어의 목소리가 귓전을 맴돌았다. '이건 국가 안보가 걸린 일이야……. 반드시 그 반지를 찾아내야 해.'

베커는 마음 한구석에서 자신이 무언가를, 그것도 결정적인 단서를 놓치고 있다는 소리가 들리는 듯했지만, 아무리 머리를 쥐어짜도 그게 무엇인지 알아낼 수가 없었다. '난 대학 교수지 비밀 요원이 아니잖아!' 스트래드모어가 왜 전문가를 보내지 않았을까 하는 의구심이 일기 시작했다.

베커는 벤치에서 일어나 생각에 사로잡힌 채 데리시아스 가를 정처없이 걷기 시작했다. 초점이 잡히지 않는 그의 눈에 자갈이 박힌 인도가 어렴풋이 내려다보였다. 빠른 속도로 어둠이 내려앉았다.

'듀드롭.'

생소한 이름이 자꾸만 마음에 걸렸다. '듀드롭.' 알선업체에 전화를 걸었을 때 수화기에서 흘러 나오던 세뇨르 롤단이라는 사람의 나긋나긋한 목소리도 빙글빙글 맴돌았다. "우리 회사에 소속된 빨강머리는 인마쿠라다와 로치오 둘밖에 없는데. 로치오…… 로치오……."

베커는 걸음을 멈추었다. 느닷없이 어떤 깨달음이 뇌리를 때렸다. '이러고도 내가 언어학자라고 할 수 있는 거야?' 베커는 미처 이 생각을 하지 못한 자신이 그렇게 한심할 수가 없었다.

로치오는 스페인에서 가장 인기 있는 여자 이름 가운데 하나였다. 순수하고 순결하고 아름답기까지 한 젊은 가톨릭 여성을 암시하는 이름이기도 했다. 이 같은 순결한 이미지는 그 이름이 가지고 있는 글자 그대로의 의미에서 비롯된다. 스페인어의 로치오는 '이슬 방울(Drop of Dew)'이라는 의미였다!

캐나다 노인의 목소리가 다시 한 번 베커의 귓가에 들려왔다. '듀드롭.' 로치오는 자신의 이름을 고객과 자신이 둘 다 아는 유일한 언어, 영어로 번역해서 소개했던 것이다. 베커는 흥분을 가라앉히며 공중전화를 찾기 위해 급히 발길을 옮겼다.

길 건너편, 은 테 안경이 보이지 않는 곳에서 그 뒤를 쫓기 시작했다.

27

 크립토 플로어의 그림자들이 점점 길고 희미해지기 시작했다. 동시에 머리 위의 자동 조명이 점점 밝아져 빛의 균형을 맞추었다. 수전은 여전히 말없이 자신의 컴퓨터 앞에 앉아 추적기에게서 연락이 오기를 기다리는 중이었다. 생각보다 시간이 많이 지체되었다.
 수전은 데이비드를 보고 싶은 마음과 그렉 헤일이 그만 돌아가 주었으면 하는 마음 사이를 방황하고 있었다. 헤일은 그녀의 뜻대로 아주 돌아가 주지는 않았지만, 무엇을 하는지 몰라도 자기 컴퓨터 앞에 조용히 앉아 있는 것만으로도 고마울 지경이었다. 수전은 그가 실행 모니터에만 접근하지 않는다면 무슨 짓을 하건 관심도 없었다. 아직 그가 잠잠한 걸 보면 실행 모니터를 보지 않은 게 틀림없었다. 트랜슬레이터가 열여섯 시간째 돌아가고 있는 걸 보고서도 얌전히 입을 다물고 있을 사람이 아니니까.
 수전이 세 잔째 차를 마실 무렵, 드디어 그녀의 단말기에서 신호음이 울렸다. 맥박이 빨라지기 시작했다. 편지 봉투 모양의 아이콘 하나가 깜빡거리며 전자우편이 도착했음을 알렸다. 수전은 재빨리 헤일 쪽을 살짝 훔쳐보았다. 여전히 자신의 작업에 몰두하고 있었다. 수전은 숨을 멈춘 채 편지 봉투를 더블 클릭했다.

"노스 다코타. 누구인지 한번 볼까?" 수전은 속으로 소곤거렸다.

메시지가 열렸다. 단 한 줄이었다. 수전은 그 짧은 메시지를 두 번 연달아 읽었다.

알프레도에서 저녁 어때요?8시쯤?

맞은편에서 헤일이 킬킬거리는 소리가 들렸다. 수전은 메시지의 머리말을 살펴보았다.

FROM: GHALE@CRYPTO.NSA.GOV

수전은 머리끝까지 화가 치밀었지만 꾹 눌러 참으며 그 메시지를 지워 버렸다. "언제 철들래, 그렉?"

"카르파치오(Carpaccio, 육회)가 끝내주거든요. 어때요? 일 끝나고……." 헤일이 미소를 지으며 말했다.

"꿈도 꾸지 마."

"젠장."

헤일은 한숨을 내쉬며 자기 컴퓨터로 눈길을 돌렸다. 수전 플래처에게 이런 식으로 퇴짜를 맞은 것만 여든아홉 번쯤 될 것이다. 아무래도 이 똑똑한 여자 암호학자는 그에게 오르지 못할 나무인 모양이었다. 헤일은 종종 그녀와의 섹스를 상상하곤 했다. 그녀를 트랜슬레이터의 매끈한 외피에 밀어붙인 다음, 따뜻한 검정색 타일 위에서 정사를 나누는 공상은 그렇게 짜릿할 수가 없었다. 하지만 수전은 좀처럼 그에게 눈길을 주지 않았다. 헤일은 그녀가 어느 대학 교수와 사랑에 빠졌다는 사실이 더욱 못마땅했다. 교수라고는 하지만, 푼돈을 벌기 위해 여기서 온갖 잔심부름을 하는 인물이 아니던가. 수전처럼 탁월한 유전자를 가진 여자가 그렇고 그런 남자와 결합하는 것은 말 그대로 유전자의 낭비에 지나지 않았다. 헤일은 '나 같은 남자를 만나야 완벽한 2세가 태어날 텐데' 하는 생각을 했다.

"무슨 작업 하고 있어요?" 헤일은 접근 방법을 바꿔 보려고 마음먹었다.

수전은 대답을 하지 않았다.

"팀 플레이 강조하던 사람 어디 갔어요? 한번 봐도 되지요?" 헤일은 자리에서 일어나 수전 쪽으로 다가왔다.

수전은 오늘 같은 날일수록 헤일의 호기심이 심각한 문제를 야기할지도 모른다는 생각이 들었다. 어느 쪽으로든 마음을 정해야 했다. "진단 프로그램이야." 수전은 스트래드모어의 거짓말을 한 번 더 우려먹기로 결정했다.

헤일이 갑자기 동작을 멈추었다. "진단 프로그램?" 의구심이 가득한 목소리였다. "진단 프로그램을 돌리느라 이 황금 같은 토요일에 교수랑 데이트도 못하고 이러고 있는 겁니까?"

"그 사람 이름은 데이비드야."

"뭐든 간에."

수전은 헤일을 노려보았다. "그렇게 할 일이 없어?"

"나를 쫓아내려고 그러는 거예요?" 헤일이 짐짓 입을 삐죽거리며 말했다.

"사실은, 맞아."

"저런! 수, 가슴 아픈데요."

수전 플래처의 눈매가 가늘어졌다. 그녀는 누가 자기를 '수'라고 부르는 것을 싫어했다. 이름 자체는 아무런 불만이 없지만, 문제는 그렇게 부르는 사람이 헤일밖에 없다는 점이었다.

"내가 좀 도와 드리면 어때요?" 헤일이 말했다. 그러고는 다시 수전 쪽으로 다가섰다. "진단 프로그램은 나도 한가락 하거든요. 게다가 얼마나 대단한 프로그램이기에 천하의 수전 플래처를 토요일까지 붙잡고 있는지 궁금해 미치겠다고요."

수전은 정신이 번쩍 들었다. 모니터에는 여전히 추적기가 떠 있었다. 헤일한테 그걸 보여 주고 싶은 마음은 눈곱만큼도 없었다. 이것저것 꼬치꼬치 따지고 들 게 틀림없었다. "비밀이야, 그렉." 수전이 말했다.

하지만 헤일은 계속 다가왔다. 그가 점점 다가서자, 수전은 선수를 쳐야 한다는 생각이 들었다. 헤일이 불과 몇 미터 앞에까지 다가오자, 수전은 더 이상 미적거릴 수가 없었다. 자리에서 일어나 그의 앞을 가로막고 나선 것이다. 헤일의 향수 냄새가 코를 찔렀다.

수전은 그의 눈을 똑바로 쳐다보았다. "안 된다고 했잖아."

헤일은 수전이 왜 그렇게 신경을 곤두세우는지 모르겠다는 듯 고개를 갸웃거렸다. 그러고는 장난스럽게 한 발 더 다가섰다. 다음 순간, 그렉 헤일은 전혀 예상하지 못한 사태에 직면하고 말았다.

수전이 눈도 깜빡하지 않고 검지손가락을 치켜들어 바위처럼 단단한 그의 가슴을 지그시 누른 것이다. 대번에 헤일은 얼어붙은 사람처럼 동작을 멈추었다.

헤일은 큰 충격을 받은 사람처럼 뒤로 물러섰다. 수전 플래처가 지금 자기와 노닥거릴 기분이 아니라는 사실을 분명히 깨달은 것이다. 그녀는 지금까지 단 한번도 그의 몸에 손을 댄 적이 없었다. 그것은 헤일이 상상했던 그녀와의 신체 접촉과는 전혀 거리가 멀었다. 헤일은 한참 동안 어리둥절한 표정으로 그녀를 쳐다보다가 천천히 자기 자리로 돌아왔다. 적어도 한 가지만은 분명했다. 아름다운 수전 플래처가 지금 무언가 아주 중요한 작업을 하고 있으며, 그것은 절대 시시한 진단 프로그램 따위가 아니라는 점이었다.

28

 세뇨르 롤단은 사무실의 자기 책상 앞에 앉아 자신을 함정으로 몰아넣으려는 경찰의 시도를 보기 좋게 따돌린 것을 흐뭇해했다. 독일어 억양을 흉내 내며 하룻밤을 같이 보낼 아가씨를 보내 달라던 경찰의 접근이 함정임을 알아차린 것이다. 이제 또 그들이 어떤 방법을 동원할지 궁금했다.
 책상 위의 전화기가 요란하게 울어 댔다. 세뇨르 롤단은 얼른 수화기를 집어 들고 자신만만한 목소리로 말했다. "안녕하세요, 벨렌 수행원 소개소입니다."
 "안녕하세요." 급한 말투의 남자 목소리였다. 가벼운 감기에 걸린 듯 조금 콧소리가 섞인 듯했다. "거기 호텔입니까?"
 "아닙니다, 선생님. 몇 번에 거셨지요?" 세뇨르 롤단은 절대 속아 넘어가지 않기로 마음을 단단히 먹은 상태였다.
 "34-62-10." 상대방이 말했다.
 롤단은 얼굴을 찌푸렸다. 목소리가 어딘지 귀에 익었다. 그는 어느 지방 억양인지를 가늠해 보려고 머리를 굴렸다. 아마도 부르고스 쪽이 아닐까 싶었다. "전화번호는 맞습니다만, 여기는 에스코트 서비스 회사입니다." 그가 조심스럽게 말했다.

잠시 침묵이 이어졌다. "아……. 저런, 죄송합니다. 누가 이 번호를 적어 놓았기에 당연히 호텔인 줄 알았어요. 나는 부르고스에서 이곳에 잠시 다니러 온 사람인데, 귀찮게 해서 미안합니다. 그럼 이만……."

"잠깐만요!" 세뇨르 롤단은 자신도 모르게 소리쳤다. 누가 뭐라 해도 그는 타고난 장사꾼이었다. 혹시 누군가의 소개를 받고 온 사람 아닐까? 어쩌면 북쪽 지방에서 온 새로운 고객이 생길 수도 있지 않을까? 경찰의 함정이 무서워서 매출을 올릴 기회를 놓칠 수는 없었다.

"선생님." 롤단은 수화기에 대고 힘주어 말했다. "그렇지 않아도 부르고스 억양이 섞인 것 같다고 생각했습니다. 저도 발렌시아 출신이거든요. 세비야에는 무슨 일로 오셨습니까?"

"나는 보석을 파는 사람이에요. 마요르카 진주를 주로 취급하지요."

"우와, 마요르카 진주라고요? 출장을 자주 다니시겠네요."

상대방은 기침을 하며 대답했다. "음, 그런 편이지요."

"그럼 세비야에도 업무차 오신 거로군요?" 롤단이 말했다. 이제 이 사람은 절대 경찰이 아니라는 확신이 들었다. 다른 지방에서 출장을 온 사업가라면 잠재 고객 1순위나 다름없었다. "어디 보자, 친구분께서 우리 전화번호를 알려 주셨다고요? 우리한테 전화를 한번 해 보라고 하시던가요?"

상대방은 무척 당혹스러운 목소리로 대답했다. "음, 사실 꼭 그런 건 아닙니다만."

"난처해하실 필요 없습니다, 선생님. 우리는 에스코트 서비스를 제공하는 업체니까 조금도 민망하게 생각하실 필요가 없어요. 아름다운 아가씨와 식사를 하면서 데이트를 즐기는 것, 그게 전부니까요. 누가 우리 전화번호를 알려 주었습니까? 아마 우리 단골 손님이시겠군요. 그렇다면 선생님께도 특별히 할인된 요금을 적용해 드리겠습니다."

목소리는 더욱 난감해졌다. "아……. 누가 나한테 알려 준 게 아니라 여권에서 우연히 발견했어요. 나는 지금 이 여권을 주인에게 돌려주어야 하거든요."

롤던은 가슴이 철렁 내려앉았다. 이 사람은 정말로 고객이 아닌 모양이었다. "우연히 우리 전화번호를 발견했다고요?"

"그래요. 오늘 공원에서 어떤 남자의 여권을 주웠어요. 그 속에 종이 쪽지가 꽂혀 있고, 거기에 이 전화번호가 적혀 있더군요. 그래서 나는 여권 주인이 묵는 호텔 전화번호일 거라고 생각했어요. 여권을 주인한테 돌려주고 싶었거든요. 내가 잘못 생각한 모양입니다. 그냥 가는 길에 경찰서에 들러서……."

"잠시만요." 롤단이 초조한 목소리로 상대방의 말을 가로막았다. "더 좋은 방법이 있습니다." 롤단은 자신의 두뇌 회전에 자부심을 가지고 있었고, 괜히 경찰서를 들락거리다가는 있던 손님마저 떨어질 가능성이 높았다. "이걸 생각해 보십시오." 그가 말했다. "그 여권의 주인이 우리 전화번호를 가지고 있었다면 상식적으로 생각할 때 우리 고객일 가능성이 아주 높습니다. 어쩌면 제가 선생님께 경찰서까지 직접 찾아가는 수고를 덜어 드릴 수 있을지도 모르겠군요."

상대방은 망설이는 기색이 역력했다. "글쎄요, 내 생각에는 그냥……."

"급하게 생각하실 것 없어요, 선생님. 이런 말씀 드리기는 조금 창피합니다만, 이곳 세비야의 경찰은 북쪽 지방의 경찰만큼 효율적이지 못한 경우가 더러 있거든요. 그 여권이 주인 손에 들어가기까지 며칠이 걸릴지도 모릅니다. 하지만 만약 선생님께서 여권 주인의 이름을 저한테 알려 주시면 지금 당장이라도 돌려드릴 방법을 찾아보겠습니다."

"그래요, 어차피 손해 볼 건 없을 것 같군요." 잠시 종이 부스럭거리는 소리가 나더니 다시 목소리가 흘러 나왔다. "독일 사람 이름이로군. 발음을 어떻게 하는지 잘 모르겠는데, 구스타…… 구스타프손?"

롤단은 처음 듣는 이름이었지만, 그의 고객들 중에는 외국인도 많았다. 그들은 절대 실명을 남기는 법이 없었다. "어떻게 생긴 분입니까? 여권에 사진이 붙어 있지요? 어쩌면 제가 아는 분일지도 모르니까요."

"음……. 얼굴이 아주 뚱뚱해요, 엄청나게 뚱뚱합니다." 목소리가 말했다.

롤단은 금방 알아차렸다. 뚱뚱한 얼굴을 똑똑히 기억하고 있었다. 하룻밤 사이에 독일 사람과 관련된 전화가 두 통이나 걸려오는 게 조금 의아하다는 생각이 들었다.

"구스타프손 씨?" 롤단은 웃음을 참으며 말했다. "물론 알고말고요! 저한테 가져다주시면 제가 전달해 드리겠습니다."

"나는 지금 시내에 있는데 차가 없어요." 상대방이 말했다. "혹시 그쪽에서 올 수는 없습니까?"

"사실 저는 지금 사무실을 비울 수가 없습니다. 하지만 시내에서 그리 멀지가 않으니까……." 롤단은 처음부터 못을 박았다.

"미안합니다만 이렇게 늦은 시간에 낯선 도시를 돌아다니고 싶지 않습니다. 마침 근처에 경찰 초소가 보이는군요. 그냥 거기다 맡겨 놓을 테니 구스타프손 씨를 만나면 찾으러 가라고 전해 주세요."

"아닙니다, 잠깐만요!" 롤단이 외쳤다. "굳이 번거롭게 경찰까지 개입시킬 필요가 없습니다. 지금 시내에 계신다고 하셨지요? 혹시 알폰소 트레세 호텔이라고 아십니까? 세비야에서 제일 고급스러운 호텔입니다만."

"예. 알폰소 트레세 호텔은 알아요. 아주 가깝습니다." 상대방이 말했다.

"잘됐군요! 구스타프손 씨는 오늘 밤 거기서 묵을 예정입니다. 아마 지금쯤 호텔에 계실 거예요."

상대방은 잠시 망설이다가 말했다. "알겠습니다. 그럼 크게 문제될 건 없겠군요."

"아주 좋습니다! 그분은 지금 호텔 레스토랑에서 우리 아가씨와 저녁 식사를 하고 계실 겁니다." 롤단은 지금쯤 그들이 잠자리에 들었을 거라고 생각했지만, 상대방이 그렇지 않아도 워낙 예민한 성격인 것 같아서 최대한 신중을 기하고 싶었다. "여권을 호텔 지배인에게 맡겨 주세요. 그 사람 이름은 마누엘입니다. 호텔 지배인에게 내가 보냈다고 하고, 로치오에게 전해 주라고 하세요. 로치오가 바로 오늘 밤 구스타프손 씨와 함께 있는 아가씨입니다. 여권이 제대로 구스타프손 씨 손에 전달되는지는 로치오가 확인하면 됩니다. 어쩌면 구스타프손 씨가 약간의 사례금을 보낼지도 모르니까 이왕이면 선생님 성함이랑 주소도 함께 남겨 주시면 좋겠습니다."

"좋은 생각이로군요. 알폰소 트레세 호텔이라…… 좋아요, 바로 가 보도록 하겠습니다. 아무튼 도와주어서 고맙습니다."

데이비드 베커는 전화를 끊었다. "알폰소 트레세." 그의 얼굴에 밝은 미소가 떠올랐다. "어떻게 물어야 답을 얻을 수 있는지를 알아야 한다니까."

잠시 후, 말없는 그림자가 안달루시아의 부드러운 밤공기를 뚫고 델리시아스 가를 걸어가는 베커의 뒤를 밟기 시작했다.

29

수전은 아직도 헤일 때문에 마음이 심란한 가운데 노드 3의 특수 유리를 통해 바깥을 내다보았다. 크립토 플로어는 텅 비어 있었다. 헤일은 다시 자신의 작업에 조용히 몰두하고 있었다. 수전은 그가 얼른 가주기를 바랐다.

아무래도 스트래드모어에게 도움을 청해야 하지 않을까 싶었다. 스트래드모어라면 간단히 헤일을 쫓아낼 수 있을 것이다. 어차피 토요일이니 나가라고 해도 크게 문제될 것은 없었다. 하지만 수전은 만약 헤일이 그런 식으로 쫓겨 나가면 대번에 의심을 하기 시작할 거라는 생각이 들었다. 다른 요원들에게 여기저기 전화를 해서 무슨 일인지 아냐고 캐물을 것이다. 수전은 그냥 가만히 놔두는 게 낫겠다는 결론을 내렸다. 때가 되면 제 발로 나가기를 기다릴 뿐이었다.

'풀리지 않는 알고리즘.' 수전은 디지털 포트리스를 떠올리며 한숨을 내쉬었다. 그런 알고리즘이 실제로 탄생했다는 사실이 믿기지 않았다. 하지만 눈앞에 뻔히 증거가 있으니 부정할 수도 없는 노릇이었다.

트랜슬레이터가 갑자기 무용지물이 되어 버리지 않았는가.

수전은 엄청난 위기를 두 어깨에 짊어지고도 흔들림 없이 필요한 조치를 취하고 이성을 유지하는 스트래드모어를 생각했다.

수전은 이따금 스트래드모어에게서 데이비드의 모습을 발견할 때가 있었다. 두 사람은 공통점이 아주 많았다. 고집이 세고, 헌신적이고, 지성적이었다. 때때로 수전은 자기가 없으면 스트래드모어도 지금처럼 굳건히 버티지 못할 거라는 생각까지 해 보았다. 암호에 대한 그녀의 순수한 열정은 스트래드모어에게도 정서적인 생명선처럼 느껴졌고, 그 덕분에 격랑이 몰아치는 정치판에 휩쓸리지 않는 힘을 충전하는 한편 암호 해독 요원으로 활동하던 자신의 초창기 모습을 상기하는 것은 아닐까.

수전 역시 스트래드모어에게 많은 부분을 의존하고 있었다. 스트래드모어는 권력에 굶주린 남자들의 세계에서 수전을 위한 은신처를 마련하고 보호해 주었으며, 그녀가 차근차근 경력을 쌓을 수 있도록 지켜 주었다. 그가 심심찮게 자신이야말로 수전의 꿈을 이루어 주는 사람이라고 농담을 던지는 것도 무리가 아니었다. 물론 거기에는 순전히 농담으로 치부해 버릴 수 없는 측면이 있었다. 의도했던 바는 아니겠지만, 그 운명의 오후에 데이비드 베커를 NSA로 불러들인 사람이 바로 스트래드모어였기 때문이다. 어느새 데이비드 생각으로 넘어간 수전은 키보드 옆에 달린 미끄럼판을 물끄러미 내려다보았다. 거기에는 테이프로 조그만 팩스 용지가 붙어 있었다.

받은 지 7개월이나 지난 팩스였다. 수전 플래처가 아직 풀지 못한 유일한 암호가 그 속에 담겨 있었다. 수전은 이미 적어도 500번은 들여다본 그 팩스를 다시 한 번 읽어 보았다.

이 초라한 팩스를 받아 주세요.

당신에 대한 내 사랑은 왁스가 없습니다.

사소한 일로 가볍게 다툰 뒤 데이비드가 보낸 팩스였다. 수전은 몇 달 동안이나 그게 무슨 뜻인지 알려 달라고 졸랐지만 그는 끝내 입을 열지 않았다. '왁스가 없다.' 말하자면 데이비드의 복수인 셈이다. 수전은 데이비드에게 암호 해독에 대해 많은 지식을 가르쳐 주었지만, 그에게 보내는 모든 메시지를 암호로 만들어 그를 애태웠다. 쇼핑 목록, 간단한 애정 표현……. 그 모든 것이 암호로 처리되었다. 그런 게임을 거치는 동안 데이비드도 암호와 관련해 꽤 많은 지식을 갖추게 되었다. 그러던 어느 날 데이비드는 은혜를 갚기 시작했다. 그녀에게 보내는 모든 편지가 "왁스 없이, 데이비드"라는 구절로 끝나는 것이었다. 수전은 데이비드에게서 스무 통이 넘는 쪽지를 받았다. 하나같이 마찬가지였다. '왁스 없이.'

수전은 그 말에 숨겨진 의미를 알고 싶어 안달이었지만 데이비드는 가르쳐 주지 않았다. 수전이 물어볼 때마다 그는 그냥 미소를 지으며 "암호 해독은 당신 전공이잖아" 하는 말만 했다.

NSA의 암호 해독 팀장은 모든 방법을 다 시도해 보았다. 치환, 암호 상자, 심지어 애너그램에 이르기까지……. '왁스 없이(without wax)'라는 구절을 컴퓨터에 집어넣고 철자를 다르게 배열해 보기까지 했다. 결과물은 '택시 오두막 와우(taxi hut wow)' 밖에 없었다. 깨지지 않는 암호를 쓸 수 있는 사람은 엔세이 탄카도만이 아닌 모양이었다.

생각에 잠겨 있던 수전은 공기 압축식 문이 열리는 소리에 퍼뜩 현실로 돌아왔다. 스트래드모어가 성큼 안으로 들어섰다.

"수전, 어떻게 됐어?" 스트래드모어는 그렇게 묻다 말고 그렉 헤일을 발견했다. "이게 누군가, 헤일 군." 대번에 스트래드모어의 눈매가 가늘어졌다. "오늘은 토요일인데 무슨 일이지?"

헤일은 싱긋 미소를 지었다. "토요일이라고 마냥 놀 수는 없잖아요."
"그렇군." 스트래드모어는 그렇게 중얼거렸지만 속으로는 어떻게 대처할지 고민하는 기색이 역력했다. 이내 스트래드모어 역시 헤일을 너무 심하게 몰아붙이는 것은 좋지 않다고 결론을 내린 모양이었다. 그는 수전을 돌아보며 말했다. "플래처 양, 잠시 이야기 좀 나눌 수 있겠나? 바깥에서 말이야."

수전은 잠시 망설였다. "아…… 예, 부국장님." 수전은 불안한 눈길로 자신의 모니터를, 이어서 맞은편의 그렉 헤일을 슬쩍 돌아보았다. "잠깐만요."

수전은 재빨리 키보드를 조작해 '스크린록'이라는 프로그램을 띄웠다. 프라이버시를 보호하기 위한 유틸리티였는데, 노드 3의 모든 단말기에는 이 프로그램이 설치되어 있었다. 이 방의 컴퓨터들은 하루 24시간 켜져 있기 때문에 각 요원들은 자기가 자리를 비운 동안에 다른 사람들이 자기 컴퓨터에 손을 대는 사태를 막기 위해 이 스크린록을 이용하곤 했다. 수전이 다섯 자리로 된 암호를 입력하자, 금방 모니터가 까맣게 변해 버렸다. 그녀가 돌아와 다시 암호를 입력하기 전까지는 절대 깨어나지 않을 터였다.

그런 다음에야 수전은 신발을 신고 스트래드모어를 따라나섰다.

"도대체 저 녀석이 여기서 뭘 하고 있는 거야?" 스트래드모어는 노드 3의 출입문을 나서기가 무섭게 수전에게 물었다.

"늘 그래요. 별일 아니에요." 수전이 대답했다.

스트래드모어는 걱정스러운 표정이었다. "트랜슬레이터에 대해서 별 이야기 없었어?"

"아니요. 만약 그가 실행 모니터에 접근해서 트랜슬레이터가 열일곱 시간째 돌아간다는 것을 알면 틀림없이 뭐라고 한마디 할 거예요."

스트래드모어는 잠시 생각을 해 보았다. "그가 실행 모니터에 접근할 이유가 없어."

수전은 그의 눈치를 살폈다. "집에 가라고 할까요?"

"아니야, 그냥 놔두는 게 낫겠어." 스트래드모어는 시스템 보안실 쪽을 돌아보며 덧붙였다. "차트루키언은 아직 안 갔나?"

"저도 몰라요. 안 보이던데요."

"제길." 스트래드모어가 신음을 내뱉었다. "서커스를 하는 기분이군." 스트래드모어는 지난 서른여섯 시간 사이에 훨씬 짙어진 턱수염을 어루만지며 중얼거렸다. "추적기는 아직 아무 소식이 없나? 가시 방석에 앉아 있는 것 같아."

"아직 없어요. 데이비드 쪽은 어때요?"

스트래드모어는 고개를 가로저었다. "반지를 찾기 전까지는 연락을 하지 말라고 했어."

수전은 깜짝 놀랐다. "왜요? 도움이 필요할 수도 있잖아요."

스트래드모어는 어깨를 으쓱거렸다. "내가 여기 앉아서 어떻게 그를 돕겠나? 혼자 힘으로 해결하는 수밖에. 게다가 아무 전화로나 통화하다가 도청당할 우려도 있고."

수전의 눈동자에 근심이 가득 어렸다. "그게 무슨 뜻이죠?"

스트래드모어는 약간 미안한 표정으로 미소를 지었다. "데이비드는 괜찮아. 하지만 조심해서 나쁠 건 없잖아."

그들이 이야기를 나누는 곳에서 10미터도 떨어지지 않은 노드 3 안에서는 그렉 헤일이 수전의 컴퓨터 앞에 서 있었지만, 특수 유리 때문에 밖에서는 그의 모습이 보이지 않았다. 수전의 모니터는 까맣게 변해 있었다. 헤일은 스트래드모어와 수전을 힐끗 돌아보았다. 그러고는 지갑을 꺼내 조그만 쪽지를 들여다보았다.

스트래드모어와 수전이 여전히 이야기를 나누고 있는 것을 다시 한 번 확인한 헤일은 조심스럽게 수전의 키보드로 다섯 자리의 암호를 입력했다. 이내 모니터가 팟 하고 되살아났다.

노드 3의 스크린록 암호를 훔치는 것은 아주 간단했다. 이 방의 모든 단말기에는 똑같은 키보드가 달려 있었는데, 헤일은 어느 날 퇴근할 때 자기 키보드를 집으로 가져가 모든 키 입력을 저장하는 조그만 칩을 설치했다. 다음 날 다른 사람들보다 일찍 출근해서 자기 키보드를 다른 사람 것과 바꿔치기한 다음, 퇴근할 때 다시 바꿔 와서 칩에 저장된 데이터를 살펴보는 것이다. 하루 동안 입력된 키는 수없이 많지만, 그중에서 스크린록의 암호를 찾아내는 일은 하나도 어렵지 않았다. 모든 요원이 아침에 출근해서 제일 먼저 입력하는 키가 바로 자기 단말기의 록을 푸는 암호이기 때문이다. 헤일은 이 같은 사실을 누구보다 잘 알고 있었고, 다섯 자리의 암호를 찾아내는 일은 그야말로 누워서 떡 먹기였다.

헤일은 수전의 모니터를 바라보며 참 묘하다는 생각이 들었다. 그가 스크린록의 암호를 훔친 것은 순전히 장난삼아 해 본 일에 지나지 않았다. 그 장난이 이렇게 요긴하게 쓰일 줄은 꿈에도 몰랐다. 수전의 모니터에 떠 있는 프로그램은 아주 중요한 것처럼 보였다.

헤일은 잠시 어리둥절한 기분이었다. 림보로 짠 프로그램이었는데, 이것은 그의 전공 분야가 아니었다. 하지만 헤일은 첫눈에 그게 진단 프로그램은 아니라는 사실을 알아차렸다. 그가 알아볼 수 있는 단어는 딱 두 개에 지나지 않았지만, 그것만으로도 충분했다.

추적기 탐색중……

"추적기?" 헤일은 소리 내 중얼거렸다. "뭘 찾는다는 거야?" 헤일은 갑자기 마음이 불안해졌다. 아예 자리에 앉아서 수전의 모니터를 유심히 들여다보던 헤일은 이내 마음을 정했다.
　헤일은 비록 림보 전문가는 아니지만 이 프로그래밍 언어가 C와 파스칼(Pascal)이라는 프로그래밍 언어와 비슷한 점이 많다는 사실은 알고 있었다. 둘 다 그가 누구보다 자신 있어 하는 언어였다. 헤일은 스트래드모어와 수전이 아직도 대화 중인 것을 확인한 다음, 남다른 순발력을 발휘하기 시작했다. 우선 수정된 파스칼 명령어 몇 개를 입력하고 엔터 키를 눌렀다. 추적기의 상태 표시창에는 그가 예측한 반응이 그대로 나타났다.

　　　　　　추적을 중지하겠습니까?

　헤일은 얼른 타이핑을 했다. **YES**

　　　　　　확실합니까?

　답은 마찬가지였다. **YES**
　잠시 후 컴퓨터에서 삐 소리가 났다.

　　　　　　추적 중지

　헤일은 미소를 지었다. 단말기에 수전이 돌린 추적기의 작동을 중단시키라는 메시지가 전달된 것이다. 그녀가 무엇을 찾고 있었는지는 모르지만 이제 시간이 좀 걸릴 터였다.
　헤일은 전문가답게 흔적을 남기지 않기 위해 시스템 사용 로그로 들어가 자신이 입력한 모든 명령어를 삭제했다. 이어서 수전의 스크린록 암호를 입력했다.

모니터는 다시 까맣게 변해 버렸다.

수전 플래처가 노드 3으로 돌아왔을 때 그렉 헤일은 자기 자리에 얌전히 앉아 있었다.

30

 알폰소 트레세 호텔은 푸에르타 데 헤레스(Puerta de Jerez) 부근의 그리 크지 않은 4성 호텔이었는데, 묵직한 주철 울타리와 라일락으로 둘러싸여 있었다. 데이비드는 대리석 계단 쪽으로 다가갔다. 그가 현관문에 다다르자 문이 저절로 활짝 열리더니 벨보이가 그를 안으로 안내했다.
 "짐 없으세요, 선생님? 제가 도와드릴게요."
 "아니, 괜찮아요. 지배인을 만나러 왔거든요."
 벨보이는 단 2초 동안의 만남이 무척 아쉬운 듯 실망한 표정을 지었다. "Por aquí(이쪽입니다)." 벨보이는 로비를 가로질러 지배인을 가리켜 보인 다음, 서둘러 어딘가로 사라졌다.
 아담한 로비는 섬세하고 우아하게 꾸며져 있었다. 스페인의 황금시대는 이미 오래전에 지나갔지만, 1600년대 중반만 해도 이 조그만 나라가 세계를 지배하던 시절이 있었다. 이 로비 역시 그 시절을 연상케 하려는 듯 갑옷과 동판화, 신대륙에서 가져온 금괴가 든 진열장 등이 눈에 뜨였다.

'conserje(관리인)'라는 안내판이 붙은 카운터 뒤에 완벽한 용모의 지배인이 환한 미소를 지은 채 서성이고 있었다. 마치 손님을 돕기 위해 평생을 기다려 온 사람 같았다. "En qué puedo servirle, señor(무엇을 도와 드릴까요)?" 그의 말투는 혀가 조금 짧은 것 아닌가 싶었고, 말하는 동안에도 쉴 새 없이 상대방을 아래위로 훑어보았다.

베커는 스페인어로 대답했다. "마누엘을 만나러 왔습니다."

보기 좋게 그을린 지배인의 얼굴에 미소가 더욱 환해졌다. "그렇군요, 선생님. 제가 마누엘입니다. 무슨 일이십니까?"

"벨렌 에스코트 서비스의 세뇨르 롤단이 당신을 찾아가 보라고 해서……."

지배인은 얼른 손을 내저어 베커의 입을 막은 다음, 불안한 눈으로 로비를 둘러보았다. "잠깐 이쪽으로 오시지요." 그는 베커를 카운터 한쪽 끝으로 안내했다. 그는 거의 속삭이는 정도로 목소리를 낮추며 말을 이었다. "자, 무엇을 도와드릴까요?"

베커의 목소리도 덩달아 작아졌다. "그 회사에 소속된 아가씨를 만나고 싶습니다. 여기서 식사를 하고 있을 거라고 하더군요. 이름은 로치오입니다."

지배인은 깜짝 놀란 듯이 큰 숨을 내쉬었다. "아, 로치오. 아름다운 여자지요."

"지금 당장 그녀를 만나야 합니다."

"하지만 선생님, 그녀는 지금 고객과 함께 있습니다."

베커는 양해를 구하는 표정으로 고개를 끄덕였다. "아주 중요한 일입니다." '국가 안보가 달린 문제라고.'

지배인은 고개를 가로저었다. "안 됩니다. 쪽지를 남겨 주시면……."

"아주 잠깐이면 됩니다. 지금 레스토랑에 있습니까?"

지배인은 다시 한 번 고개를 가로저었다. "레스토랑은 30분 전에 문을 닫았습니다. 유감스럽게도 로치오와 그녀의 고객은 이미 객실로 올라갔어요. 쪽지를 남기고 싶으시면 내일 아침에 전달해 드리겠습니다." 지배인은 자기 등 뒤의 숫자가 적힌 메시지 보관함을 가리키며 말했다.

"잠시 객실로 전화를 걸어서……."

"죄송합니다." 정중하던 지배인의 태도가 조금씩 변했다. "저희 호텔은 손님의 프라이버시를 지켜 드리기 위해 아주 엄격한 규정을 적용하고 있습니다."

베커는 뚱보와 창녀가 아침을 먹으러 내려올 때까지 열 시간 이상을 죽치고 기다릴 생각은 눈곱만큼도 없었다.

"알겠습니다. 귀찮게 해서 미안합니다." 베커가 말했다. 베커는 돌아서서 걸음을 옮겼다. 그가 향한 곳은 로비로 들어올 때 봐 둔 접이식 벚나무 책상이었다. 그 위에 이 호텔을 배경으로 한 그림엽서를 비롯해 펜과 편지 봉투 등의 문구류가 갖춰져 있었다. 베커는 백지 한 장을 봉투에 넣고 거기다 단어 하나를 썼다.

로치오.

베커는 지배인에게 돌아갔다.

"미안합니다만 또 왔습니다." 베커는 약간 수줍은 표정으로 다가서며 말했다. "내가 좀 멍청하게 보일 거라는 건 알지만, 로치오를 직접 만나서 우리가 함께한 시간이 얼마나 아름다웠는지를 꼭 얘기해 주고 싶었어요. 하지만 나는 오늘 밤에 이곳을 떠나야 합니다. 그러니 이렇게 편지라도 남기는 수밖에 없을 것 같군요." 베커는 봉투를 카운터 위에 내려놓았다.

지배인은 그 봉투를 내려다보며 속으로 혀를 끌끌 찼다. '상사병에 걸린 얼간이가 또 하나 추가되었군.' 그는 그런 생각을 하면서도 겉으로는 미소를 지었다. "그렇게 하시지요. 성함이……?"

"부이산. 미구엘 부이산이라고 합니다." 베커가 대답했다.

"알겠습니다. 내일 아침에 틀림없이 로치오에게 전해 드리지요."

"고맙습니다." 베커는 미소를 지으며 돌아섰다.

지배인은 베커의 뒷모습을 잠깐 바라보다가 봉투를 집어 들고 벽에 붙은 보관함 쪽으로 돌아섰다. 그가 막 로치오의 객실 번호가 적힌 칸에 봉투를 밀어 넣는 순간, 베커가 빙글 몸을 돌렸다.

"택시는 어디서 타지요?"

지배인은 돌아서서 택시 타는 곳을 가르쳐 주었다. 하지만 베커는 그의 대답에 귀를 기울이지 않았다. 타이밍이 더 이상 완벽할 수가 없었다. 지배인의 손은 301호라는 숫자가 적힌 보관함에서 막 떨어지는 순간이었다.

베커는 고맙다는 인사를 남기고 천천히 엘리베이터로 향했다.

'치고 빠지기.' 그는 속으로 중얼거렸다.

31

 수전은 노드 3으로 돌아왔다. 스트래드모어와 이야기를 나누고 나니 데이비드가 걱정스러웠다. 온갖 상상이 떠올라 견딜 수가 없었다.
 "그래서 스트래드모어가 뭐라던가요? 암호팀장과 단둘이서 근사한 저녁을 보내고 싶대요?" 헤일이 자기 자리에 앉은 채 말했다.
 수전은 그 말을 무시한 채 자기 컴퓨터 앞에 앉았다. 스크린록 암호를 입력하자 모니터가 켜졌다. 추적기 프로그램이 눈에 들어왔지만, 노스 다코타에 대한 정보는 보이지 않았다.
 '빌어먹을. 왜 이렇게 오래 걸리는 거야?' 수전은 속으로 중얼거렸다.
 "좀 불안해 보이네요." 헤일이 짐짓 순진한 투로 말했다. "진단 프로그램에 무슨 문제라도 있나요?"
 "심각하진 않아." 수전이 대답했다. 하지만 그 말은 사실이 아니었다. 추적기가 이렇게 시간을 끌 리가 없었다. 뭔가 입력을 잘못한 것 아닐까 하는 의구심이 일어서 길게 나열된 림보 프로그래밍 언어를 훑어

보기 시작했다.

헤일이 그녀를 바라보며 말했다. "한 가지 물어볼 게 있는데, 엔세이 탄카도가 개발했다는 깨지지 않는 알고리즘에 대해서 어떻게 생각해요?"

수전은 가슴이 철렁 내려앉았다. "깨지지 않는 알고리즘?" 수전은 얼른 마음을 수습하며 대답했다. "음……. 어디서 읽은 적이 있는 것 같아."

"상당히 믿기 힘든 주장이죠."

"그래." 수전은 헤일이 왜 갑자기 이런 이야기를 꺼내는지 궁금했다. "사실은 나도 안 믿어. 깨지지 않는 알고리즘이 수학적으로 불가능하다는 건 누구나 알잖아."

헤일은 미소를 지었다. "그래요. 버고프스키의 법칙이죠."

"상식이기도 하고." 수전이 덧붙였다.

"혹시 알아요?" 헤일은 한껏 과장된 태도로 한숨을 내쉬었다. "하늘과 땅에는 당신의 철학이 꿈꾸는 것보다 훨씬 많은 것들이 있으니."

"무슨 소리야?"

"셰익스피어의 《햄릿》에 나오는 구절이에요." 헤일이 대답했다.

"감옥에서 책 좀 읽었나 보네."

헤일은 웃음을 터뜨렸다. "난 지금 진지해요, 수전. 그게 진짜로 가능할지도 모른다는 생각, 탄카도가 정말로 깨지지 않는 알고리즘을 만들었지도 모른다는 생각은 안 해 봤어요?"

수전은 이런 대화를 나눈다는 사실 자체가 불안했다. "글쎄, 그건 안 되는 일이잖아."

"탄카도가 우리보다 실력이 좋을 수도 있잖아요."

"그럴 수도 있지." 수전은 관심 없다는 듯이 어깨를 으쓱거렸다.

"우린 한동안 연락을 주고받았어요." 헤일이 대수롭지 않다는 듯 불쑥 말했다. "탄카도하고 나 말이에요. 그거 알고 있었어요?"

수전은 충격을 감추려고 애쓰며 고개를 들었다. "정말이야?"

"그럼요. 내가 스킵잭 알고리즘의 비밀을 발견한 직후에 그에게서 편지가 왔어요. 우리는 디지털 프라이버시를 지키기 위한 세계 대전에서 형제와도 같은 입장이라고 말이에요."

수전은 도저히 믿기지 않았다. '헤일이 탄카도를 개인적으로 안다고?' 그녀는 놀란 내색을 하지 않으려고 최선을 다했다.

헤일이 말을 이었다. "나더러 스킵잭의 백도어를 발견한 걸 축하한다고 하더군요. 전 세계 자유인들의 프라이버시 권리를 지키는 결정적인 쾌거라면서 말이에요. 수전, 스킵잭의 백도어가 반칙 행위라는 건 당신도 솔직히 인정해야 해요. 온 세계의 전자우편을 훤히 들여다보겠다고? 내가 보기에 스트래드모어는 체포를 당해도 할 말 없어요."

"그렉." 수전은 분노를 억누르며 말했다. "그 백도어는 NSA가 이 나라의 안보를 위협하는 전자우편을 해독하기 위한 것이었어."

"아, 그래요?" 헤일은 짐짓 한숨을 내쉬었다. "그럼 일반 국민의 사생활을 엿보는 것은 그냥 우연한 부산물이겠군요?"

"우리가 일반 국민의 사생활을 엿보지 않는다는 건 당신도 알잖아. FBI는 전화를 도청할 수 있지만 그게 모든 국민의 통화를 도청한다는 의미는 아닌 것과 마찬가지야."

"충분한 인력만 확보되면 얼마든지 그렇게 할 사람들이에요."

수전은 일단 그 말을 무시했다. "모든 나라의 정부는 공동의 선을 위협하는 정보를 수집할 권리가 있어."

"하느님 맙소사." 헤일은 또 한 번 한숨을 내쉬며 말을 이었다. "당신도 꼭 스트래드모어에게 세뇌된 듯한 말투로군요. FBI는 자기네가 원한다고 해서 언제든 도청을 할 수 있는 게 아니에요. 영장을 받아야 하니까요. 하지만 백도어가 설치된 암호화 표준은 NSA가 언제든, 어디서든, 누구의 전자우편이든 마음대로 열어 볼 수 있다는 의미예요."

"그래, 맞아. 우리에게는 그런 능력이 있어야 해!" 수전의 목소리가 갑자기 거칠어졌다. "만약 당신이 스킵잭의 백도어를 찾아내지 않았더라면 우리는 해독해야 할 모든 코드를 확보할 수 있었을 거야. 굳이 트랜슬레이터가 아니더라도 말이야."

"만약 내가 백도어를 찾아내지 않았더라면……." 헤일이 반박했다. "다른 누군가가 찾아냈겠지요. 나는 오히려 그걸 찾아냄으로써 당신들을 구해 준 거라고요. 스킵잭이 배포되고 나서 그런 사실이 알려졌다면 무슨 일이 벌어졌을지 상상해 봤어요?"

"어쨌거나 이제 과대망상에 빠진 EFF는 우리가 만든 모든 알고리즘에 백도어를 숨겨 놓았다고 생각할 거야."

헤일이 되물었다. "사실이 그렇지 않은가요?"

수전은 차가운 눈빛으로 그를 노려보았다.

"관두죠." 헤일은 슬그머니 꽁무니를 빼며 말했다. "아무튼 이제 그 문제는 끝난 거잖아요. NSA는 트랜슬레이터를 만들었고, 엄청난 정보원을 가지게 되었어요. 원하는 것이라면 언제든, 아무것도 묻지 않고 마음대로 꺼내 볼 수 있잖아요. 당신들이 이긴 거라고요."

"'당신들'이 아니라 '우리'라고 해야 되는 것 아니야? 내가 듣기로 당신도 NSA 소속이라고 하는 것 같던데."

"얼마 안 남았어요." 헤일이 즐겁다는 듯이 말했다.

"장담이야 못할걸."

"정말이에요. 언젠가 난 여길 그만둘 거니까요."

"저런, 섭섭해서 어떡하지."

그 순간, 수전은 자신도 모르는 사이에 뭔가 제대로 풀리지 않는 모든 일을 헤일 탓으로 돌리고 있다는 사실을 문득 깨달았다. 디지털 포트리스도, 데이비드가 뜻밖의 사태에 처한 것도, 지금 스모키 산에서

느긋한 주말을 보내고 있지 못한 것도, 모두 다 헤일 때문이라고 느끼고 있었던 것이다. 하지만 정작 그중에서 그에게 책임을 물을 수 있는 것은 하나도 없었다. 헤일이 잘못한 게 있다면 지나치게 오지랖이 넓다는 것뿐이었다. 수전은 자기가 좀 더 통이 큰 인간이 되어야 한다는 사실을 깨달았다. 암호팀장으로서 부하들을 교육시키고 원만하게 이끌어 가는 것은 그녀 자신의 책임이었다. 헤일은 아직 젊고 순진한 풋내기 아닌가.

수전은 헤일을 바라보았다. 헤일이 크립토에 없어서는 안 될 재능의 소유자라는 사실이 짜증스럽긴 했지만, 그는 아직 NSA가 하는 일이 얼마나 중요한지를 모르고 있었다.

"그렉." 수전은 한층 차분하고 조용하게 입을 열었다. "나는 오늘 여러 가지 커다란 압박감에 시달리고 있어. NSA가 마치 첨단 기술을 이용해 남의 사생활이나 엿보기 좋아하는 조직처럼 이야기하는 말투도 굉장히 부담스러워. NSA가 설립된 목적은 딱 하나야. 이 나라의 안보를 지키는 것. 그러기 위해서는 때때로 나무를 몇 그루 흔들어서 썩은 사과를 골라 내야 할 경우도 있어. 나는 악당들이 멋대로 날뛰지 못하게 하기 위해서라면 대부분의 국민이 약간의 사생활을 희생할 용의가 있다고 믿어."

헤일은 아무 대꾸도 하지 않았다.

수전이 말을 이었다. "이 나라 국민에게는 뭔가 믿고 의지할 만한 구석이 필요해. 물론 세상에는 좋은 것들도 많지만, 나쁜 것들도 섞여 있잖아. 누군가는 그 모든 것에 접근할 권리를 가지고 옳은 것과 그른 것을 구별할 수 있어야 해. 그게 우리가 할 일이자 의무 아니겠어? 마음에 들건 들지 않건 간에, 민주주의와 무정부 상태를 구분하는 선은 언제나 명쾌하게 드러나지만은 않아. 그 선을 지키는 것이 우리가 할 일이고."

헤일은 생각에 잠긴 표정으로 고개를 끄덕였다. "Quis custodiet ipsos custodes?"

수전은 어리둥절한 눈길로 그를 바라보았다.

"라틴어예요." 헤일이 말했다. "유베날리스의 《풍자시집》에 나오는 구절이지요. '파수꾼은 누가 감시할 것인가?'"

"무슨 소리인지 모르겠군. 파수꾼을 누가 감시하냐고?" 수전이 말했다.

"그래요. 만약 우리가 이 사회의 파수꾼이라면, 우리를 감시하고 우리가 위험한 존재가 아니라는 것을 확인하는 일은 누가 하지요?"

수전은 뭐라고 대답해야 좋을지 몰라 그냥 고개만 끄덕였다.

헤일이 미소를 지었다. "탄카도가 나에게 보낸 모든 편지에는 그 글귀가 적혀 있었어요. 그가 제일 좋아하는 말이었지요."

32

데이비드 베커는 301호실 문 앞의 복도에 서 있었다. 화려하게 장식된 저 문 안쪽에 문제의 반지가 있을 것이다. '국가 안보가 달린 일이야.'

방 안에서 나는 소리가 희미하게 흘러 나왔다. 사람의 목소리가 분명했다. 베커는 노크를 했다. 잠시 후 깊고 낮은 독일 억양이 들렸다.

"Ja(네)?"

베커는 대답을 하지 않았다.

"Ja(네)?"

문이 빠끔 열리더니, 뚱뚱한 독일인이 베커를 내려다보았다.

베커는 정중하게 미소를 지었다. 아직 그 남자의 이름도 모르는 상태였다. "Deutscher, ja(독일인이시지요)?" 그가 물었다.

상대방은 무슨 일인가 하는 표정으로 고개를 끄덕였다.

베커는 완벽한 독일어로 말을 이었다. "잠시 말씀 좀 나눌 수 있을까요?"

상대방은 여전히 불안한 표정이었다. "Was willst du(무슨 일이오)?"

베커는 무턱대고 모르는 사람의 호텔 방을 두드리기 전에 미리 연습이라도 해 볼 걸 그랬다는 생각이 들었다. 적당한 말을 고르는 사이, 불쑥 이런 말이 튀어나왔다. "당신은 내가 원하는 것을 가지고 있습니다."

그것은 그리 좋은 대답이 아니었다. 대번에 독일인의 눈매가 가늘어졌다.

"Ein ring. Du hast einen Ring(당신은 반지를 가지고 있어요)." 베커가 말했다.

"저리 꺼져!" 독일인은 그렇게 쏘아붙이며 문을 닫으려 했다. 베커는 생각할 겨를도 없이 한쪽 발을 문틈으로 밀어 넣었다. 그러고는 이내 자신의 그런 행동을 후회했다.

독일인의 눈이 휘둥그레졌다. "Was tust du(뭐하는 짓이야)?" 그가 소리쳤다.

베커는 어떻게 해야 좋을지 알 수가 없었다. 초조한 눈으로 복도를 아래위로 훑어보았다. 이미 병원에서도 쫓겨난 적이 있는 그로서는 그런 경험을 되풀이하고 싶지 않았다.

"Nimm deinen Fußweg(그 발 치우지 못해)!" 독일인이 소리쳤다.

베커는 상대방의 피둥피둥한 손가락을 내려다보며 반지를 끼고 있는지 살펴보았다. 반지는 보이지 않았다. '거의 찾은 것과 다름없어.' 베커는 용기를 내어 다시 한 번 소리쳤다. "Ein Ring(반지)!" 다음 순간, 문이 쾅 하고 닫혀 버렸다.

데이비드 베커는 한동안 화려하게 꾸며진 복도에 멍하니 서 있었다. 물론 모조품이지만 살바도르 달리의 그림이 한 점 걸려 있었다. "잘 어울리는 작품이야." 베커는 혼자 신음을 내뱉었다. '초현실주의. 부조리한 꿈속에 갇혀 버린 기분이군.' 그날 아침만 해도 멀쩡하게 자기 침대에서 눈을 떴지만, 지금은 스페인에서 마법의 반지를 찾아 모르는 사람의 호텔 방으로 침입하기 위해 안간힘을 다하는 처지가 되어 버렸다.

스트래드모어의 진지한 목소리가 그를 현실 세계로 되돌려 놓았다. '무슨 일이 있어도 반지를 찾아야 해.'

베커는 한숨을 내쉬며 그 목소리를 쫓아 버렸다. 집으로 돌아가고 싶은 마음이 간절했다. 베커는 다시 301이라는 숫자가 박힌 문을 바라보았다. 저 문 너머에 그를 집으로 데려다 줄 티켓이 들어 있다. 어떻게든 금반지를 손에 넣는 수밖에 없었다.

베커는 다시 한 번 큰 숨을 내쉬었다. 그러고는 301호 앞으로 뚜벅뚜벅 걸어가 힘차게 노크를 했다. 좀 더 강력한 수단을 동원해야 할 시점이었다.

독일인이 문을 벌컥 열며 뭐라고 소리를 지르려 했지만 베커가 먼저 기선을 제압했다. 메릴랜드 스쿼시 클럽 회원증을 슬쩍 보여 주며 "경찰이오!" 하고 소리친 것이다. 이어서 방 안으로 밀고 들어간 베커는 재빨리 전등 스위치부터 올렸다.

어안이 벙벙해진 독일인이 돌아서며 소리쳤다. "Was machst(무슨 일로)……"

"닥치시오!" 베커는 영어로 상대를 몰아세웠다. "이 방에 창녀가 있습니까?"

베커는 방을 둘러보았다. 여느 호텔 방과 크게 달라 보이지 않았다. 장미꽃, 샴페인, 덮개가 달린 커다란 침대……. 로치오의 모습은 보이지 않았고, 욕실 문이 닫혀 있었다.

"매춘부요?" 독일인은 닫힌 욕실 문을 슬쩍 돌아보며 중얼거렸다.

그는 베커가 상상했던 것보다 훨씬 더 덩치가 컸다. 세 겹으로 된 턱 바로 밑에 털이 북슬북슬한 가슴팍이 드러나 보였고, 그 밑으로 남산만 한 아랫배가 불룩 나와 있었다. 호텔 로고가 박힌 하얀 가운의 허리끈이 묶이지 않을 정도였다.

베커는 최대한 위압적인 표정으로 이 거한을 올려다보았다. "이름이 뭡니까?"

독일인의 살찐 얼굴에 당혹감이 스쳐 지나갔다. "Was willst du(원하는 게 뭡니까)?"

"나는 이곳 세비야 경찰서의 관광 지원 담당입니다. 이 방에 창녀가 있습니까?"

독일인은 다시 한 번 초조한 눈길로 욕실 문을 돌아보았다. 잠시 망설이던 그가 하는 수 없이 "Ja(네)" 하고 고백했다.

"스페인에서는 매춘이 불법이라는 사실을 알고 있습니까?"

"Nein(아니요)." 물론 거짓말이었다. "몰랐소. 당장 돌려 보내겠소."

"그러기에는 너무 늦은 것 같군요." 베커가 권위적인 목소리로 대답했다. 그러고는 태연하게 방 안을 서성거리기 시작했다. "한 가지 제안을 하고 싶습니다만."

"Ein Vorschlag(제안이라니요)?" 독일인이 걱정스러운 목소리로 되물었다.

"그래요. 지금 당장 본부로 연행할 수도 있지만……." 베커는 극적인 효과를 높이기 위해 잠시 말을 멈추며 손가락 관절을 우두둑 꺾었다.

"있지만?" 독일인은 겁에 질려 눈이 휘둥그레졌다.

"협상을 할 수도 있지요."

"협상이라니?" 독일인은 스페인 경찰의 부정의 부패에 대한 이야기를 들은 적이 있었다.

"당신은 내가 원하는 것을 가지고 있어요." 베커가 말했다.

"아, 그야 물론이지요!" 독일인은 그렇게 외치며 어색한 미소를 지었다. 그러고는 얼른 서랍에서 지갑을 꺼내는 것이었다. "얼마면 되겠소?"

베커는 입을 쩍 벌리며 짐짓 화를 내는 척했다. "지금 공무 집행중인 경찰을 매수하겠다는 겁니까?"

"아, 아닙니다. 물론 그게 아니라 난 그냥……." 뚱보는 재빨리 지갑을 내려놓았다. 너무 당황해서 어쩔 줄을 몰라 하던 그는 결국 침대 모서리에 털썩 주저앉으며 두 손을 부볐다. 그의 몸무게 때문에 침대가 삐걱거렸다. "미안합니다."

베커는 방 한복판에 놓여 있던 꽃병에서 장미를 한 송이 뽑아 들고 태연히 냄새를 맡더니, 바닥에 던져 버렸다. 그러고는 몸을 빙글 돌리며 이렇게 물었다. "살인 사건에 대해서 말해 보세요."

독일인의 얼굴이 하얗게 질렸다. "Mord(살인 사건)?"

"그래요. 오늘 아침에 아시아계 남자가 공원에서 살해됐잖아요. 그건 암살 사건이에요, Ermordung(에어모르둥)." 베커는 암살을 뜻하는 독일어 '에어모르둥'이라는 단어가 무척 마음에 들었다. 입에 담는 것만으로도 섬칫한 느낌이 들 정도였다.

"에어모르둥? 그가……?"

"그래요."

"하지만 그럴 리가 없습니다." 독일인이 말했다. "내가 현장에 있었어요. 그는 심장마비를 일으킨 것뿐입니다. 피도 흘리지 않았고, 총알도 날아오지 않았어요."

베커는 고개를 가로저었다. "눈에 보이는 것만이 진실은 아닙니다."

독일인의 얼굴이 더욱 하얘졌다.

베커는 속으로 미소를 지었다. 연기가 제대로 들어맞는 느낌이었다.

불쌍한 독일인은 식은땀을 뻘뻘 흘리고 있었다.

"도, 도대체 원하는 게 뭡니까?" 그는 이제 말까지 더듬었다. "나는 아무것도 몰라요."

베커는 다시 방 안을 서성거리기 시작했다. "살해당한 남자가 금반지를 끼고 있었어요. 나는 그게 필요합니다."

"나, 나한테 없어요."

베커는 안됐다는 듯이 한숨을 내쉬며 욕실 문을 가리켰다. "그럼 로치오, 아니 듀드롭이 가지고 있나요?"

하얗던 독일인의 얼굴이 이제 시뻘겋게 변했다. "듀드롭을 알아요?" 그는 가운 소매로 두툼한 이마에서 땀을 훔쳤다. 그가 막 다시 입을 여는 순간, 욕실 문이 벌컥 열렸다.

두 사람의 시선이 일제히 그쪽으로 향했다.

로치오 에바 그라나다가 문 앞에 서 있었다. 정말 아름다운 모습이었다. 길고 부드러운 빨강머리, 이베리아 특유의 매끈한 피부, 깊은 갈색 눈동자, 넓고 매끈한 이마……. 그녀 역시 독일인과 똑같은 가운을 걸치고 있었다. 풍만한 엉덩이 위로 질끈 허리끈을 졸라맸고, 목 아래의 가운 자락이 벌어져 보기 좋게 그을린 젖가슴의 윤곽이 살짝 드러났다. 그녀는 자신만만한 표정으로 욕실을 나와 방으로 들어섰다.

"무슨 일이죠?" 그녀가 걸걸한 목소리의 영어로 물었다.

베커는 눈도 깜빡하지 않고 자기 앞에 버티고 선 눈부시게 아름다운 여인을 바라보았다. "나는 반지가 필요해요." 베커가 차가운 목소리로 말했다.

"당신, 누구죠?" 그녀가 물었다.

베커는 정확한 안달루시아 억양의 스페인어로 대답했다. "경찰입니다."

로치오는 웃음을 터뜨렸다. "말도 안 되는 소리." 그녀 역시 스페인어로 쏘아붙였다.

베커는 목덜미가 서늘해졌다. 로치오는 자신의 고객보다 훨씬 더 다루기 까다로운 상대가 틀림없었다. "말이 안 되다니?" 베커는 이성을 유지하려고 애쓰며 되물었다. "경찰서로 데려가면 내 말을 믿겠습니까?"

로치오는 다시 코웃음을 쳤다. "그러면 오히려 그쪽에서 난처해질 텐데요. 자, 솔직히 말해 봐요, 당신 누구예요?"

베커는 그냥 밀어붙이는 수밖에 없었다. "나는 세비야 경찰서에서 나왔습니다."

로치오는 겁을 주듯 그를 향해 다가섰다. "나는 현역 경찰관들을 한 명도 빼지 않고 다 알아요. 다들 내 고객이니까요."

베커는 그녀의 시선이 자신의 마음속까지 꿰뚫어 보는 듯했다. 뭔가 조치가 필요했다. "나는 관광 지원 담당 특별 기동대 소속이에요. 자, 당장 반지를 내놓든지, 아니면 나와 함께 경찰서로 가서……."

"가서?" 로치오는 자못 기대된다는 듯 눈썹을 치켜세우며 대들었다.

베커는 그만 말문이 막혀 버렸다. 뭐라고 대꾸해야 좋을지 알 수가 없었다. 계획이 완전히 틀어져 버린 것이다. '왜 이 여자는 호락호락 넘어가지 않는 거지?'

로치오는 한 발 더 다가섰다. "당신이 누구인지, 무엇을 원하는지 모르겠지만 지금 당장 이 방에서 나가지 않으면 호텔 경비원들을 부르겠어요. 당신이야말로 경찰관을 사칭한 혐의로 진짜 경찰에게 끌려가게 될걸요."

베커는 설령 경찰서로 끌려간다 해도 스트래드모어가 5분 안에 빼내 줄 거라고 믿었지만, 그런 식으로는 문제를 해결하기가 점점 더 어려워진다는 것을 알고 있었다. 경찰에게 체포되는 것은 계획에 포함되어 있지 않았다.

로치오는 이제 베커의 코앞에 멈춰 서서 그를 빤히 들여다보았다.

"좋아요." 베커는 한숨을 내쉬며 목소리로 자신의 패배를 인정했다. 과장된 스페인어 억양도 포기했다. "사실 나는 경찰이 아닙니다. 미국의 정부 기관에서 반지를 찾아 달라는 부탁을 받았어요. 내가 밝힐 수 있는 건 그것뿐입니다. 필요하다면 대가를 지불해도 좋다는 승인을 받았어요."

방 안에 오랜 침묵이 흘렀다.

로치오는 한동안 베커의 말을 곰곰이 생각하는 듯하더니, 입가에 교활한 미소를 머금었다. "털어놓고 나니까 속이 시원하지 않아요?" 그녀는 의자에 앉아 다리를 꼬았다. "얼마나 내놓을 건데요?"

베커는 소리 죽여 안도의 한숨을 내쉬었다. 더 이상 시간 끌 필요 없이 바로 본론으로 들어가도 될 듯했다. "75만 페세타 드리겠습니다. 미국 달러로 5천 달러예요." 그건 그가 가지고 있는 돈의 절반에 불과했지만, 금반지의 실제 가격보다는 열 배 이상 많은 액수였다.

로치오는 눈썹을 치켜세웠다. "꽤 큰돈이로군요."

"그래요. 그럼 얘기 끝난 겁니까?"

로치오는 고개를 가로저었다. "나도 그랬으면 좋겠어요."

"그럼 100만 페세타면 되겠어요? 더 이상은 나도 없어요." 베커가 불쑥 말했다.

"저런, 저런." 로치오는 미소를 지었다. "미국 사람들은 정말 협상에 서툴러요. 그런 상태로 스페인의 시장에 나갔다가는 하루도 안 되어 거덜이 나고 말 걸요."

"현금으로, 이 자리에서 바로 드리겠습니다." 베커는 주머니 속의 봉투에 손을 가져가며 말했다. '나는 어서 집으로 돌아가고 싶어.'

로치오는 고개를 가로저었다. "그럴 수가 없어요."

베커는 바짝 약이 올랐다. "이유가 뭐지요?"
"난 그 반지를 가지고 있지 않거든요." 그녀가 미안한 듯이 말했다. "벌써 팔았어요."

33

 뚫어지게 창밖을 내다보던 도쿠겐 누마타카는 우리에 갇힌 맹수처럼 방 안을 서성거렸다. 아직도 노스 다코타에게서는 아무런 연락이 없었다. '망할 놈의 미국인! 시간 관념이라고는 눈곱만큼도 없는 녀석이야!'
 마음 같아서는 벌써 몇 번이라도 노스 다코타에게 먼저 전화를 걸었겠지만, 그는 상대방의 전화번호를 가지고 있지 않았다. 누마타카는 상대방에게 주도권을 내주는 이런 식의 거래를 아주 싫어했다.
 누마타카는 처음에 노스 다코타에게서 걸려 온 전화가 사기일지도 모른다는 생각을 했다. 일본의 경쟁업체가 장난을 치는 것일 수도 있었다. 그런 의심이 다시 고개를 들자, 누마타카는 당장 더 많은 정보가 필요하다는 결론을 내렸다.
 사무실을 박차고 나온 그는 누마테크 본관의 복도를 뚜벅뚜벅 걸어갔다. 노도처럼 지나가는 그를 향해 직원들이 공손히 허리를 굽혔다. 누마타카는 그들이 정말로 자기를 존경해서 그런 행동을 하는 게 아님을 잘 알고 있었다. 일본의 회사원들은 아무리 포악한 지도자에게도 주저 없이 허리를 굽힌다.

누마타카는 곧장 교환실로 내려갔다. 열두 개의 회선이 물려 있는 코렌코 2000 교환대를 단 한 명의 교환수가 처리하고 있었다. 바쁘게 손길을 놀리던 여직원이 누마타카가 들어오는 것을 보고 자리에서 벌떡 일어섰다.

"앉아." 그가 짧게 명령했다.

여직원은 명령에 복종했다.

"오늘 4시 45분에 내 전용 회선으로 전화가 한 통 걸려 왔다. 그 전화가 어디서 온 건지 확인할 수 있나?" 누마타카는 진작 이렇게 알아보지 않은 자신이 후회스러웠다.

교환수는 초조한 듯 침을 꿀꺽 삼켰다. "이 기종으로는 발신자 확인이 안 됩니다, 회장님. 하지만 전화 회사에 연락을 해 볼 수는 있어요. 그들이라면 틀림없이 도움을 줄 겁니다."

누마타카는 일리가 있는 얘기라고 생각했다. 요즘 같은 디지털 시대에 프라이버시는 과거의 유물이 된 지 오래였다. 일거수일투족, 모든 자료가 남게 마련이니 전화 회사는 누가 누구와 얼마 동안 통화를 했는지 정확하게 알아낼 수 있었다.

"얼른 연락해 봐. 알아내는 대로 보고해." 그가 지시했다.

34

수전은 노드 3에 혼자 앉아 추적기의 응답을 기다리고 있었다. 헤일은 잠시 바람을 좀 쐬고 오겠다며 자리를 비웠다. 수전으로서는 아주 고마운 일이었다. 하지만 이상하게도 정작 노드 3에 혼자 남으니 왠지 고립된 느낌이었다. 수전은 자신도 모르는 사이에 탄카도와 헤일의 관계에 대한 고민에 사로잡혀 있었다.

"파수꾼은 누가 감시할 것인가?" 수전은 혼잣말로 중얼거렸다. 그 말이 자꾸만 머릿속을 맴돌았다. 수전은 억지로 생각을 떨쳐 버렸다.

그녀의 생각은 데이비드가 제발 무사했으면 좋겠다는 쪽으로 옮아갔다. 한시라도 빨리 패스 키를 찾아내 이번 일을 마무리하고 싶은 생각뿐이었다.

수전은 추적기를 돌린 지가 얼마나 되는지 감이 잡히지 않았다. 두 시간? 세 시간? 그녀는 텅 빈 크립토 플로어를 내다보며 어서 자신의 컴퓨터에서 신호음이 들리기를 기도했다. 그런 바람과는 달리 방 안은 정적에 휩싸여 있었고, 늦여름의 해도 이미 기운 뒤였다. 머리 위에 자동으로 작동하는 형광등이 이미 환하게 켜져 있었다. 수전은 그사이에 많은 시간이 흘렀음을 알아차렸다.

수전은 추적기를 바라보며 얼굴을 찡그렸다. "제발." 그녀가 중얼거렸다. "그만하면 시간은 충분했잖아." 수전은 마우스를 쥐고 추적기의 상태 표시창을 클릭했다. "도대체 시간이 얼마나 된 거야?"

수전은 트랜슬레이터의 디지털 시계와 비슷하게 생긴 추적기의 상태 표시창을 열었다. 추적기가 가동된 시간이 분 단위로 표시되는 창이었다. 수전은 시간 정보를 확인하기 위해 모니터를 응시했다. 하지만 그녀의 눈에는 전혀 뜻밖의 정보가 들어왔다. 그것을 보는 순간 혈관 속의 피가 멈춰 버리는 것 같았다.

추적 중지

"추적 중지이라니! 왜?" 수전은 큰소리로 중얼거렸다.

갑자기 패닉 상태에 빠진 수전은 추적기의 작동을 중단시킨 명령을 찾기 위해 미친 듯이 프로그램을 살펴보기 시작했다. 하지만 그녀의 탐색은 무위로 끝났다. 추적기는 저절로 중단된 것처럼 보였다. 수전은 이것이 의미하는 것은 한 가지밖에 없음을 알고 있었다. 추적기에 버그가 생긴 것이다.

'버그'는 컴퓨터 프로그래밍과 관련해서 사람을 가장 미치게 만드는 단어 중 하나였다. 컴퓨터는 고도로 정밀한 작동 순서를 따르기 때문에 가장 사소한 프로그래밍상의 실수가 치명적인 결과를 초래하는 경우가 많다. 단순한 문법적 오류, 이를 테면 마침표를 찍어야 될 곳에 쉼표를 찍는다든지 하는 오류가 시스템 전체를 먹통으로 만들어 버리기도 했다. 수전은 이 '버그'라는 표현의 유래를 생각할 때마다 참 재미있다는 생각을 하곤 했다.

1944년 하버드 대학의 어느 연구실에 설치된 세계 최초의 컴퓨터인 마크 1이라는 이름이 붙은 집채만 한 전자 회로에서 처음으로 버그가 나왔다. 어느 날 갑자기 이 컴퓨터가 결함을 보이기 시작했는데, 아무도 그 원인을 찾아내지 못했다. 몇 시간 동안이나 시스템 전체를 뒤진 끝에, 이 연구실의 조수가 문제를 밝혀 냈다. 기판에 나방이 한 마리 내려앉는 바람에 쇼트가 났던 것이다. 이때부터 컴퓨터의 결함을 '버그'라는 단어로 부르기 시작했다.

"지금 이러고 있을 시간이 없어." 수전은 욕이라도 퍼붓고 싶은 심정이었다.

프로그램에서 버그를 찾아내는 일은 몇날 며칠이 걸릴 수도 있는 작업이었다. 지극히 사소한 오류 하나를 찾아내기 위해 수천 줄에 달하는 프로그래밍 언어를 샅샅이 뒤져야 하기 때문이다. 오자 하나를 찾기 위해 백과사전을 통째로 검사하는 것과 마찬가지였다.

수전은 추적기를 다시 한 번 돌려 보는 수밖에 없다는 결론을 내렸다. 물론 그래 봤자 똑같은 버그에 부딪쳐 또 작동이 중단되고 말 터였다. 하지만 추적기의 버그를 잡는 작업은 시간을 요구했고, 지금의 수전과 스트래드모어에게는 그럴 만한 시간이 없었다.

하지만 자기가 무엇을 잘못했는지 의아해하며 추적기를 살펴보던 수전은 전혀 말이 안 되는 사실을 한 가지 발견했다. 그녀가 지난달에 이것과 똑같은 추적기를 작동시켰을 때는 아무런 문제가 없었다. 그런데 왜 갑자기 버그가 생긴 것일까?

문득 조금 전에 스트래드모어에게서 들은 이야기가 뇌리에 떠올랐다. '수전, 내가 직접 추적기를 돌려 보려고 했는데, 도무지 말이 안 되는 데이터만 보내오더라고.'

수전은 그 말을 다시 한 번 생각해 보았다. '데이터만 보내오더라고······.'

그녀는 고개를 갸웃거렸다. 그게 가능한 일일까? 데이터를 보내왔다고?

만약 스트래드모어가 추적기를 통해 데이터를 수신했다면 그것은 추적기가 정상적으로 작동을 했다는 의미였다. 말이 안 되는 데이터를 보내왔다는 소리를 들었을 때 수전은 스트래드모어가 뭔가를 잘못 입력했을 거라고 생각했다. 하지만 그래도 추적기가 제대로 작동을 한 것만은 분명했다.

수전은 추적기가 중단된 이유를 설명할 수 있는 근거가 한 가지 더 있음을 알아차렸다. 프로그램에 오류가 생기는 이유는 내부 결함만 있는 것이 아니다. 때로는 외적인 요소가 작용할 수도 있다. 이를테면 전력 공급이 불안정하다거나, 기판에 먼지 입자가 쌓였다거나, 케이블 연결에 문제가 생겼다거나 하는 경우 말이다. 노드 3의 하드웨어가 워낙 잘 관리되고 있기 때문에 수전은 그런 가능성은 미처 생각하지도 않았다.

수전은 자리에서 일어나 각종 사용 설명서들이 꽂힌 커다란 책장으로 다가갔다. '시스템 운영 설명서'라는 제목이 붙은 책자를 찾아내 페이지를 뒤지기 시작했다. 찾던 내용을 발견한 수전은 설명서를 들고 자기 자리로 돌아와 몇 가지 명령어를 입력했다. 그런 다음 컴퓨터가 지난 세 시간 사이에 수행한 명령어의 목록이 나타날 때까지 잠시 기다렸다. 이 검색으로 외적인 요소가 개입된 흔적이 발견되기만을 간절히 바랐다. 전력 공급이나 칩의 결함으로 작업이 중단되었다면 그나마 다행일 터였다.

잠시 후 수전의 단말기에서 신호음이 들렸다. 수전은 맥박이 빨라졌다. 숨을 죽인 채 모니터를 살펴봤다.

에러 코드 22

수전은 희망이 살아났다. 이것은 좋은 소식이었다. 에러 코드가 검색되었다는 것은 곧 추적기 자체에는 문제가 없다는 의미이기 때문이었다. 추적기가 외부적인 요인으로 작동이 중단되었다면 똑같은 양상이 되풀이될 가능성은 그리 크지 않았다.

'에러 코드 22.' 수전은 이 코드의 내용이 무엇인지 기억을 더듬어 보았다. 노드 3에서는 좀처럼 하드웨어 오류가 발생하지 않기 때문에 숫자로 된 코드 번호에는 익숙하지가 않았다.

수전은 다시 〈시스템 운영 설명서〉를 뒤져 에러 코드 목록을 찾아냈다.

19: 하드 파티션 오류
20: DC 스파이크
21: 매체 오류

22번 항목에 다다른 수전의 시선이 한참 동안 고정되었다. 그녀는 숨이 멎는 기분으로 모니터를 확인했다.

에러 코드 22

수전은 얼굴을 찡그린 채 다시 설명서를 들여다보았다. 도무지 말이 안 되는 소리였다. 설명서에는 달랑 두 단어가 적혀 있을 뿐이었다.

22: 수동 중단

35

베커는 깜짝 놀라 로치오를 바라보았다. "반지를 팔았다고요?"

로치오가 고개를 끄덕이자, 비단결 같은 빨강머리가 어깨 위에 찰랑거렸다.

베커는 그저 그 말이 사실이 아니기를 바랄 뿐이었다. "Pero(하지만)……."

로치오는 어깨를 으쓱거리며 스페인어로 대답했다. "공원에 있던 여자애한테."

베커는 다리가 후들거리기 시작했다. '이럴 수는 없어!'

로치오는 수줍은 듯 미소를 지으며 독일인을 가리켰다. "Él quería que lo guardara(이 사람은 그냥 가지라고 했어요). 하지만 내가 싫다고 했어요. 나에게는 지타나의 피가 흐르고 있어요. 집시의 피죠. 덕분에 이런 빨강머리를 가지게 되었고, 미신을 신봉하는 편이에요. 죽어 가는 사람이 준 반지는 좋은 조짐이 아니거든요."

"당신이 아는 여자인가요?" 베커가 물었다.

로치오는 눈썹을 활처럼 곤두세웠다. "세상에. 당신은 정말로 그 반지가 꼭 필요한 모양이군요, 그렇죠?"

베커는 고개를 끄덕였다. "그 반지를 누구에게 팔았지요?"

덩치 큰 독일인은 어리둥절한 표정으로 침대에 앉아 있었다. 그로서는 한참 달콤해야 할 시간이 엉뚱하게 흘러가고 있었고, 그 이유를 짐작조차 할 수 없었다. "Was passiert(무슨 일이오)?" 그가 신경질적으로 물었다.

베커는 그의 질문을 무시했다.

"정확히 말하면 판 것도 아니에요." 로치오가 말했다. "이왕이면 팔고 싶었지만 워낙 어린애라 돈이 하나도 없더라고요. 그래서 결국 그냥 줘 버렸어요. 당신이 그렇게 큰돈을 내놓을 줄 알았더라면 그냥 가지고 있을 걸 그랬나 봐요."

"왜 공원을 떠났지요?" 베커가 물었다. "사람이 죽었어요. 그런 상황이라면 경찰이 도착할 때까지 기다렸다가 그 반지를 넘겨줬어야 하는 것 아닙니까?"

"베커 씨, 나는 손님을 끌어야 먹고 사는 여자지만, 그렇다고 골칫거리까지 끌고 싶지는 않아요. 게다가 그 할아버지만 있어도 상황이 잘 정리될 것 같았거든요."

"캐나다에서 온 관광객 말입니까?"

"그래요. 그 사람이 구급차를 불렀어요. 그걸 보고 우리는 그냥 가기로 했죠. 나나 내 고객이나 쓸데없이 경찰하고 엮일 이유가 없거든요."

베커는 멍하니 고개를 끄덕였다. 아직도 이 가혹한 운명의 장난이 믿기지 않았다.

'그 망할 놈의 반지를 그냥 줘 버렸다고?'

"나도 죽어 가는 사람을 도우려고는 했어요." 로치오가 말을 이었다. "그런데 본인이 그걸 원하지 않는 것 같더군요. 처음부터 그 반지를 자꾸만 우리 얼굴 앞으로 들이댔어요. 손가락이 세 개밖에 없는 손으로 말이에요. 마땅히 우리가 그 반지를 가져야 한다는 듯이 자꾸만 손을 우리 쪽으로 내밀었어요. 나는 받고 싶지 않았지만 결국 저 사람이 받고 말았죠. 그 직후에 그 사람은 숨이 끊어졌고요."

"그래서 당신이 심폐 소생술을 시도했습니까?" 베커가 물었다.

"아니요. 우린 그를 건드리지도 않았어요. 저 사람이 잔뜩 겁을 먹었거든요. 덩치만 컸지 실속이 없어요." 그녀는 유혹하듯 베커를 바라보며 미소를 지었다. "걱정 말아요, 저 사람 스페인어는 한마디도 모르니까."

베커는 얼굴을 찡그렸다. 그렇다면 탄카도의 가슴에 멍은 어떻게 된 노릇인지 궁금했다. "그럼 구급차를 타고 온 의무 요원들이 심폐 소생술을 시도했겠군요?"

"그건 나도 몰라요. 아까 말했듯이 우린 그들이 도착하기 전에 현장을 떠났거든요."

"반지를 훔친 직후에 떠났다는 말이로군요." 베커가 쏘아붙였다.

로치오는 차가운 눈빛으로 그를 노려보았다.

"우린 그 반지를 훔친 게 아니에요. 그 사람은 죽어 갔고, 그의 의도는 너무나도 분명했어요. 우린 그의 마지막 소원을 들어준 것뿐이라고요."

베커가 생각해도 틀린 말은 아니었다. 그런 상황이라면 자기라도 그렇게 했을 것이다. "하지만 그 반지를 다른 사람한테 줘 버렸다면서요?"

"이미 말했잖아요. 나는 그 반지 때문에 자꾸 신경이 쓰였어요. 마침 온갖 보석으로 치장한 여자애가 보이기에, 당연히 그 반지를 좋아할 거라고 생각했죠."

"그녀는 뭔가 이상하게 생각하지 않던가요? 생판 모르는 사람이 반지를 주는데?"

"아니요. 난 그냥 공원에서 그 반지를 주웠다고 했어요. 그렇게 말하면 돈을 좀 줄 거라고 생각했는데 안 주더라고요. 상관없어요. 내가 원한 건 그 반지를 없애는 거였으니까."

"그게 언제쯤입니까?"

로치오는 어깨를 으쓱거렸다. "오늘 오후…… 내가 반지를 받고 나서 한 시간쯤 뒤였어요."

베커는 손목시계를 확인했다. 밤 11시 48분, 벌써 여덟 시간이 지난 셈이다.

'내가 지금 여기서 뭘 하고 있는 거지? 지금쯤 스모키 산에 있었어야 되잖아.'

베커는 한숨을 내쉬며 머릿속에 떠오른 유일한 질문을 던졌다.

"그 여자애가 어떻게 생겼지요?"

"Era un punki." 로치오가 대답했다.

베커는 어리둥절한 표정으로 고개를 들었다.

"펑크족?"

"그래요, 펑크."

로치오의 영어가 그렇게 유창하지는 않다 싶더니 이내 스페인어로 돌아갔다. "Mucha joyeria(장신구를 아주 많이 하고 있었어요). 한쪽 귀에는 이상한 귀걸이를 하고 있었는데, 아마 해골 모양이었던 것 같아요."

"세비야에 펑크족이 많은가요?"

로치오는 미소를 지었다. "Todo bajo el sol(태양 아래 모든 게 다 있죠)." 그 말은 세비야 관광청이 내세우는 표어이기도 했다.

"그 여자가 이름을 말하지는 않았나요?"

"아니요."

"어디로 간다고 하던가요?"

"그런 말 못 들었어요. 스페인어가 신통치 않더라고요."

"스페인 사람이 아니었어요?" 베커가 물었다.

"아니오. 영국인이었던 것 같아요. 머리 색깔이 장난이 아니었죠. 빨강, 하양, 파랑……."

베커는 얼굴을 찌푸렸다.

"미국 사람일 수도 있겠군요." 그가 말했다.

"아마 아닐 거예요." 로치오가 대답했다. "영국 국기랑 비슷하게 생긴 티셔츠를 입고 있었거든요."

베커는 멍하니 고개를 끄덕였다. "좋아요. 빨강, 하양, 파랑이 섞인 헤어스타일에 영국 국기가 새겨진 티셔츠, 해골 모양의 귀걸이……. 뭐 딴 건 없습니까?"

"없어요. 그냥 평범한 펑크족일 뿐이었으니까요."

'평범한 펑크족?'

베커야말로 지극히 평범한 셔츠와 지극히 평범한 머리 모양을 고수하는 세계에서 온 사람이었다. 로치오가 무슨 소리를 하는지 도무지 알아들을 수가 없었다.

"뭐 다른 건 생각나는 게 없습니까?"

로치오는 잠시 생각을 해 보았다. "아니요, 그게 다예요."

그때 침대가 요란하게 삐걱거렸다. 로치오의 고객이 자세를 바꾼 모양이었다. 베커는 그를 돌아보며 유창한 독일어로 말했다. "Noch etwas(뭐 다른 것 없어요)? 반지를 가져간 펑크족을 찾는 데 도움이 될 만한 거 말이에요."

오랫동안 침묵이 흘렀다. 그 덩치 큰 아저씨는 뭔가 할 말이 있는데 어떻게 말해야 할지를 모르겠다는 표정이었다. 그는 아랫입술이 파르르 떨리는가 싶더니 그가 입을 열었다. 그의 입에서 흘러 나온 네 단어는 영어가 틀림없었지만 독일어 억양이 너무 짙어서 도대체 알아들을 수가 없었다.

"Fock off und die."

베커는 깜짝 놀라 입을 쩍 벌렸다. "방금 뭐라고 했지요?"

"Fock off und die(나가서 뒈져 버려)." 독일인은 왼쪽 손바닥으로 오른쪽 팔뚝을 두드리며 다시 한 번 그 소리를 되풀이했다. '엿 먹어라'에 해당하는 동작이었다.

베커는 화를 낼 기운도 남아 있지 않았다. '엿이나 먹고 뒈져라? 덩치만 크고 실속은 없는 독일 아저씨는 어떻게 된 거야?' 베커는 로치오를 돌아보며 스페인어로 말했다. "내가 너무 오래 실례를 한 것 같군요."

"저 사람은 신경 안 써도 돼요." 로치오가 웃음을 터뜨리며 말했다. "지금 좀 불안해서 저러는 것뿐이에요. 내가 알아서 할게요." 로치오가 말하며 눈을 찡긋했다.

"더 해 줄 얘기는 없어요? 뭔가 도움이 될 만한 얘기 말입니다." 베커가 물었다.

로치오는 고개를 가로저었다.

"그게 다예요. 아마 당신은 개를 찾을 수 없을 거예요. 세비야는 꽤 큰 도시거든요. 함정도 많고."

"최선을 다해 봐야지요." '국가 안보가 달린 문제니까……'

로치오가 돈 봉투로 불룩한 베커의 주머니를 흘겨 보며 말을 이었다. "혹시 일이 잘 안 풀리면 다시 들르세요. 그때쯤 저 아저씨는 자고 있을 게 뻔하니까……. 조용히 노크를 하면 빈 방을 찾아 놓을게요. 영원히 잊지 못할 스페인의 또 다른 모습을 보고 싶지 않나요?" 로치오는 관능적인 입술을 내밀며 속삭였다.

베커는 애써 정중한 미소를 지었다. "그만 가 봐야겠네요." 독일 아저씨한테도 사과의 말을 남겼다.

덩치 큰 아저씨가 어색한 미소를 지었다. "Keine Ursache(천만에요)."
베커는 출입문을 향했다. '천만에? 조금 전에는 엿이나 먹고 뒈지라더니?'

36

"수동 중단?" 수전은 어리둥절한 표정으로 모니터를 들여다보았다. 물론 그녀는 추적기의 작동을 중단하라는 명령을 입력한 적이 없었다. 적어도 의도적으로는……. 수전은 자신이 자판을 두드리다가 실수로 그런 명령을 입력했을 가능성이 있는지 생각해 보았다.

"말도 안 돼." 그녀가 중얼거렸다. 머리말을 보니 중단 명령이 내려진 것은 채 20분이 되지 않았다. 수전이 20분 사이에 입력한 것은 스트래드모어와 이야기를 나누려고 나가기 전에 입력한 스크린록의 비밀번호밖에 없었다. 그 비밀번호가 프로그램 중단 명령으로 오인된다는 것은 있을 수 없는 일이다.

수전은 시간 낭비라는 것을 잘 알면서도 스크린록의 로그를 불러 비밀번호가 제대로 입력되었는지를 확인했다. 물론 제대로 되어 있었다.

"그럼 도대체 어디서 수동 중단 명령을 받은 거야?"

수전은 스크린록 창을 닫았다. 하지만 창이 닫히는 순간, 무언가가 그녀의 눈길을 사로잡았다. 수전은 창을 다시 열고 데이터를 살펴보았다. 도무지 이해할 수 없었다. 그녀가 노드 3을 나갈 때 스크린을 잠근 기록에는 문제가 없었지만, 록을 푼 시점이 어딘지 이상해 보였다. 두 개 사이의 시차가 채 1분도 되지 않았던 것이다. 수전이 바깥에서 스트래드모어와 이야기를 나눈 시간은 아무리 짧아도 1분은 넘었다.

수전은 페이지를 아래로 내려 보았다. 그러자 놀라운 사실이 드러났다. 3분 뒤에 또 한 차례의 '잠금-해제' 기록이 남아 있던 것이다. 로그에 의하면 그녀가 나가 있는 동안 누군가 다른 사람이 그녀의 컴퓨터를 건드렸다고 볼 수밖에 없는 상황이었다.

"말도 안 돼!" 수전은 숨이 막혔다. 유일한 용의자는 그렉 헤일뿐이다. 수전은 그에게 자신의 비밀번호를 알려 준 적이 없었다. 수전은 암호 전문가답게 자신의 비밀번호를 무작위로 선택했고 어딘가에 적어둔 적도 없었다. 헤일이 단순히 짐작만으로 숫자와 문자가 섞인 다섯 자리의 비밀번호를 정확하게 알아낼 확률은 5의 36제곱, 즉 6천만 분의 1에 지나지 않았다.

하지만 스크린록의 접근 기록이 거짓말을 할 리도 없지 않은가. 수전은 온갖 가능성을 떠올리며 모니터를 들여다보았다. 그녀가 자리를 비운 동안 헤일이 그녀의 컴퓨터에 접근했다. 게다가 그녀가 띄워 놓은 추적기를 중단하는 명령을 입력했다.

'어떻게'에 초점이 맞춰졌던 의혹은 이제 '왜'로 넘어갔다. 아무리 생각해도 헤일이 그녀의 컴퓨터를 건드릴 이유가 없었다. 그는 수전이 추적기를 돌리고 있다는 사실조차 몰랐다. 설령 알았다 하더라도 그가 무엇 때문에 노스 다코타라는 이름을 가진 사람을 추적하는 것을 방해한단 말인가?

풀리지 않는 의문은 계속 꼬리를 물고 이어졌다. "일단 급한 것부터 처리하자." 수전은 소리 내어 중얼거렸다. 헤일 문제는 나중에 다시 생각해도 늦지 않을 것이다. 수전은 발등의 불부터 끄고 보자는 생각으로 추적기를 다시 띄우고 엔터 키를 눌렀다. 단말기에서 삐 하는 신호음이 울렸다.

추적기 송신

수전은 추적기가 돌아오려면 몇 시간이 걸릴지 모른다는 사실을 알고 있었다. 하지만 헤일이 어떻게 자신의 스크린록 비밀번호를 알아냈는지, 무엇 때문에 그녀의 추적기를 건드렸는지는 도무지 감이 잡히지 않았다.

수전은 벌떡 일어나 헤일의 단말기 쪽으로 다가갔다. 모니터는 까맣게 꺼져 있었지만 가장자리에 희미한 빛이 남아 있는 것으로 봐서 잠가 놓은 상태는 아니었다. 암호 요원들은 퇴근 시간 때 말고는 좀처럼 자신의 단말기를 잠그지 않는다. 그 대신 모니터의 밝기를 조절해서 마치 꺼진 것처럼 보이게 하는 방법을 즐겨 이용한다. 아무도 이 컴퓨터를 건드리지 말라는 무언의 암시인 셈이다.

수전은 헤일의 컴퓨터로 손을 뻗었다. "무언의 암시 좋아하시네. 넌 지금 뭐 하고 있니?" 그녀가 중얼거렸다.

수전은 텅 빈 크립토 플로어를 슬쩍 돌아본 다음, 밝기 조절 단추를 눌렀다. 모니터는 이내 초점이 잡혔지만 화면은 텅 비어 있었다. 수전은 텅 빈 화면을 향해 얼굴을 찌푸렸다. 어떻게 할까 잠시 고민하다가 검색 엔진을 띄워서 단어를 입력했다.

검색어 입력: "추적기"

시간은 좀 걸리겠지만 헤일의 컴퓨터에 수전의 추적기와 관련된 자료가 남아 있다면 이 검색으로 찾아낼 수 있을 것이다. 그렇게만 되면 헤일이 무엇 때문에 그녀의 프로그램을 중단시켰는지 어렴풋이나마 짐작할 수 있을 것 같았다. 잠시 후 검색 결과가 나타났다.

일치 항목 없음

수전은 이제 무엇을 찾아봐야 할지 감이 잡히지 않았지만, 일단 제일 먼저 떠오르는 검색어부터 입력했다.

검색어 입력: "스크린록"

이내 몇 가지 사소한 기록들이 출력되었지만 헤일이 수전의 비밀번호를 자신의 컴퓨터에 저장해 둔 흔적은 찾아볼 수 없었다.

수전은 큰 소리로 한숨을 내쉬었다. '그럼 오늘 넌 무슨 프로그램들을 사용했지?' 수전은 '최근 어플리케이션' 메뉴를 눌러 헤일이 마지막으로 사용한 프로그램을 살펴보았다. 전자우편 서버가 떴다. 수전은 하드 드라이브를 뒤져 다른 디렉토리 속에 교묘하게 숨겨진 전자우편 폴더를 찾아냈다. 그 폴더를 열자 그 속에 또 하위 폴더가 나타났다. 헤일이 사용하는 전자우편 계정이 아주 많은 모양이었다. 물론 그중에는 익명 계정도 포함되어 있었다. 수전은 그 폴더를 열고 과거에 수신된 메시지를 하나 열어 보았다.

다음 순간, 수전은 헉 하고 숨이 멎었다. 메시지는 다음과 같았다.

TO: NDAKOTA@ARA.ANON.ORG
FROM: ET@DOSHISHA.EDU
커다란 진전! 디지털 포트리스가 완성 단계로 접어들었음.
이것은 NSA를 수십 년 전의 과거로 돌려놓을 것이다!

수전은 마치 꿈을 꾸는 기분으로 메시지를 몇 번이고 되풀이해서 읽었다. 그런 다음 떨리는 손으로 또 다른 메시지를 열었다.

TO: NDAKOTA@ARA.ANON.ORG
FROM: ET@DOSHISHA.EDU
순환 평문 완성! 돌연변이 문자열은 속임수!

도저히 믿기지 않는 노릇이었지만 그렇다고 믿지 않을 수도 없었다. 엔세이 탄카도가 보낸 전자우편이 틀림없었다. 그가 그렉 헤일에게 편지를 보낸 것이다. 이 두 사람이 한 패라고? 수전은 모니터에 나타난 사실을, 그것을 보고 있는 자신의 눈을 믿을 수가 없었다.
'그렉 헤일이 노스 다코타라고?'
수전의 눈은 화면에 고정되어 있었다. 이 사태를 다른 각도로 해석할 가능성을 따져 보고 싶었지만 그럴 필요도 없었다. 결정적인 증거가 눈앞에 있지 않았는가. 탄카도는 순환 평문 기능을 만들기 위해 돌연변이 문자열을 이용했고, NSA의 발목을 붙잡으려는 그의 의도에 헤일이 동조하고 있음이 명백히 드러난 것이다.
"이건 불가능한 일이야." 수전은 넋 나간 사람처럼 중얼거렸다.
하지만 수전의 머릿속을 맴도는 헤일의 목소리는 꼭 그렇지만은 않다고 외치는 것 같았다. '탄카도가 나한테 몇 번 편지를 보냈거든요. 스트래드모어가 나를 영입한 건 도박이었어요. 난 언젠가 여길 그만둘 겁니다.'
그래도 수전은 아직 눈앞의 사실이 믿기지 않았다. 그렉 헤일이 아주 밉살스럽고 건방진 건 사실이지만, 그렇다고 반역자는 아니지 않은가. 디지털 포트리스가 NSA에 어떤 영향을 미칠지 누구보다 잘 아는 그가, 그것을 배포하는 음모에 가담했을 리가 없다!

하지만 수전은 헤일이 그런 행동을 하지 말아야 할 이유 또한 없다고 생각했다. 단순히 명예와 체면만으로 한 사람의 모든 행동이 설명되지는 않는다. 수전은 스킵잭 알고리즘 사태를 떠올렸다. 그때도 그렉 헤일은 NSA의 계획을 물거품으로 만들어 놓았다. 그런 그가 또 한 번 그런 짓을 하지 말라는 보장이 있는가?

"하지만 탄카도는……." 수전은 그래도 이해가 가지 않았다. '무엇 때문에 탄카도처럼 편집증이 심한 사람이 헤일처럼 무책임한 사람을 신뢰하게 되었을까?'

수전은 이제 그런 의문들은 문제가 되지 않는다는 사실을 알고 있었다. 문제는 스트래드모어에게 이 사실을 알리는 것이었다. 얄궂은 운명의 장난인지는 몰라도, 탄카도의 동업자는 바로 그들의 코앞에 숨어 있었던 것이다. 수전은 엔세이 탄카도가 죽었다는 사실을 헤일이 알고 있을지 궁금했다.

수전은 자신이 침입한 흔적을 남기지 않기 위해 헤일의 전자우편 파일들을 서둘러 닫기 시작했다. 헤일은 아직 아무런 의심도 하지 않고 있을 것이다. 디지털 포트리스의 패스 키가 바로 이 컴퓨터 속에 숨겨져 있을지도 모른다고 생각하니 온몸에 소름이 돋았다.

하지만 수전이 마지막 파일을 닫을 무렵, 노드 3의 창밖으로 그림자 하나가 나타났다. 그렉 헤일이 다가오는 것을 발견한 수전은 온몸의 피가 거꾸로 솟았다. 그는 이미 문 앞에까지 다가왔다.

"빌어먹을!" 수전은 그렇게 중얼거리며 눈으로 자기 자리까지의 거리를 가늠해 보았다. 헤일이 들어오기 전까지 그 자리로 돌아가기란 도저히 불가능해 보였다.

수전은 절망적인 심정으로 다른 방법을 찾아 방 안을 둘러보았다. 등 뒤에서 문이 딸깍 하는 소리가 들렸다. 이제 곧 문이 열릴 것이다. 수전은 본능에 몸을 맡겼다. 주방 쪽으로 번개처럼 몸을 날렸다. 출입문이 슉 하는 소리와 함께 열렸을 때, 수전은 가까스로 냉장고 앞에 멈춰 서며 문을 벌컥 열었다. 제일 위 칸에 있던 유리 물병 하나가 아슬아슬하게 기우뚱거리다가 겨우 균형을 되찾았다.

"배고파요?" 헤일이 안으로 들어서서 그녀에게 다가오며 물었다. 차분하지만 장난기가 깃든 목소리였다. "두부 좀 먹어 볼래요?"

수전은 가쁜 숨을 몰아쉬며 그를 돌아보았다. "괜찮아." 그녀가 말했다. "난 그냥……." 하지만 그 말은 미처 그녀의 목구멍을 완전히 빠져나오지 못했다. 그녀의 얼굴이 하얗게 질렸다.

헤일이 이상하다는 듯 그녀를 바라보았다. "왜 그래요?"

수전은 입술을 깨물며 그를 똑바로 쳐다보았다. "아무것도 아니야." 간신히 그녀가 말했다. 물론 거짓말이었다. 건너편, 헤일의 모니터에서 환한 불빛이 흘러나왔다. 수전은 미처 밝기 조절 단추를 누를 틈이 없었던 것이다.

37

알폰소 트레세 호텔, 아래층으로 내려온 베커는 피곤한 몸을 이끌고 바로 들어섰다. 난쟁이 같은 바텐더가 베커 앞에 냅킨을 내려놓았다.
"Québebe Usted(뭘로 드시겠습니까)?"
"고맙지만 별로 생각이 없어요." 베커가 대답했다. "시내에 펑크족들이 많이 드나드는 클럽이 있는지 알고 싶군요."
바텐더는 이상하다는 듯이 그를 훔쳐보았다. "펑크족이 드나드는 클럽?"
"그래요. 시내에 그런 젊은이들이 모이는 곳이 있지 않나요?"
"No lo se, senor(잘 모르겠는데요). 여기는 그런 곳이 아닌 것만은 분명합니다." 바텐더는 미소를 지었다. "오신 김에 한잔하시지요?"
베커는 그 바텐더를 한 대 쥐어박고 싶었다. 뭐 하나 제대로 풀리는 일이 없었다.
"¿Quiere Vd. algo(뭘 좀 마시겠습니까)? 피노? 헤레스?" 바텐더가 집요하게 물었다.

머리 위에서 클래식 음악이 은은하게 흘러 나왔다. '브란덴부르크 협주곡 4번이로군.' 베커는 생각했다. 베커는 지난해 대학에서 수전과 함께 아카데미 실내 관현악단이 연주하는 브란덴부르크 협주곡을 들은 적이 있었다. 갑자기 지금 수전이 곁에 있으면 얼마나 좋을까 하는 생각이 들었다. 머리 위의 에어컨에서 불어오는 서늘한 바람이 지금 바깥의 기온이 얼마나 되는지를 상기시켜 주었다. 영국 국기가 새겨진 티셔츠를 입은 여자애를 찾기 위해 마약에 찌든 트리아나의 길거리를 헤매는 자신의 모습이 눈에 선했다. 베커는 다시 수전을 떠올렸다. "Zumo de arandano(크랜베리 주스 한 잔 줘요)." 베커는 자신도 모르게 중얼거렸다.

바텐더는 실망한 기색이 역력했다. "Solo(그것만요)?" 크랜베리 주스는 스페인에서 아주 인기 있는 음료수 가운데 하나지만, 이 주스만 따로 마시는 사람은 듣지도 보지도 못했다.

"Sí, Solo(네 그것만)." 베커가 대답했다.

"¿Echo un poco de Smirnoff(보드카 한 방울 섞을까요)?" 바텐더가 끈덕지게 물고 늘어졌다.

"아니요, 괜찮습니다."

"¿Gratis(서비스로 넣어 드릴게요)?" 정말 집요한 바텐더였다.

베커는 숨 막히는 더위 속에서 트리아나의 지저분한 길거리를 밤새 돌아다녀야 한다고 생각하니 골치가 지끈거렸다. '이게 도대체 무슨 꼴이야?' 베커는 하는 수 없이 고개를 끄덕였다. "Sí, éhame un poco de vodka(좋아요, 보드카 타세요)."

바텐더는 그제야 안도의 한숨을 내쉬는 표정으로 열심히 베커의 음료수를 만들기 시작했다.

베커는 화려하게 장식된 바를 둘러보며 자기가 지금 꿈을 꾸고 있는 게 아닌가 싶었다. 지금 자신이 겪고 있는 일이 도무지 현실로 받아들

여지지가 않았다. '대학 교수인 내가 어쩌다가 이런 비밀 임무를 떠맡게 된 거지?'

바텐더가 한껏 과장된 몸짓으로 베커의 음료수를 내밀었다. "A su gusto, senor(맛있게 드세요, 손님). 보드카를 한 방울 곁들인 크랜베리 주습니다."

베커는 고맙다는 인사와 함께 무심코 한 모금을 마셨다. 대번에 기침이 터져 나왔다. '한 방울 떨어뜨린 게 이 정도야?'

38

헤일은 노드 3의 주방으로 다가서며 수전을 빤히 쳐다보았다. "왜 그래요, 수? 안색이 아주 안 좋은데요."

수전은 두려움을 억누르기 위해 최선을 다했다. 불과 열 발짝도 떨어지지 않은 곳에 헤일의 모니터가 환한 빛을 발하고 있었다. "난……. 난 괜찮아." 수전은 두근거리는 심장을 달래며 간신히 대답했다.

헤일은 걱정스러운 표정으로 그녀의 안색을 살폈다. "물이라도 좀 드실래요?"

수전은 대답 대신 속으로 자신에게 저주를 퍼부었다. '어떻게 저 망할 놈의 모니터를 그냥 놔둘 수가 있었지?' 헤일은 수전이 자신의 컴퓨터를 뒤졌다는 것을 알면 즉시 수전이 자신의 정체를 알아냈을지도 모른다는 의심을 품을 것이다. 그렇게 되면 자신의 비밀이 노드 3 밖으로 흘러 나가는 것을 막기 위해 무슨 짓을 할지 모른다.

수전은 차라리 전속력으로 출입문을 향해 달려갈까 하는 생각까지 해 보았다. 하지만 미처 그런 생각을 실행에 옮길 틈이 없었다. 그때 누군가 유리 벽을 쾅쾅 두드리기 시작했다. 헤일과 수전은 깜짝 놀라 그쪽을 돌아보았다. 차트루키언이었다. 그가 또 한 번 주먹으로 힘껏 유리를 두들겼다. 꼭 귀신이라도 본 사람 같았다.

헤일은 미친 사람처럼 날뛰는 시스템 보안 요원을 향해 얼굴을 찡그리더니 수전을 향해 돌아섰다. "금방 돌아올게요. 뭐 좀 마셔요. 얼굴이 아주 창백해 보여요." 헤일은 돌아서서 밖으로 나갔다.

수전은 마음을 안정시키고 재빨리 헤일의 자리로 다가갔다. 그러고는 서둘러 밝기 조절 단추를 눌렀다. 모니터는 금세 까맣게 변했다.

수전은 골치가 지끈거렸지만 고개를 돌려 크립토를 내다보았다. 차트루키언은 아직 퇴근을 하지 않은 모양이었다. 이 젊은 시스템 보안 요원이 다급한 표정으로 그렉 헤일에게 뭐라고 떠들어 댔다. 수전은 그것 자체는 신경 쓰지 않아도 된다고 생각했다. 어차피 헤일도 모든 것을 알고 있을 테니까.

'스트래드모어에게 이 사실을 알려야 해. 1초가 급해.' 수전은 생각했다.

39

301호. 로치오 에바 그라나다는 옷을 모두 벗은 채 욕실 거울 앞에 섰다. 드디어 하루 종일 걱정하던 순간이 오고야 말았다. 독일인은 침대에서 그녀를 기다리고 있었다. 지금까지 그렇게 덩치가 큰 남자는 한번도 상대해 본 적이 없었다.

로치오는 내키지 않는 손길로 얼음 통에서 얼음을 하나 집어 젖꼭지에 대고 문질렀다. 젖꼭지는 금세 단단해졌다. 남자들에게 쾌감을 안겨 주는 것, 이것이 그녀의 재능이었다. 한 번 그녀를 경험한 남자들이 다시 찾아오는 것도 그런 이유였다. 로치오는 유연하고 알맞게 그을린 자신의 몸을 손으로 훑어 내리며 이 몸이 앞으로 4~5년만 더 버텨 주면 좋겠다는 생각을 했다. 그때쯤이면 은퇴를 해도 될 만큼의 돈을 모을 수 있을 터였다. 그녀가 번 돈은 대부분 세뇨르 롤단이 가로채기는 하지만, 그나마 그 사람이 아니면 로치오 자신도 트리아나의 뒷골목에서 주정뱅이들을 상대하는 다른 창녀들과 다름없는 신세가 된다는 것을 알고 있었다. 적어도 롤단의 고객들은 돈 있는 남자들이었다. 함부로 주먹을 휘두르지도 않았고, 만족시키기도 쉬웠다. 로치오는 크게 숨을 몰아쉬며 란제리를 입고 욕실 문을 열었다.

로치오가 방으로 들어서자 독일인의 눈이 휘둥그레졌다. 로치오는 검정색 속옷 차림이었다. 희미한 불빛 아래 그녀의 갈색 피부가 반짝거렸고, 하늘거리는 속옷 밑에서 젖꼭지가 빳빳하게 고개를 치켜들고 있었다.

"Komm doch hierher(이리로 오지)." 독일인이 말하며 가운을 벗어 던지고 침대에 벌렁 드러누웠다.

로치오는 억지로 미소를 지으며 침대로 다가갔다. 덩치 큰 독일인을 내려다보던 그녀의 얼굴에 안도의 미소가 떠올랐다. 사타구니에 달린 물건이 의외로 작았기 때문이다.

독일인은 그녀를 와락 끌어안고 서둘러 속옷을 벗겼다. 그의 퉁퉁한 손가락이 그녀의 몸을 샅샅이 더듬었다. 로치오는 남자 위에 쓰러져 좋아 죽겠다는 시늉을 하며 신음을 내뱉고 몸을 비틀었다. 독일인이 위치를 바꾸어 그녀 위에 올라타자, 로치오는 온몸의 뼈가 으스러지는 기분이었다. 가쁜 숨을 몰아쉬며 남자의 목을 끌어안은 그녀는 어서 일이 끝나기만을 바랐다.

"Si! Si!" 로치오는 남자의 동작에 맞춰 신음을 토하며 그를 더욱 자극하기 위해 손톱으로 그의 등을 훑어 내렸다.

온갖 상념이 그녀의 마음속을 떠다녔다. 지금까지 잠자리를 함께한 수많은 남자들의 얼굴, 캄캄한 어둠 속에서 아기를 갖는 꿈을 꾸며 올려다보았던 천장들…….

갑자기 예고도 없이 독일인의 몸이 빳빳하게 굳어지는가 싶더니, 이내 그녀를 깔아뭉갠 채 축 늘어졌다. '벌써 끝이야?' 로치오는 안도감과 놀라움을 동시에 느끼며 속으로 중얼거렸다.

로치오는 남자를 밀어내려고 잔뜩 힘을 주었다. "오빠." 그녀가 힘겨운 목소리로 속삭였다. "내가 위로 올라갈게." 하지만 남자는 꿈쩍도 하지 않았다.

로치오는 손을 뻗어 남자의 널따란 어깨를 밀쳤다. "오빠, 숨을 못 쉬겠잖아!" 로치오는 정말로 정신이 아득해지기 시작했다. 갈비뼈에 금이 간 기분이었다. "¡Despiértate(제발)!" 로치오는 직감적으로 남자의 머리채를 움켜쥐고 잡아당겼다. '좀 일어나 봐!'

다음 순간, 로치오의 손에 뭔가 미지근하고 끈적끈적한 액체가 만져졌다. 그 액체가 남자의 머리칼을 적시고 그녀의 뺨으로, 입속으로 흘러들었다. 짠 맛이 느껴졌다. 로치오는 안간힘을 다해 몸을 비틀었다. 갑자기 어디선가 낯선 빛 한 줄기가 나타나 독일인의 일그러진 얼굴을 비추었다. 관자놀이에 뚫린 총알 구멍에서 피가 철철 흘러나와 로치오의 몸에 쏟아졌다. 로치오는 비명을 지르고 싶었지만, 그녀의 허파 속에는 공기가 남아 있지 않았다. 깔려 죽는다는 말이 실감나는 순간이었다. 로치오는 다급하게 자신에게 다가오는 빛을 향해 손을 내저었다. 누군가의 손이 보였다. 그 손은 소음기가 달린 권총을 쥐고 있었다. 빛이 번쩍하는가 싶더니, 그것으로 끝이었다.

40

노드 3의 출입문 앞에 나타난 차트루키언의 표정이 심상치 않았다. 그는 헤일에게 트랜슬레이터에 문제가 생겼다는 소리를 반복했다. 수전은 어서 스트래드모어를 찾아야 한다는 마음에 정신없이 그들 곁을 뛰어갔다.

겁에 질린 차트루키언이 수전의 팔을 움켜잡았다. "플래처 팀장님! 바이러스가 침투했어요! 확실합니다! 어서……."

수전은 그의 손을 뿌리치고 사나운 눈으로 그를 노려보았다. "부국장님이 퇴근하라고 한 것 같은데?"

"하지만 실행 모니터가 이상해서요! 벌써 열여덟 시간째……."

"스트래드모어 부국장님은 당신에게 퇴근하라고 지시했어!"

"스트래드모어는 엿이나 먹으라고 하세요!" 잔뜩 흥분한 차트루키언의 고함 소리가 사방으로 울려 퍼졌다.

위쪽에서 누군가의 깊은 목소리가 들려왔다. "차트루키언?"

아래쪽의 세 사람은 일제히 동작을 멈추고 고개를 들었다.

스트래드모어가 자기 집무실 바깥의 난간 앞에 서 있었다.

잠시 드넓은 돔 안에 지하의 발전기 돌아가는 소리 말고는 아무 소리도 들리지 않았다. 수전은 스트래드모어와 눈길을 마주치기 위해 기를 썼다. '부국장님! 노스 다코타는 바로 헤일이에요!'

하지만 스트래드모어의 시선은 젊은 시스템 보안 요원에게 붙박여 있었다. 그러고는 눈을 한 번 깜빡거리지도 않고 그 상태 그대로 계단을 내려왔다. 이윽고 그는 크립토 플로어를 가로질러 벌벌 떨고 있는 차트루키언의 코앞에 멈춰 섰다. "방금 뭐라고 했나?"

"부국장님, 트랜슬레이터에 문제가 생겼습니다." 차트루키언이 목멘 소리로 말했다.

"부국장님? 잠깐 드릴 말씀이……." 수전이 끼어들었다.

스트래드모어는 손을 내저어 그녀의 말을 가로막았다. 그의 눈길은 여전히 차트루키언에게 고정되어 있었다.

차트루키언이 변명하듯 말했다. "감염된 파일을 발견했습니다. 감염된 게 틀림없단 말입니다!"

스트래드모어의 안색이 자주색으로 변했다. "차트루키언, 이 이야기는 아까 끝난 것 아닌가. 감염된 파일 따위는 없어!"

"틀림없이 있습니다! 그게 데이터뱅크로 침투하면……." 차트루키언이 소리쳤다.

"도대체 감염된 파일이 어디 있다는 건가? 그걸 내 앞에 가져와 봐!" 스트래드모어의 목소리는 천둥소리 같았다.

차트루키언이 멈칫거렸다. "그건 곤란합니다."

"물론 그렇겠지! 그런 파일이 있어야 가져올 테니까!"

수전이 다시 말했다. "부국장님, 지금 당장……."

스트래드모어는 다시금 거칠게 손을 내저었다.

수전은 초조한 눈빛으로 헤일을 돌아보았다. 그는 자기와는 상관없다는 듯 점잖게 구경만 하고 있었다. '물론 그렇겠지.' 수전은 생각했다. '헤일이 바이러스를 걱정할 리가 없어. 트랜슬레이터 안에서 무슨 일이 벌어지고 있는지 뻔히 아니까.'

차트루키언은 호락호락 물러서지 않았다. "감염된 파일은 틀림없이 있습니다, 부국장님. 하지만 건트릿이 그걸 잡아 내지 못했어요."

"건트릿이 잡아내지 못했는데 어떻게 자네가 감염 사실을 알 수 있었지?" 스트래드모어의 목소리가 다시 한 번 불을 뿜었다.

차트루키언은 오히려 더욱 자신만만한 모습이었다. "돌연변이 문자열입니다, 부국장님. 전체 검사를 돌렸더니 탐색기가 돌연변이 문자열을 찾아냈어요!"

수전은 이제 차트루키언이 왜 그렇게 걱정을 하는지 이해가 갔다. '돌연변이 문자열……' 수전은 속으로 중얼거렸다. 돌연변이 문자열은 지극히 복잡한 방식으로 데이터를 파괴하는 프로그래밍 시퀀스였다. 컴퓨터 바이러스, 특히 대규모의 데이터 블록을 변경시키는 바이러스에서 흔히 찾아볼 수 있다. 물론 수전은 탄카도의 전자우편을 통해 차트루키언이 발견한 돌연변이 문자열은 아무런 피해를 미치지 않는, 디지털 포트리스의 일부분일 뿐이라는 사실을 알고 있었다.

차트루키언은 자신의 주장을 굽히지 않았다. "처음에는 저도 건트릿의 필터에 문제가 생긴 줄 알았습니다. 하지만 몇 가지 검사를 진행해본 결과……" 그는 갑자기 불안한 표정으로 머뭇거리더니 마지못해 말을 이었다. "누군가가 수동으로 건트릿을 우회시킨 걸 발견했습니다."

그 말이 떨어지기가 무섭게 다시금 무거운 침묵이 내려앉았다. 스트래드모어의 얼굴은 아까보다 더 시뻘겋게 변했다. 차트루키언이 누구에게 책임을 묻고자 하는지 굳이 들어 보지 않아도 뻔했다. 크립토에서 건트릿의 필터를 우회시키는 권한을 가지고 있는 것은 스트래드모어의 단말기밖에 없었다.

　스트래드모어는 얼음처럼 차가운 목소리로 입을 열었다. "차트루키언, 이건 자네가 신경 쓸 일이 아니기는 하지만, 건트릿을 우회시킨 것은 바로 나야." 스트래드모어는 폭발 직전의 목소리로 말을 이었다. "아까도 말했듯이 나는 최첨단 진단 프로그램을 돌리고 있어. 자네가 트랜슬레이터에서 찾아낸 돌연변이 문자열은 진단 프로그램의 일부야. 그게 트랜슬레이터 안으로 들어간 이유는 내가 집어넣었기 때문이라고. 건트릿 때문에 파일이 입력되지 않아서 그 필터를 우회하라는 명령을 내린 것뿐이야." 스트래드모어는 날카로운 눈으로 차트루키언을 노려보았다. "자, 더 할 이야기가 남았나?"

　그 순간 수전은 모든 것이 맞아떨어진다는 생각을 했다. 스트래드모어가 인터넷에서 암호화된 디지털 포트리스 알고리즘을 다운로드해 트랜슬레이터에 넣고 돌리려 하자, 돌연변이 문자열이 건트릿의 필터에 걸려들었다. 디지털 포트리스가 정말로 풀리지 않는지를 확인해야 했던 스트래드모어로서는 그 필터를 우회하는 방법밖에 없었을 것이다.

　정상적인 경우라면 건트릿을 우회한다는 것은 상상할 수 없는 일이다. 하지만 지금 같은 상황에서는 디지털 포트리스를 곧장 트랜슬레이터에 입력한다고 해서 위험한 일은 생기지 않을 게 분명했다. 스트래드모어는 이 파일이 무엇인지, 어디에서 나왔는지를 정확하게 알고 있기 때문이다.

　"외람된 말씀이지만……." 차트루키언이 다시 한 번 밀어붙였다. "저는 돌연변이 문자열을 가진 진단 프로그램은 들어 본 적이……."

　"부국장님! 정말 급한 일이……." 수전이 도저히 더 이상 참지 못하고 또 끼어들었다.

　이번에는 스트래드모어의 날카로운 휴대전화 벨소리가 그녀의 말을 가로막았다. 그는 재빨리 전화를 받았다. "무슨 일이야?" 그가 짧고 퉁명하게 물었다. 그러고는 잠시 상대방의 목소리에 귀를 기울이는 것이었다.

수전은 순간적으로 헤일에 대해서는 까맣게 잊어버렸다. 스트래드모어에게 전화를 건 사람이 데이비드이기를 바라는 마음뿐이었다. '제발 무사하다고 말해 줘.' 수전은 속으로 애원했다. '반지를 찾았다고 말해 줘!' 하지만 수전과 눈이 마주친 스트래드모어는 얼굴을 찡그렸다. 데이비드가 아닌 게 분명했다.

수전은 점점 호흡이 가빠졌다. 그녀가 원하는 것은 자신이 그토록 사랑하는 남자가 무사하다는 소식뿐이었다. 수전은 스트래드모어가 자신과는 다른 이유 때문에 초조해한다는 것을 알고 있었다. 만약 데이비드가 시간을 끌면 스트래드모어는 지원군을 보내야 했다. NSA의 현장 요원들을 투입해야 하는 것이다. 스트래드모어로서는 가능하면 피하고 싶은 도박이었다.

"부국장님?" 차트루키언이 다급하게 외쳤다. "분명히 말씀드리는데, 반드시 철저하게……."

"잠깐 기다려." 스트래드모어는 전화기에 대고 양해를 구하더니, 수화기를 손으로 가린 채 이글거리는 눈으로 젊은 시스템 보안 요원을 노려보았다. "차트루키언." 그가 으르렁거렸다. "이 이야기는 이미 끝났어. 자네는 그만 나가 봐. 지금 당장. 이건 명령이야."

차트루키언은 얼떨떨한 표정이었다. "하지만 부국장님, 뮤테이션 스트……."

"당장 나가!" 마침내 스트래드모어가 폭발했다.

차트루키언은 할 말을 잃고 잠시 상대방을 쳐다보더니, 서둘러 시스템 보안실로 걸어갔다.

스트래드모어는 돌아서서 의아한 눈으로 헤일을 바라보았다. 수전은 그가 무엇을 의아해하는지 이해할 수 있었다. 헤일이 조용해도 너무 조용했던 것이다. 헤일은 돌연변이 문자열을 사용하는 진단 프로그램, 트랜슬레이터를 열여덟 시간 동안이나 꼼짝 못하게 만드는 프로그램 따위는 존재하지 않는다는 것을 잘 알고 있었다. 하지만 헤일은 한마디도 하지 않았다. 이런 소동 자체에 관심이 없다는 듯한 태도였다. 스트래드모어는 그 이유가 궁금할 게 틀림없었다. 수전은 답을 알고 있었다.

"부국장님, 잠깐만 시간을 내 주시면……." 수전이 끈질기게 말했다.

"기다려." 스트래드모어는 또 수전의 말을 가로막으며 헤일의 눈치를 살폈다. "우선 통화부터 마쳐야 하니까." 스트래드모어는 그 말을 남기고 자기 집무실로 올라갔다.

수전은 다급하게 입을 열었지만 그녀의 목소리는 혀끝을 통과하지 못했다. '노스 다코타는 바로 헤일이에요!' 수전은 숨을 쉬기도 힘겨운 듯 뻣뻣한 자세로 서 있었다. 자신을 살펴보는 헤일의 시선이 느껴졌다. 수전은 그를 돌아보았다. 헤일은 우아한 동작으로 노드 3의 출입문을 향해 한쪽 팔을 뻗으며 말했다. "먼저 들어가세요, 수."

41

 알폰소 트레세 호텔 3층의 창고 바닥에 객실 청소하는 여자 종업원 한 사람이 의식을 잃고 쓰러져 있었다. 은 테 안경을 낀 남자는 호텔 마스터 키를 그녀의 주머니에 도로 집어넣었다. 그녀를 덮쳤을 때 그녀가 비명을 지른 것 같지는 않았지만, 확실한 것은 본인도 알지 못했다. 열두 살 때 청각을 잃은 탓이다.
 그는 거의 경건하기까지 한 마음가짐으로 허리띠에 찬 배터리 팩으로 손을 뻗었다. 의뢰인이 준 그 선물로 그는 새로운 생명을 부여받았다. 이제 그는 전 세계 어디서든 일거리를 구할 수 있었다. 즉각적인, 그리고 추적이 불가능한 의사소통이 가능해진 것이다.
 그는 신중하게 전원 스위치를 올렸다. 대번에 안경이 살아났다. 그의 손가락이 또 한 번 허공을 가르며 서로 부딪히기 시작했다. 그는 늘 자기 손으로 처리한 피살자들의 이름을 기록해 두곤 했다. 지갑이나 핸드백을 뒤져 보면 이름이야 간단하게 확인할 수 있었다. 그의 손가락에 달린 콘택트들이 연결되자, 마치 유령처럼 그의 안경에 글자들이 나타나기 시작했다.

　　　　대상: 로치오 에바 그라나다 — 제거

　　　　대상: 한스 후버 — 제거

　그 무렵 1층에서는 바에서 셈을 치르고 나온 데이비드 베커가 반쯤 마시다 만 잔을 손에 들고 로비를 가로지르고 있었다. 일단 바람을 좀 쏘이려고 열려 있는 테라스 쪽으로 향했다. '치고 빠지기.' 그는 속으로 중얼거렸다. 일은 그의 예상대로 풀리지 않았다. 이제 결정을 내려야 할 시점이었다. 이쯤에서 포기하고 공항으로 돌아갈 것인가? '국가 안보가 달린 문제야.' 그는 나직이 욕을 내뱉었다. 그렇게 중요한 문제에 왜 학교 선생을 보냈느냐는 말이다.

　베커는 바텐더의 시선이 닿지 않는 것을 확인하고 술잔에 남은 액체를 재스민 화분에 버렸다. 보드카 때문에 머리가 어질어질했다. 수전은 곧잘 그를 두고 '세상에서 가장 싼 값으로 술에 취할 수 있는 사람'이라고 놀리곤 했다. 베커는 묵직한 크리스털 잔에 식수대의 물을 한 잔 받아서 단숨에 들이켰다.

　그는 아직도 남아 있는 술기운을 쫓아 버리려고 몇 번 기지개를 켰다. 그러고는 잔을 내려놓고 로비를 가로질렀다.

　그가 엘리베이터 앞을 지나가는데 마침 문이 스르르 열렸다. 안에 남자가 한 명 타고 있었다. 베커가 본 거라고는 두꺼운 은 테 안경밖에 없었다. 남자는 손수건을 들어 코를 풀었다. 베커는 정중하게 미소를 지어 보이고 계속 걸음을 옮겼다. 이내 그는 숨 막히는 세비야의 밤공기 속으로 나섰다.

42

　수전은 노드 3 안에서 정신없이 서성거리고 있었다. 기회가 있을 때 헤일의 정체를 폭로하지 못한 것이 아쉬울 따름이었다.

　헤일은 자기 자리에 앉아 있었다. "스트레스가 사람을 죽일 수도 있어요, 수. 속이 후련하게 뭔가를 털어놓고 싶지 않아요?"

　수전은 억지로 자리에 앉았다. 지금쯤 스트래드모어가 통화를 끝내고 자신을 찾아올 때가 되었다고 생각했지만, 그의 모습은 어디서도 보이지 않았다. 수전은 평정심을 되찾으려고 안간힘을 다하며 컴퓨터 화면을 들여다보았다. 추적기가 두 번째로 돌아가고 있었다. 이제 그것은 큰 의미가 없었다. 이 프로그램이 어떤 주소를 가지고 돌아올지 뻔했기 때문이다. 당연히 GHALE@CRYPTO.NAS.GOV일 터였다.

　수전은 스트래드모어의 집무실 쪽을 올려다보다가, 더 이상 기다릴 수가 없다고 결론을 내렸다. 아직 통화가 끝나지 않았다 해도 상관없었다. 수전은 벌떡 일어나 출입문 쪽으로 걸어갔다.

　헤일도 수전의 행동이 이상하다는 것을 알아차린 듯 불안한 표정이었다. 그는 재빨리 방을 가로질러 수전보다 먼저 문 앞에 도착했다. 그러고는 팔짱을 낀 채 그녀 앞을 가로막았다.

"무슨 일인지 말 좀 해 봐요." 헤일이 말했다. "오늘 아무래도 뭔가 분위기가 이상해요. 무슨 일이지요?"

"비켜." 수전은 불현듯 일말의 위기의식을 느끼며 최대한 차분하게 짧게 말했다.

"왜 그래요?" 헤일은 순순히 물러나지 않았다. "스트래드모어는 차트루키언이 자기 할 일을 했다는 이유로 거의 해고라도 할 기세더군요. 트랜슬레이터 안에서 무슨 일이 벌어지고 있는 거지요? 진단 프로그램이 열여덟 시간 동안이나 돌아간다는 건 말이 안 되는 소리예요. 당신도 잘 알잖아요. 그러니 무슨 일인지 말 좀 해 봐요."

수전의 눈매가 가늘어졌다. '무슨 일인지는 당신이 제일 잘 알잖아!'

"물러서, 그렉." 수전이 명령했다. "화장실 가야 돼."

헤일은 능글맞은 웃음을 지었다. 그러고도 한참을 머뭇거린 다음에야 겨우 옆으로 비켜섰다. "미안해요, 수. 그냥 장난 한번 쳐 봤어요."

수전은 헤일을 밀치다시피 하고 노드 3을 나섰다. 유리 벽 앞을 지나가는데 헤일의 시선이 쫓아오는 게 느껴졌다.

수전은 하는 수 없이 화장실 쪽으로 걸음을 옮겼다. 일단 화장실에 들렀다가 스트래드모어를 찾아가면 그렉 헤일도 더 이상 의심을 하지 않을 터였다.

43

쾌활한 성격의 채드 브린커호프는 완벽한 외모와 옷차림, 완벽한 정보력을 갖춘 마흔다섯 살의 중년이었다. 그의 여름용 정장은 보기 좋게 그을린 그의 피부와 마찬가지로 흠집 하나, 주름 하나 찾아볼 수 없었다. 숱 많은 머리칼은 모래 빛깔의 금발이었고, 가장 중요한 것은 그게 자기 머리라는 점이었다. 총명해 보이는 파란 눈동자는 색깔이 든 콘택트 렌즈 덕분에 더욱 섬세하게 반짝거렸다.

그는 나무 패널로 장식된 주위를 둘러보며 자신이 NSA 안에서 차지할 수 있는 최고의 자리에까지 올라왔다는 생각을 했다. 그는 지금 이른바 '마호가니 층'이라 불리는 9층, 9A197 사무실에 앉아 있었다. 국장실이었다.

토요일 밤의 마호가니 층은 한산하기 그지없었다. NSA의 높은 사람들은 지금쯤 어디선가 특권층들이 누리는 여가 활동을 하고 있을 터였다. 브린커호프는 오래전부터 이 정보 기관의 요직을 꿈꾸어 왔지만, 결국은 국장의 개인 보좌관이라는 자리에 만족해야 하는 상황이 되고 말았다. 정치적인 경쟁에서는 막다른 골목이라 해도 과언이 아닌 자리였다. 그나마 미국의 정보계에서 가장 강력한 인물과 함께 일한다는 것으로 조그만 위안을 삼아야 했다. 브린커호프는 앤도버와 윌리엄스를 우등으로 졸업했지만, 중년에 이른 지금 실질적인 힘을 갖지 못한 한직으로 밀려나 있었다. 평생을 남의 일정만 짜 주면서 보낸 인생이었다.

국장의 보좌관 역할도 나름 괜찮은 구석이 있었다. 국장실 안에 호화로운 사무실을 차지했고, NSA의 모든 부서에 자유롭게 접근할 수 있었으며, 함께 어울리는 사람들 덕분에 상당한 영향력을 발휘했다. 권력의 최정상을 차지한 인물들의 심부름을 하는 것도 그의 몫이었다. 브린커호프는 마음속 깊은 곳에서 자신이 누군가를 보좌하기 위해 태어난 사람임을 알고 있었다. 핵심을 짚어 낼 만큼 영리하고, 기자 회견에 나설 만큼 훤칠한 외모를 가졌으며, 그 정도 선에서 만족할 만큼 게으르기도 했다.

괘종시계의 은은한 종소리가 가련한 그의 하루가 또 끝나 가고 있음을 알렸다. '제기랄. 토요일 오후 5시에 내가 지금 여기서 뭘 하고 있는 거지? 그는 속으로 중얼거렸다.

"채드?" 그의 사무실 문 앞에 한 여인의 모습이 나타났다.

브린커호프는 고개를 들었다. 폰테인의 내부 보안 분석관인 미지 밀켄이었다. 그녀는 예순의 나이에 약간 몸무게가 나가는 편이었지만, 브린커호프는 그런 그녀가 상당히 매력적으로 보인다는 사실이 은근히 당혹스러웠다. 연애의 달인에다 세 남자의 전처라는 꼬리표를 가진 그녀는 모두 여섯 개의 방으로 된 국장실을 기웃거리며 막강한 영향력을 행사하는 인물이었다. 예리하고 직관적이며 시간을 가리지 않고 일하는 그녀를 두고 NSA의 내부 사정에 관한 한 하느님보다도 더 많은 것을 알고 있다는 소문이 돌 정도였다.

'빌어먹을.' 브린커호프는 그녀의 회색 캐시미어 드레스를 훔쳐보며 속으로 중얼거렸다. '내가 늙어 가는 건지, 이 할머니가 젊어지는 건지 알 수가 없군.'

"주간 보고서야." 미지가 미소를 지으며 서류철을 흔들어 보였다. "숫자(figure) 좀 확인해 줘야겠어."

브린커호프는 그녀의 몸을 슬쩍 훔쳐보며 대답했다. "몸매(figure)는 여기서 봐도 괜찮아 보이는걸요."

"왜 이래, 채드." 미지가 웃음을 터뜨렸다. "난 당신만 한 아들을 둬도 시원치 않을 만큼 할머니야."

'꼭 그걸 말로 해야 하나?' 브린커호프는 속으로 투덜거렸다.

미지는 성큼 안으로 들어와 그의 책상에 걸터앉았다. "난 지금 퇴근하는 길인데, 국장님이 남미에서 돌아오실 때까지 정리를 해 놓는 게 좋을 거야. 월요일 아침 일찍 돌아오실 거야." 미지가 말하며 브린커호프 앞에 출력물을 내려놓았다.

"내가 무슨 회계사라도 되는 줄 아세요?"

"왜 이래, 자기는 총지배인이잖아. 자기도 아는 줄 알았는데."

"그래서 나더러 숫자나 주무르고 있으라고요?"

미지는 그의 머리칼을 헝클어 놓았다. "자기도 좀 더 많은 책임을 원했어. 이게 바로 그거라고."

브린커호프는 슬픈 표정으로 그녀를 올려다보았다. "미지……. 내 인생은 어디 있는 거지요?"

미지는 손가락으로 서류를 톡톡 두드렸다. "이게 자기 인생이야, 채드 브린커호프." 그녀는 그를 내려다보며 조금 더 부드러운 목소리로 덧붙였다. "나 퇴근하기 전에 뭐 필요한 것 없어?"

브린커호프는 간절한 눈빛으로 그녀를 바라보며 뻐근한 목을 돌렸다. "어깨가 너무 쑤시네요."

미지는 꿈쩍도 하지 않았다. "아스피린 한 알 먹어."

브린커호프는 입을 내밀었다. "등 좀 안 주물러 줘요?"

미지는 고개를 가로저었다. "《코스모폴리탄》에 의하면 등 주물러 주다가 셋 중에 둘은 섹스로 이어진대."

브린커호프는 발끈했다. "우린 한번도 그런 적 없잖아요!"

"바로 그거야. 그게 문제라고." 그녀가 눈을 찡긋하며 대답했다.

"미지……."

"그럼 수고해, 채드." 그녀는 문 쪽으로 걸어갔다.

"그냥 가시는 거예요?"

"더 있고 싶긴 한데." 미지는 문 앞에서 멈춰 서며 대답했다. "하지만 나도 자존심이란 게 있어. 이 나이에 두 번째 애인 노릇을 할 수는 없잖아, 그것도 10대한테 밀려서."

"내 마누라는 10대가 아니에요." 브린커호프가 반박했다. "비록 하는 짓이 그렇기는 하지만."

미지는 짐짓 놀란 표정으로 그를 바라보았다. "자기 마누라 이야기가 아니야." 그러고는 자기 눈을 때리는 시늉을 했다. "'카르멘' 얘기지." 미지는 그 이름에 걸쭉한 푸에르토리코 억양을 집어넣었다.

브린커호프의 목소리가 살짝 갈라졌다. "누구요?"

"카르멘 몰라? 식당에서 일하는?"

브린커호프는 얼굴이 화끈 달아올랐다. 카르멘 우에르타는 NSA 구내 식당에서 제빵사로 일하는 스물일곱 살 먹은 아가씨였다. 브린커호프와는 일과가 끝난 뒤 창고에서 심심찮게 은밀한 관계를 맺는 사이였는데, 그는 아무도 그런 사실을 모를 거라고 생각했다.

미지는 짓궂은 표정으로 한쪽 눈을 찡긋거렸다. "잊지 마, 채드……. 빅 브라더는 모든 걸 알고 있어."

'빅 브라더?' 브린커호프는 도저히 믿기지가 않았다. '빅 브라더가 창고까지 지켜본다고?'

빅 브라더—미지는 그냥 '빅 브라더'라고 부르곤 했다—는 국장실의 한복판에 자리한 조그만 벽장 같은 방에 설치된 '센트렉스 333'을 가리키는 그들만의 은어였다. '미지의 세계'라고 해도 과언이 아닐 이 장비는 NSA 단지 곳곳에 설치된 148개의 폐쇄회로 카메라와 399개의 전자식 출입문, 377개의 전화 도청 장치, 그 밖에 212개의 각종 감시 장치로부터 데이터를 수신한다.

NSA 국장은 2만 6천 명에 달하는 직원들이 조직의 커다란 자산일 뿐만 아니라 심각한 부채이기도 하다는 사실을 알고 있었다. NSA의 역사를 장식하는 굵직한 보안상의 사고들은 거의 대부분 내부의 균열에서 비롯된 것들이었다. 따라서 NSA의 울타리 안에서 벌어지는 모든 일들을 감시하는 것은 내부 보안 분석관인 미지의 역할이었는데, 놀랍게도 여기에 구내식당의 창고까지 포함되어 있는 모양이었다.

브린커호프는 변명을 하려고 자리에서 일어섰지만 미지는 이미 그의 사무실을 나서는 중이었다.

"두 손 다 책상 위에 올려 놔." 미지가 어깨 너머로 그를 돌아보며 말했다. "내가 나가고 나서 이상한 짓 하지 말고. 벽에도 눈이 있다는 걸 알아야지."

브린커호프는 자리에 앉아 점점 멀어지는 미지의 발소리에 귀를 기울였다. 그나마 미지가 함부로 입을 놀리지는 않을 거라는 사실이 다행스러울 뿐이었다. 사실 그녀도 약점이 없진 않았다. 이따금 무분별한 행동에 빠져들 때가 있었는데, 대부분은 브린커호프의 등을 주물러 주다가 생긴 일들이었다.

브린커호프의 생각은 다시 카르멘에게 달려갔다. 그녀의 나긋나긋한 몸과 까무잡잡한 허벅지가 눈에 선했고, 그녀가 항상 제일 높은 볼

륨으로 틀어 놓는 라디오에서 터져 나오는 산 후안의 살사가 귀에 쟁쟁했다. 브린커호프는 빙그레 미소를 지었다. '출출한데 일 끝나면 식당에 들러야겠군.'

브린커호프는 첫 번째 출력물을 펼쳤다.

크립토 — 성과/지출

브린커호프는 금방 마음이 가벼워졌다. 미지가 그를 생각해서 공짜 초대권을 건네준 것이다. 크립토의 보고서는 언제나 식은 죽 먹기였다. 엄밀히 말하면 모든 서류를 일일이 검토해야 했지만, 국장이 요구하는 숫자는 MCD, 즉 하나의 암호를 해독하는 데 투입된 평균 비용밖에 없었다. 다시 말하면 MCD는 트랜슬레이터가 하나의 암호를 해독하는 데 얼마의 비용을 썼는지를 나타내는 수치였다. 그 액수가 1천 달러 미만이면 폰테인은 눈도 깜빡하지 않았다. '암호 하나에 1천 달러라……' 브린커호프는 내심 미소를 지었다. '어차피 세금으로 충당될 테니까.'

브린커호프는 건성으로 일간 MCD를 훑어보며 자신의 몸에 꿀과 설탕을 바르던 카르멘 우에르타의 모습을 떠올렸다. 불과 30초 만에 그가 할 일은 다 끝나 버렸다. 크립토의 데이터는 여느 때처럼 완벽하게 맞아 떨어졌다.

그러나 다음 페이지로 넘어가기 직전, 무언가가 그의 눈길을 끌었다. 서류 맨 밑에 최종 MCD가 기록되어 있었다. 그 숫자가 어찌나 큰지 다음 줄로 넘어가는 바람에 페이지 전체가 엉망이 되어 있었다. 브린커호프는 놀란 눈으로 그 숫자를 바라보았다.

'999,999,999?' 그의 입에서 신음 소리가 새어나왔다. '10억 달러?' 순식간에 카르멘의 모습이 사라졌다. '10억 달러짜리 암호가 있

다고?'

 브린커호프는 한동안 자리에 앉은 채 꼼짝도 하지 못했다. 다음 순간 패닉 상태에 빠진 그는 복도로 뛰쳐나갔다. "미지! 잠깐만요!"

44

 필 차트루키언은 미친 듯이 씩씩거리며 시스템 보안실로 들어왔다. 스트래드모어의 목소리가 아직도 귓전에 쟁쟁했다. '당장 나가! 이건 명령이야!' 그는 쓰레기통을 힘껏 걷어찬 다음, 텅 빈 방 안에서 혼자 욕을 퍼부었다.

 "진단 프로그램 좋아하시네! 언제부터 부국장이 건트릿 필터를 건드리기 시작했지?"

 NSA의 시스템 보안 요원들은 컴퓨터 시스템을 보호하는 임무를 수행하며 많은 보수를 받는다. 차트루키언은 이 자리에 필요한 자격 조건이 딱 두 가지라는 사실을 깨달았다. 두뇌 회전이 아주 빠를 것, 그리고 지나칠 정도의 편집증을 발휘할 것.

 '빌어먹을.' 차트루키언은 또 한 번 욕을 내뱉었다. '이건 편집증이 아니야! 그 빌어먹을 실행 모니터가 자그마치 열여덟 시간을 나타내고 있잖아!'

 이건 바이러스가 틀림없었다. 차트루키언은 본능적으로 알 수 있었다. 그의 마음속에는 이미 그림이 대충 그려졌다. 스트랜드모어가 건트릿 필터를 우회하는 실수를 저질러 놓고 이제 와서 말도 안 되는 진단 프로그램을 들먹이며 자신의 실수를 은폐하려 하는 것이다.

문제가 트랜슬레이터뿐이라면 차트루키언도 이렇게 흥분하지는 않았을 테지만, 그게 다가 아니었다. 이 거대한 괴물 같은 암호 해독기는 겉보기와는 달리 고립된 섬과 같은 존재가 아니다. 암호 해독 요원들은 건트릿이 오로지 이 괴물을 보호하기 위한 목적으로 구축되었다고 믿고 있지만, 시스템 보안 요원들은 진실을 알고 있었다. 건트릿 필터는 그보다 훨씬 높은 차원의 신을 섬긴다. NSA의 메인 데이터뱅크.

데이터뱅크가 구축되기까지의 역사는 차트루키언을 매혹시키기에 부족함이 없었다. 미국 국방부는 1970년대 후반까지 인터넷을 자신들의 전용으로 묶어 두기 위해 많은 노력을 기울였지만, 워낙 유용한 도구다 보니 공적 영역에서도 눈독을 들이기 시작했다. 결국 대학에서 그 기술을 빼 갔고, 이어서 상업용 서버들이 등장하기 시작했다. 일단 수문이 열리자 일반 대중까지 물밀 듯이 밀려 들어왔다. 1990년대 초반으로 접어들자 한때는 정부의 전유물이었던 인터넷이 온갖 전자우편과 사이버 포르노로 쓰레기장이 되어 버렸다.

발표는 되지 않았지만 미해군정보국이 여러 차례에 걸쳐 치명적인 해킹으로 신음하는 지경에 이르자, 우후죽순처럼 뻗어 가는 인터넷에 연결된 컴퓨터로는 더 이상 정부의 비밀을 지킬 수 없다는 사실이 명백해졌다. 대통령은 국방부와 함께 오염된 인터넷 대신 전적으로 안전한 새로운 정부 네트워크를 만들어 미국 정부 기관 사이의 소통을 담당하게 한다는 방침을 극비리에 마련했다. 더 이상 정부의 비밀이 파헤쳐지는 사태를 막기 위해 민감한 내용을 담은 모든 데이터를 완벽한 보안이 갖춰진 단일 장소에 모은다는 것이었다. 여기가 바로 새롭게 구축된 NSA의 데이터뱅크, 즉 미국 정보계의 모든 데이터가 총집결된 철옹성인 것이다.

　미국의 일급비밀로 분류되는 수백만 건의 사진, 테이프, 문서, 동영상 등이 디지털화되어 이 거대한 저장 시설로 반입된 다음, 원본은 파괴되었다. 이 데이터뱅크는 3중의 계전기와 계단식 디지털 백업 시스템으로 보호되고, 혹시 있을지 모르는 자기장과 폭격의 우려를 막기 위해 지하 65미터 지점에 깊숙이 자리하고 있다. 통제실 내부의 모든 활동은 이른바 '극비 움브라(Top Secret Umbra)'라 하여 초특급 보안 사항으로 처리된다.

　이로서 국가 기밀은 그 어느 때보다도 안전하게 관리되기 시작했다. 이 난공불락의 데이터뱅크에는 현재 최첨단 무기류의 설계도와 증인 보호 프로그램 대상자의 명단, 현장 요원들의 가명, 각종 비밀 작전의 상세한 분석 및 제안 등이 포함되어 있다. 물론 이 목록은 끝도 없었다. 덕분에 미국의 정보계를 위협하는 불법 침투는 더 이상 걱정할 필요가 없게 되었다.

　NSA 관계자들은 이곳에 보관된 데이터가 가치를 지니기 위해서는 접근성이 관건이라는 사실을 잘 알고 있었다. 이 데이터뱅크가 그토록 중요한 이유는 단순히 시중에 떠도는 비밀 데이터를 수집해 보관하는 차원이 아니라, 적재적소에 꼭 필요한 데이터만을 공급할 수 있기 때문이다. 저장된 모든 정보에는 보안 등급이 매겨지고, 이 등급에 따라 정부의 해당 관계자에게 접근이 허용된다. 예를 들어 잠수함을 지휘하는 사령관은 NSA가 보유하고 있는 러시아 항구의 최신 위성사진을 확인할 수 있지만, 남미에서 진행되는 마약 소탕 작전에 대한 접근은 허용되지 않는다. 마찬가지로 CIA 분석관들은 알려진 전문 암살범들의 정보에 접근할 수 있지만, 대통령의 고유 권한인 미사일 발사 암호는 열람할 수 없다.

NSA의 시스템 보안 요원에게 데이터뱅크의 정보에 접근할 권한이 없는 것은 당연한 일이지만, 그들은 그 안위를 책임지는 임무를 맡고 있다. 보험 회사나 대학이 보유하는 대규모 데이터뱅크가 모두 그렇듯이, NSA의 시설 역시 비밀 정보를 엿보고자 하는 수많은 해커의 공격에 시달린다. 하지만 NSA의 보안 담당 프로그래머들은 세계 최고의 인재들이기 때문에 지금까지 NSA의 데이터뱅크에 침투하려는 시도는 성공 근처에도 가 본 적이 없다. NSA로서는 그런 일이 가능할 거라는 걱정을 할 필요조차 느끼지 못했다.

시스템 보안실의 차트루키언은 스트래드모어의 지시를 따를 것인지 말 것인지를 놓고 식은땀을 흘리며 고민에 빠져 있었다. 트랜슬레이터에 문제가 생겼다는 것은 곧 데이터뱅크에도 문제가 있을 수 있다는 의미였다. 스트래드모어가 그런 부분까지 염두에 두고 있지 않다는 점은 실로 당혹스러운 일이었다.

트랜슬레이터와 NSA의 메인 데이터뱅크가 밀접하게 연결되어 있다는 사실을 모르는 사람은 없다. 크립토에서 새로운 암호가 해독되면 약 400미터의 광섬유 케이블을 통해 NSA의 데이터뱅크로 전송되어 안전하게 보관된다. 이 신성한 저장 시설로 들어가는 통로는 지극히 제한적인데, 트랜슬레이터가 그중 하나였다. 따라서 건트릿은 철벽과도 같은 수호신 역할을 해야 한다. 그런데도 스트래드모어는 그것을 우회하라는 명령을 내린 것이다.

차트루키언의 귀에 자신의 심장이 쿵쾅거리는 소리가 들렸다. '트랜슬레이터가 열여덟 시간 동안이나 꼼짝도 하지 못했다!' 컴퓨터 바이러스가 트랜슬레이터로 침투해 NSA의 지하를 제멋대로 휘젓고 다니는 상상을 하니 도저히 견딜 수가 없었다. "보고를 올려야 해." 차트루키언은 큰 소리로 중얼거렸다.

이 같은 상황에서 차트루키언이 연락을 취할 사람은 단 한 명밖에 없었다. 유난히 성미가 급하고 몸무게는 180킬로그램에 달하는 컴퓨터 천재이자 NSA 시스템 보안실의 최고참이며 건트릿을 만든 장본인……. '자바'라는 별명을 가진 그는 거의 NSA의 신과도 같은 인물이었다. 그는 거침없이 각 부서를 돌아다니며 급한 불을 끄고 부적격자와 무지한 자의 나약한 사고방식을 가진 자들에게 불호령을 내리곤 했다. 스트래드모어가 건트릿 필터를 우회시켰다는 사실이 자바의 귀에 들어가는 순간, 한바탕 난리가 날 게 분명했다. '안됐지만 나에게는 해야 할 일이 있어.' 차트루키언은 마음을 다잡으며 전화기를 집어 들고 24시간 대기중인 자바의 휴대전화 번호를 눌렀다.

45

데이비드 베커는 복잡한 머릿속을 정리하기 위해 시드 가를 정처 없이 걷고 있었다. 자갈이 깔린 인도에 희미한 그림자가 그의 발걸음을 쫓아왔다. 그의 몸속에는 아직도 보드카 기운이 남아 있었다. 마치 자신의 인생 전체가 초점을 잃어버린 느낌이었다. 마음은 자꾸만 수전에게로 달려가, 그녀가 자동 응답기의 메시지를 확인했는지 모르겠다는 생각이 뇌리를 떠나지 않았다.

저만치 버스 정류장에 세비야의 시내버스 한 대가 요란한 바퀴 소리를 내며 멈춰 섰다. 베커는 무심코 고개를 들었다. 버스 문이 열렸지만 내리는 사람은 아무도 없었다. 버스의 디젤 엔진이 굉음을 토하며 다시 출발하려는 찰나, 길거리 위쪽의 술집에서 나온 청소년 세 명이 고래고래 소리를 지르며 버스를 향해 달려갔다. 엔진 소리는 다시 잦아들었고, 아이들은 서둘러 그쪽으로 뛰어갔다.

그들과 약 30미터가량 떨어진 곳을 걷고 있던 베커는 순간적으로 자신의 눈을 믿을 수가 없었다. 갑자기 눈의 초점이 되돌아왔지만, 그래도 현실이라고는 도저히 믿기지 않는 광경이었다. 확률로 따지면 100만 분의 1이나 될까…….

'내가 헛것을 보고 있나.'

버스 문이 열리자 아이들은 우르르 안으로 뛰어들었다. 베커는 다시 한 번 보았다. 이번에는 틀림없었다. 길모퉁이에 선 가로등 불빛이 그 여자아이의 모습을 생생하게 비추었던 것이다.

아이들이 모두 버스에 오르자 엔진이 다시 부릉거리기 시작했다. 베커는 자신도 모르는 사이에 전속력으로 달리고 있었다. 검은 립스틱, 요란한 눈 화장, 그리고 고슴도치처럼 곤두세운 빨강, 하양, 파랑의 삼색 머리칼이 그의 마음에 확실하게 아로새겨져 있었다.

버스가 움직이기 시작하자 베커는 쏟아지는 일산화탄소를 뚫고 아예 도로로 내려가 달음박질을 계속했다.

"Espera(잠깐만요)!"

그는 버스를 쫓아가며 정신없이 소리쳤다.

베커의 캐주얼 구두가 아스팔트 위를 미끄러지듯 달려갔다. 하지만 스쿼시 코트에서와 같은 민첩성과 균형 감각은 지금의 그를 외면했다. 마치 뇌가 다리의 움직임을 따라가지 못하는 느낌이었다. 굳이 보드카를 섞어 준 바텐더와 아직 시차를 극복하지 못한 피로감이 원망스러울 따름이었다.

그 버스는 세비야의 시내버스 중에서도 구식 모델인 디젤 버스였고, 다행히도 앞에는 길고 가파른 오르막길이 펼쳐져 있었다. 베커는 거리가 점점 좁혀진다고 생각했다. 어떻게든 버스가 변속을 하기 전에 따라잡아야 했다.

기사가 기어를 2단으로 변속할 준비를 하면서 버스 꽁무니의 두 개의 배기관에서 시커먼 연기가 뿜어 나왔다. 베커는 더욱 속도를 끌어

올려 뒤 범퍼까지 따라잡자, 버스의 오른쪽으로 붙어서 나란히 달리기 시작했다. 이제 버스 뒷문이 보였다. 세비야의 다른 모든 버스와 마찬가지로 뒷문은 활짝 열려 있었다. 버스 안에 조금이라도 시원한 바람을 집어넣기 위해서였다.

베커는 다리가 마비될 듯한 감각을 무시한 채 오로지 열려 있는 뒷문 쪽에 시선을 고정시켰다. 그의 어깨 높이쯤 되는 타이어에서 점점 속도가 빨라지는 소리가 들려왔다. 베커는 문을 향해 힘껏 손을 뻗었지만, 손잡이를 놓치는 바람에 하마터면 균형을 잃고 넘어질 뻔했다. 베커는 더욱더 안간힘을 다했다. 그때 버스 밑에서 클러치 밟는 소리가 났다.

'기어를 바꾸고 있어! 도저히 안 되겠어!'

하지만 변속 장치의 톱니가 더 큰 것으로 바꿔 물리기 직전, 버스의 속력이 아주 약간 떨어졌다. 베커는 그 틈을 놓치지 않았다. 엔진이 다시 기운을 회복하는 순간, 베커의 손가락은 문손잡이를 단단히 거머쥐었다. 버스의 속력이 빨라지면서 베커는 어깨가 빠지는 듯한 통증과 함께 발판 위로 끌려 올라갔다.

데이비드 베커는 뒷문 바로 안쪽에 털썩 쓰러졌다. 얼굴에서 불과 몇 센티미터 떨어진 곳에서 아스팔트가 쌩쌩 지나가고 있었다. 정신이 번쩍 들었다. 다리와 어깨가 불에 덴 듯이 화끈거렸다. 베커는 간신히 몸을 일으킨 다음, 균형을 잡고 어두컴컴한 안쪽으로 들어갔다. 윤곽만 어렴풋이 보이는 승객 중에서 불과 몇 자리 떨어지지 않은 곳에 삼색 고슴도치 머리가 앉아 있는 게 보였다.

'빨강, 하양, 파랑! 드디어 찾았어!'

반지와 대기중인 리어젯 60, 이어서 수전의 얼굴이 베커의 눈앞에 어른거렸다.

베커가 뭐라고 말을 꺼내야 할지 고민하며 여자아이의 자리로 다가

가는 동안, 버스가 마침 가로등 밑을 지나갔다. 순간적으로 여자아이의 얼굴이 환하게 드러났다.

베커는 깜짝 놀라 눈이 휘둥그레졌다. 얼굴의 화장 밑으로 선명한 수염 자국이 보였던 것이다. 알고 보니 그는 여자가 아니라 남자였다. 윗입술에 은으로 된 고리를 달았고, 셔츠를 입지 않은 맨살에 까만 가죽 재킷을 걸친 모습이었다.

"뭘 그렇게 쳐다보슈?"

험상궂은 목소리의 뉴욕 억양이었다.

베커는 느린 화면으로 재생되는 자유 낙하의 현기증을 느끼며 버스에 타고 있던 승객들이 자신을 빤히 쳐다보고 있는 것을 알아차렸다. 하나같이 펑크족이었고, 적어도 그들 가운데 절반은 빨강과 하양, 파랑의 삼색 고슴도치 머리를 하고 있었다.

"Siéntate(앉아요)!"

버스 기사가 소리쳤다.

베커는 너무 정신이 없는 나머지 미처 그 소리를 듣지 못했다.

"앉으라고!"

기사가 다시 한 번 빽 소리를 질렀다.

베커는 후면경에 비친 기사의 성난 얼굴을 멍하니 바라보았다. 아마도 그 시간이 지나치게 길었던 모양이었다.

짜증이 치민 기사는 힘껏 브레이크를 밟았다. 베커는 자기 몸의 체중 이동을 느끼며 바로 뒤에 있는 의자를 향해 손을 뻗었다. 그러나 손이 미처 닿기도 전에 데이비드 베커의 몸은 공중으로 붕 날아올랐다. 이내 그는 지저분한 바닥에 처박히고 말았다.

시드 가의 어둠 속에서 한 남자가 모습을 드러냈다. 그는 은 테 안경을 고쳐 쓰며 이미 출발해 버린 버스를 바라보았다. 데이비드 베커를 놓친 것은 유감이지만 다시 찾는 데는 그리 오래 걸리지 않을 터였다.

세비야의 모든 시내버스 중에서 베커는 가장 악명 높은 27번 버스에 몸을 실었다.
　27번 버스의 목적지는 딱 한 군데밖에 없었다.

46

필 차트루키언은 거칠게 수화기를 내려놓았다. 자바의 전화가 통화 중이었다. 자바는 AT&T의 얄팍한 상술이 느껴지는 통화 대기 서비스를 거들떠보지도 않았다. 전화 회사는 모든 통화 시도를 일단 연결시켜 '저는 지금 통화중입니다. 제가 곧 전화 드리겠습니다' 라는 간단한 메시지를 내보냄으로써 해마다 수백만 달러를 벌어들인다. 자바가 통화 대기를 거부하는 것은 언제 어디서나 비상용 휴대전화를 가지고 다니라는 NSA의 요구에 대한 무언의 시위와도 같았다.

차트루키언은 돌아서서 텅 빈 크립토를 바라보았다. 지하의 발전기 돌아가는 소리가 시시각각 더 크게 들렸다. 시간이 촉박했다. 당장 나가라는 명령을 받은 것은 사실이지만, 크립토 지하의 발전기 소리와 함께 시스템 보안실의 주문(呪文)이 그의 머릿속을 맴돌았다. '일단 행동하고 나중에 설명하라.'

컴퓨터 보안이라는 요지경의 세계에서는 불과 몇 분 사이에 시스템을 구하느냐 그렇지 못하냐가 갈리는 경우가 태반이다. 어떤 방어 조치를 취하기 전에 충분히 모든 변수를 검토할 수 있는 시간이 주어지는 경우는 극히 드물기 때문이다. 시스템 보안 요원들이 남들보다 많은 보수를 받는 이유는 기술적 전문성과 함께 본능을 인정받기 때문이다.

'먼저 행동하고 나중에 설명하라.' 차트루키언은 자신이 무엇을 해야 하는지 알고 있었다. 포연이 걷히고 나면 자신이 NSA의 영웅과 실업자, 둘 중 하나의 신세가 되리라는 것도 잘 알고 있었다.

거대한 암호 해독 컴퓨터에 바이러스가 침투했다. 차트루키언은 적어도 그것만은 움직일 수 없는 현실이라고 믿었다. 따라서 이제 그가 취해야 할 행동은 하나밖에 없었다. 컴퓨터의 작동을 중단시켜야 했다.

차트루키언은 트랜슬레이터의 작동을 중단시키기 위해서는 두 가지 방법밖에 없다는 사실을 알고 있었다. 하나는 부국장의 집무실에 잠겨 있는 그의 전용 단말기, 이것은 지금 상태에서 고려의 대상이 아니었다. 또 하나는 크립토의 지하실에 위치한 수동 킬 스위치(kill-switch)였다.

차트루키언은 마른 침을 삼켰다. 그는 이곳의 지하가 싫었다. 딱 한 번, 신참 교육을 받을 때 내려가 보았을 뿐이었다. 미로처럼 얽힌 좁은 통로와 프레온가스관, 내려다보기만 해도 아찔한 40미터 아래에 도사리고 있는 발전기……. 이 모든 것이 어울려 마치 다른 별나라에 와 있는 듯한 착각을 불러 일으켰다.

차트루키언은 어지간하면 거기까지 내려가고 싶지 않았고, 어지간하면 스트래드모어와 또 마주치고 싶지도 않았다. 하지만 임무는 임무였다. '내일이면 다들 나한테 고마워할 거야.' 차트루키언은 애써 스스로를 위로했다.

차트루키언은 큰 숨을 몰아쉬며 선참 보안 요원의 철제 사물함을 열었다. 분해된 컴퓨터 부품들이 쌓인 선반 위에 매체 집중기와 LAN 검사기가 보였고, 그 뒤에 스탠포드 졸업 기념 머그잔이 숨겨져 있었다. 차트루키언은 그 잔의 가장자리에 손이 닿지 않도록 조심하며 그 속에서 메데코 열쇠 하나를 꺼냈다.

"시스템 보안 전문가의 보안 의식이 이 정도라는 건 정말 놀라운 일이야." 차트루키언은 혼자 중얼거렸다.

47

"10억 달러짜리 코드?" 미지는 복도를 쫓아오는 브린커호프를 바라보며 킬킬거렸다. "재미있는 얘기로군."

"정말이에요." 브린커호프가 말했다.

미지는 곁눈질로 그를 흘겨보았다. "나더러 이 드레스를 벗게 만들려고 꾸며 낸 수작이면 재미없을 텐데."

"미지, 내가 언제……." 그는 변명하듯 말했다.

"나도 알아, 채드. 괜히 상기시키지 마."

30초 후, 미지는 브린커호프의 의자에 앉아 크립토 보고서를 살펴보고 있었다.

"그것 봐요." 브린커호프는 그녀의 어깨 위로 몸을 기대며 문제의 숫자를 가리켰다. "이 MCD 말이에요. 자그마치 10억 달러라고요!"

미지는 웃음을 터뜨렸다. "좀 많긴 많네, 안 그래?"

"그래요. 아주 조금." 브린커호프는 신음을 토했다.

"뭔가를 영(0)으로 나눈 것 같아."

"뭘로 나눴다고요?"

"0으로 나눴다고." 미지는 그렇게 말하며 나머지 자료들을 훑어보았다. "MCD는 분수로 계산되잖아. 투입된 총비용을 해독된 암호의 숫자로 나눠야 되니까."

"그야 물론이지요." 브린커호프는 멍하니 고개를 끄덕이며 그녀의 드레스 앞섶을 훔쳐보지 않으려고 애썼다.

"분모가 0이면 몫은 무한대가 되거든. 컴퓨터는 무한대를 싫어하기 때문에 9자만 잔뜩 쏟아 내는 거야." 미지가 설명하며 다른 줄을 가리켰다. "이것 보여?"

"예." 브린커호프는 다시 서류에 초점을 맞췄다.

"이게 오늘의 총실적 데이터야. 해독된 암호의 숫자를 봐."

브린커호프는 얌전히 그녀의 손가락이 가리키는 줄을 바라보았다.

해독된 암호의 수=0

미지는 그 0을 톡톡 두드렸다. "내가 예측했던 대로야. 0으로 나눈 거네."

브린커호프는 눈썹을 치켜세웠다. "그럼 아무 문제도 없는 겁니까?"

미지는 어깨를 으쓱거렸다. "그냥 오늘 해독된 암호가 하나도 없다는 뜻일 뿐이야. 오늘은 트랜슬레이터가 쉬는 모양이지."

"쉰다고요?" 브린커호프는 믿기지 않는 표정이었다. 그는 국장과 오랜 세월 함께 일해 왔기 때문에 '휴식'이라는 게 국장이 썩 좋아하는 단어가 아니라는 걸 잘 알고 있었다. 특히 트랜슬레이터가 관련되어 있다면 더욱 그러했다. 폰테인은 이 암호 해독기에 20억 달러를 쏟아 부었고, 그 돈이 충분히 제 역할을 해 주기를 원했다. 트랜슬레이터가 쉬고 있다는 것은 그 시간만큼 돈을 변기 속에 갖다 버리는 것과 다름없었다.

"미지?" 브린커호프가 말했다. "트랜슬레이터는 쉬는 법이 없어요. 밤낮을 가리지 않고 돌아간다고요. 당신도 아시잖아요."

미지는 어깨를 으쓱거렸다. "아마 스트래드모어가 어젯밤에 늦게까지 남아서 주말 동안 트랜슬레이터를 돌릴 준비를 하고 싶지 않았던 거겠지. 그도 폰테인이 출장가고 없다는 걸 아니까 일찌감치 도망가서 낚시나 하고 싶었던 것 아닐까?"

"왜 이래요, 미지." 브린커호프는 못마땅한 눈으로 그녀를 바라보았다. "그 양반도 좀 쉬어야지요."

미지 밀켄이 트레버 스트래드모어를 좋아하지 않는다는 사실은 비밀이 아니었다. 스트래드모어는 스킵잭에다 교묘한 장난을 치다가 걸리고 말았다. 물론 스트래드모어의 의도는 인정한다 해도 그로 인해 NSA는 톡톡히 대가를 치러야 했다. EFF는 힘을 얻었고, 폰테인은 의회에서 신뢰를 잃었으며, 무엇보다도 NSA의 익명성에 커다란 흠집이 생기고 말았다. 갑자기 미네소타의 가정주부들이 포털사이트인 AOL과 프로디지(Prodigy) 등에 자신들의 전자우편을 NSA가 훔쳐보고 있을지도 모른다는 불만을 제기하기 시작했다. 마치 NSA가 고구마 캔디 요리법의 비밀을 캐내기라도 한다는 듯이.

스트래드모어의 실수가 NSA에게 커다란 부담을 안겨 주자, 미지는 일말의 책임을 통감했다. 스트래드모어의 행동을 미처 예상하지 못했다는 것이 아니라 폰테인 국장의 등 뒤에서 월권 행위가 벌어졌다는 점 때문이었다. 국장의 등 뒤를 지켜 주어야 할 사람이 바로 미지였던 것이다. 폰테인의 방임주의적인 태도는 그를 지극히 민감하게 만들었고, 그것이 다시 미지를 걱정스럽게 했다. 하지만 국장은 아주 오래전부터 자신은 한 발 물러서서 똑똑한 사람들이 자기 할 일을 하도록 놔두어야 한다는 사실을 터득했다. 그가 트레버 스트래드모어를 다스리는 방식도 바로 그것이었다.

"미지, 스트래드모어가 그렇게 나태한 사람이 아니라는 건 당신이 누구보다 잘 알잖아요." 브린커호프가 말했다. "그가 트랜슬레이터를 가동하는 걸 보면 무서울 정도라고요."

미지는 고개를 끄덕였다. 그녀 역시 스트래드모어에게 직무 태만의 혐의를 묻는 것은 터무니없는 짓임을 잘 알고 있었다. 부국장은 그 누구보다도 헌신적이었고, 설령 오류가 드러난다 해도 그의 헌신성에는 변함이 없었다. 마치 세상의 모든 악을 자신의 십자가로 떠메고 가려는 사람 같았다. NSA의 스킵잭 계획은 순전히 스트래드모어의 머리에서 나온 구상이었고, 세상을 변화시키기 위한 대담한 시도였다. 불행하게도 다른 많은 신성한 탐색과 마찬가지로 이 십자군 원정 역시 십자가에 못 박힘으로 끝나고 말았다.

"알았어. 내가 조금 심하게 굴었나 보네." 미지도 순순히 인정했다.

"조금이라고요?" 브린커호프의 눈매가 가늘어졌다. "스트래드모어가 트랜슬레이터에 입력할 파일들은 1킬로미터도 넘게 줄을 서 있어요. 주말 내내 트랜슬레이터가 놀고 있도록 내버려 둘 사람이 아니잖아요."

"알았어, 알았다고. 내가 잘못했어." 미지는 한숨을 내쉬었다. 미간을 찌푸린 채 왜 트랜슬레이터가 하루 종일 코드를 하나도 해독하지 못했을까 고민하기 시작했다. "정밀 검토를 한번 해 보자고." 그녀가 말하며 보고서를 뒤적이기 시작했다. 이윽고 찾던 것을 발견한 그녀는 숫자를 살펴보았다. 잠시 후 그녀는 고개를 끄덕였다. "자기 말이 맞아, 채드. 트랜슬레이터는 100퍼센트 가동되고 있었어. 총소비는 오히려 약간 높게 나온 편이군. 어젯밤 자정부터 50만 킬로와트가 넘는 전력을 소모했어."

"그게 무슨 의미지요?"

미지는 확신이 서지 않았다. "나도 잘 모르겠어. 아무튼 뭔가 좀 이상해."

"데이터를 다시 뽑아 보실래요?"

미지는 못마땅한 눈으로 그를 바라보았다. 누구도 미지 밀켄에게 의문을 제기할 수 없는 게 두 가지 있는데, 그중 하나가 바로 그녀의 데이터였다. 브린커호프는 미지가 숫자를 검토하는 동안 얌전히 기다렸다.

그녀가 입을 열었다. "음, 어제 통계는 아무 문제가 없네. 모두 237개의 코드가 해독되었어. MCD는 874달러고. 코드당 평균 소요 시간은 6분이 조금 넘는 정도야. 총 소비도 평균 수준이고. 마지막으로 트랜슬레이터에 코드가 입력된 게……." 갑자기 그녀가 말을 멈추었다.

"왜요?"

"재미있네." 그녀가 말했다. "어제 마지막 코드가 입력된 시간이 밤 11시 37분으로 되어 있어."

"그래서요?"

"그래서 트랜슬레이터는 6분 남짓마다 하나씩 코드를 해독하잖아. 평상시에는 대부분 하루의 마지막 파일이 자정 무렵에 입력되거든. 그런데 이건 아무리 봐도……." 미지가 갑자기 동작을 멈추고 탄성을 내질렀다.

브린커호프도 바짝 긴장했다. "뭔데요?"

미지는 믿기지 않는다는 표정으로 자료를 들여다보았다. "이 파일은 어젯밤에 트랜슬레이터에 입력된 파일이……."

"파일이?"

"아직도 해독이 되지 않았어. 분석 시작 시간이 23:37:08인데, 분석 완료 시간이 기록되어 있지 않아." 미지는 서류를 뒤적거렸다. "어제는 물론, 오늘까지도!"

브린커호프는 어깨를 으쓱거렸다. "아마 그 친구들이 무지하게 복잡한 진단 프로그램을 돌리고 있는 모양이지요."

미지는 고개를 가로저었다. "열여덟 시간 동안?" 그녀는 잠시 생각을 해 본 다음 이렇게 덧붙였다. "그건 말이 안 돼. 게다가 자료에 의하면 이건 외부 파일이야. 스트래드모어에게 연락을 해 봐야겠어."

"집으로요? 토요일 밤에?" 브린커호프는 침을 꿀꺽 삼켰다.

"아니." 미지가 대답했다. "내가 아는 스트래드모어라면 그는 틀림없이 이 일을 붙잡고 있을 거야. 그가 지금 여기 있다는 데 큰돈을 걸 수도 있어. 그냥 직감일 뿐이긴 하지만." 미지의 육감은 그 누구도 의문을 제기하지 못하는 또 하나의 요소였다.

"가 보자고." 미지가 자리에서 일어나며 말했다. "내 직감이 맞는지 확인해 봐야지."

브린커호프가 미지의 사무실로 따라 들어가자, 그녀는 책상 앞에 앉아 마치 달인의 경지에 이른 파이프 오르간 연주자처럼 '빅 브라더'의 키패드를 두드리기 시작했다. 브린커호프는 벽에 즐비하게 붙은 폐쇄회로 모니터를 바라보았다. 모든 화면에는 NSA 문양이 정지 화상으로 떠 있었다. "크립토를 훔쳐보겠다는 겁니까?" 브린커호프가 걱정스러운 목소리로 물었다.

"아니." 미지가 대답했다. "그럴 수만 있으면 얼마나 좋겠어? 하지만 크립토는 무풍지대야. 거긴 카메라가 설치되어 있지 않으니까. 소리고 뭐고 아무것도 없어. 스트래드모어의 명령이지. 내가 확인할 수 있는 것은 접근 기록과 기본적인 트랜슬레이터 통계뿐이야. 그 정도라도 확보할 수 있는 게 다행이지 뭐야. 스트래드모어는 완벽한 고립을 원했지만 폰테인이 기본적인 선은 지켜야 한다는 주장을 굽히지 않았거든."

브린커호프는 약간 혼란스러운 표정이었다. "그럼 크립토에는 카메라가 없는 겁니까?"

"왜?" 미지는 모니터에 눈길을 고정한 채 되물었다. "카르멘 때문에 좀 더 은밀한 장소가 필요한 거야?"

브린커호프는 거의 들리지 않는 소리로 뭔가 중얼거렸다.

미지가 계속 자판을 두드리며 말했다. "지금 스트래드모어의 엘리베이터 사용 기록을 뽑는 중이야." 그녀는 잠시 모니터를 들여다보더니 손등으로 책상을 톡톡 두드렸다. "그는 여기 있어." 미지가 당연하다는 듯이 말했다. "지금 크립토 안에 있는 게 분명해. 이걸 봐. 스트래드모어는 어제 아침에 일찌감치 출근했는데, 그 뒤로 그의 엘리베이터가 꼼짝도 하지 않고 있어. 현관의 마그네틱 카드 사용 기록도 없고. 다시 말해서 그는 지금 이 건물 안에 있는 게 틀림없어."

브린커호프는 살짝 안도의 한숨을 내쉬었다. "그래서, 스트래드모어가 여기 있으니 아무 문제 없다는 건가요?"

미지는 잠시 생각을 해 보았다. "어쩌면."

그녀가 선택한 대답은 그거였다.

"어쩌면?"

"직접 연락을 해서 확실하게 확인을 하는 게 좋겠어."

브린커호프는 신음을 내뱉었다. "미지, 그는 부국장이에요. 그런 사람이 뭐든 허술하게 처리할 리가 없잖아요. 괜히 넘겨짚어서……."

"이거 왜 이래, 채드. 어린애처럼 굴지 말라고. 우리는 우리가 해야 할 일을 하는 것뿐이야. 통계에 뭔가 이상한 구석이 있으니까 확인을 해 보자는 거잖아. 게다가 나는 큰 형님의 존재를 스트래드모어에게 분명하게 상기시켜 주고 싶어. 세상을 구한다는 명분으로 또 한 번 경솔한 결단을 내리기 전에 한 번 더 생각하는 습관을 길러 주고 싶다고." 말을 마친 미지는 수화기를 집어 들고 번호를 누르기 시작했다.

브린커호프는 여전히 불안한 표정이었다. "정말로 그를 귀찮게 할 생각이에요?"

"난 그를 귀찮게 안 해." 미지는 브린커호프에게 수화기를 넘겨주며 대답했다. "그건 자기가 할 일이잖아."

48

"뭐?" 미지가 믿기지 않는다는 듯이 소리쳤다. "우리 데이터가 잘못됐다고?"

브린커호프는 고개를 끄덕이며 수화기를 내려놓았다.

"트랜슬레이터가 열여덟 시간 동안이나 하나의 파일에 붙들려 있다는 걸 스트래드모어가 인정하지 않는다는 말이야?"

"뭔가 걱정스러운 기색은 전혀 찾아볼 수 없었어요." 브린커호프는 무사히 통화를 마쳤다는 사실이 다행스러운 듯 밝은 목소리로 대답했다. "트랜슬레이터는 멀쩡하게 작동하고 있다는군요. 우리가 얘기한 것처럼 6분에 하나씩 코드를 해독하고 있답니다. 역시 확인해 보길 잘했어요."

"거짓말이야." 미지가 잘라 말했다. "나는 2년 동안이나 이 크립토 통계를 검토해 왔어. 한번도 데이터가 틀린 적이 없었다고."

"모든 일에는 처음이 있는 법입니다." 브린커호프가 태평스럽게 말했다.

미지는 못마땅한 눈초리로 그를 노려보았다. "나는 모든 데이터를 두 번씩 검토해."

"음……. 당신도 컴퓨터와 관련된 속담을 아시잖아요. 망가져도 최소한 일관성은 유지한다."

미지는 몸을 빙글 돌려 그를 똑바로 마주보았다. "농담할 때가 아니야, 채드! 부국장은 국장실을 상대로 뻔뻔한 거짓말을 했다고. 난 그 이유를 알아야겠어!"

브린커호프는 갑자기 조금 전에 그녀를 괜히 쫓아갔다는 생각이 들었다. 스트래드모어와의 전화 통화가 그녀를 완전히 들쑤셔 놓은 모양이었다. 스킵잭 사태 이후 미지는 뭔가 의심스러운 징후가 포착될 때마다 사람이 완전히 돌변했다. 만족스러운 답이 나올 때까지 그 무엇도 그녀를 막을 수 없었다.

"미지, 데이터가 오류를 범할 가능성은 언제든지 있어요." 브린커호프가 단호하게 말했다. "생각을 해 봐요, 하나의 파일이 트랜슬레이터를 열여덟 시간 동안이나 붙잡고 있다고? 그런 얘기는 한번도 들어본 적이 없잖아요. 자, 시간도 늦었는데 그만 퇴근하세요."

미지는 사나운 눈빛으로 그를 바라보더니, 보고서를 책상 위에 휙 던졌다. "나는 데이터를 믿어. 데이터가 옳다는 걸 직감으로 알 수 있다고."

브린커호프는 얼굴을 찌푸렸다. 이제는 국장조차도 미지 밀켄의 직감이라면 의문을 제기하지 않는다. 그녀는 절대 빗나가는 법이 없는, 초자연적인 직감의 소유자였다.

49

 바닥에 처박혔던 베커가 간신히 몸을 일으켜 빈자리에 털썩 주저앉았다.
 "멋있었어요, 꼰대." 삼색 고슴도치 머리가 놀리듯이 이죽거렸다. 베커는 갑자기 쏟아지는 환한 불빛에 눈을 껌뻑거렸다. 처음부터 그가 목표로 삼고 쫓아온 바로 그 아이였다. 베커는 온통 세 가지 색깔의 고슴도치 같은 머리 모양을 한 아이들을 멍하니 훑어보았다.
 "머리가 왜 저래?" 베커는 다른 아이들을 가리키며 중얼거렸다. "다들⋯⋯."
 "빨강, 하양, 파랑이요?" 아이가 물었다.
 베커는 아이의 윗입술에 뚫린 구멍을 쳐다보지 않으려고 애쓰며 고개를 끄덕였다.
 "주다스 타부." 아이는 당연하다는 듯이 대답했다.
 베커는 무슨 소리인지 알 수가 없었다.
 아이는 이렇게 무식한 사람은 처음 본다는 듯 복도에다 침을 찍 뱉었다. "주다스 타부 몰라요? 시드 비셔스(Sid Vicious, 70년대 펑크록 그룹 섹스 피스톨즈 베이시스트—옮긴이) 이후로 최고의 펑크인데 못 들어 봤어요? 그가 1년 전 오늘 이곳에서 자기 머리를 날려 버렸어요. 오늘이 1주기라고요."

베커는 여전히 영문도 모른 채 멍하니 고개를 끄덕였다.

"타부는 마지막 가는 날 바로 이런 머리 모양을 하고 있었어요." 아이는 또 한 번 침을 뱉으며 말했다. "그래서 전 세계의 팬들이 오늘 똑같은 머리 모양을 한 거예요."

베커는 한참 동안이나 아무 말도 하지 못했다. 그러고는 독한 진정제 주사를 맞은 사람처럼 천천히 몸을 돌려 앞쪽을 바라보았다. 버스 안을 한 바퀴 둘러보니, 일반 승객은 한 사람도 보이지 않았다. 펑크족 아이들이 그를 빤히 쳐다보고 있었다.

'전 세계의 모든 팬들이 오늘 똑같은 머리 모양을 한 거예요.'

베커는 팔을 뻗어 벽에 달린 줄을 잡아당겼다. 이제 이 버스에서 내릴 때가 된 것 같았다. 또 한 번 줄을 당겼지만 버스는 아무런 반응이 없었다. 베커는 더 힘껏 줄을 당겨 보았지만 그래도 마찬가지였다.

"27번 버스는 그 줄이 아무 데도 연결되어 있지 않아요." 아이가 또다시 침을 뱉었다. "우리가 그걸 가지고 장난을 칠까 봐 그런가 봐요."

베커는 그를 돌아보았다.

"그럼 내리는 사람들은 어떻게 하지?"

아이는 웃음을 터뜨렸다.

"종점까지 아무도 못 내려요."

5분 뒤, 버스는 가로등도 없는 스페인의 시골길을 신나게 달리고 있었다. 베커는 뒷자리의 펑크족을 돌아보았다.

"도대체 이 버스는 언제 서는 거야?"

아이는 미소를 지었다. "아직 몇 킬로미터 더 가야 돼요."

"거기가 어딘데?"

아이의 미소가 더욱 커졌다. "정말 몰라서 그래요?"

베커는 어깨를 으쓱거렸다.

아이는 묘한 소리로 웃음을 터뜨렸다. "아, 빌어먹을! 아저씨도 마음에 들 거예요."

50

필 차트루키언은 트랜슬레이터의 동체에서 불과 몇 미터밖에 떨어지지 않은 크립토 플로어에 서 있었다. 바닥에는 하얀 글자들이 새겨져 있었다.

크립토 지하
관계자 외 출입 금지

차트루키언은 자신이 관계자에 포함되지 않는다는 것을 알고 있었다. 얼른 스트래드모어의 집무실 쪽을 살펴보았다. 아직도 커튼이 그대로 드리워진 상태였다. 차트루키언은 수전 플래처가 화장실로 들어가는 걸 봤으니 그녀에 대해서는 걱정할 필요가 없었다. 문제는 헤일이었다. 차트루키언은 헤일이 지켜보고 있을지도 모른다는 생각에 노드 3을 슬쩍 돌아보았다.

"빌어먹을." 차트루키언이 중얼거렸다.

그의 발밑으로 뚜껑 문의 윤곽선이 보일락 말락 했다. 차트루키언은 시스템 분석실에서 가져온 열쇠를 꺼내 들었다.

그는 바닥에 무릎을 꿇고 열쇠를 꽂은 다음 살짝 돌렸다. 아래쪽에서 빗장이 찰칵하고 풀리는 소리가 났다. 차트루키언은 바깥쪽으로 연결된 큼직한 나사를 돌렸다. 다시 한 번 주위를 둘러본 그는 쪼그리고 앉아 덮개를 잡아당겼다. 덮개는 가로세로가 90센티미터밖에 되지 않았지만 무게는 상당했다. 덮개가 열리자, 차트루키언은 흠칫 뒤로 몸을 젖혔다.

뜨거운 공기가 얼굴에 훅 끼쳐 왔다. 날카로운 프레온가스 냄새가 섞여 있었다. 짙은 김이 무럭무럭 올라와 아래쪽의 붉은 비상등이 겨우 보일 정도였다. 가벼운 진동음에 지나지 않던 발전기 소리가 이제 천둥소리처럼 우르릉거렸다. 차트루키언은 몸을 일으켜 구멍 안쪽을 들여다보았다. 컴퓨터 점검용 출입구라기보다는 마치 지옥으로 향하는 대문처럼 보였다. 폭이 좁은 사다리 하나가 바닥 아래로 이어져 있었다. 사다리를 내려가면 발판 밑으로 계단이 나올 테지만, 차트루키언의 눈에는 소용돌이치는 붉은 안개밖에 보이지 않았다.

그렉 헤일은 노드 3의 특수 유리 벽 뒤에 서 있었다. 필 차트루키언이 사다리를 통해 밑으로 내려가는 것을 처음부터 쭉 지켜보고 있었다. 헤일이 서 있는 각도 때문에 차트루키언의 머리가 몸통에서 분리되어 크립토 바닥에 남아 있는 것처럼 보였다. 천천히 그 머리마저 소용돌이치는 안개 밑으로 가라앉았다.

"용감한 친구로군." 헤일이 중얼거렸다. 그는 차트루키언이 어디로 가고 있는지 알고 있었다. 컴퓨터에 바이러스가 침투했다는 판단이 내려지면 수동으로 트랜슬레이터의 작동을 중단시키는 것은 지극히 논리적인 행동이었다. 불행하게도 그러기 위해서는 시스템 보안 요원과 함께 크립토 지하를 10분가량 기어 다녀야 했다. 그런 비상조치는 메인 스위치보드에 경보를 울리도록 되어 있었다. 시스템 보안 요원들이 크립토를 조사하는 사태가 발생하는 것을 그냥 두고 볼 수만은 없었다. 헤일은 노드 3을 나와 뚜껑 문으로 다가갔다. 차트루키언을 막아야 했다.

51

자바는 영락없이 거대한 올챙이를 연상케 하는 모습이었다. 그의 별명이 유래된 영화에 나오는 진짜 자바와 마찬가지로 그 역시 대머리 회전 타원체였다. NSA의 모든 컴퓨터 시스템을 관리하는 수호천사인 자바는 예방이야말로 최고의 명약이라는 자신의 신조를 확인이라도 하듯 수시로 모든 부서를 헤집고 다니며 본연의 임무에 충실히 했다. 자바가 등장한 이후 NSA의 모든 컴퓨터는 한번도 바이러스에 감염된 적이 없었다. 그것이 그가 원하는 바였다.

자바의 근거지는 약간 튀어나온 부분에서 NSA 지하의 극비 데이터뱅크를 내려다보는 워크스테이션이었다. 바이러스가 침투하면 가장 큰 피해가 발생할 곳이 바로 거기였고, 따라서 자바는 대부분의 시간을 그곳에서 보냈다. 하지만 지금 자바는 잠시 짬을 내 밤새 문을 닫지 않는 NSA의 구내식당에서 페페로니 칼조네를 즐기고 있었다. 그가 막 세 번째 칼조네를 해치우려는 찰라에 휴대전화가 울렸다.

"말해요." 자바는 이미 한 입 가득 집어넣은 음식을 삼키느라 기침을 하며 전화를 받았다.

"자바, 미지예요." 부드러운 여인의 목소리였다.

"아, 데이터의 여왕님!" 자바가 큰 소리로 대답했다. 그는 옛날부터 미지 밀켄에게 사족을 쓰지 못했다. 워낙 예리한 여자이기도 했지만, 자바를 상대로 거리낌 없이 장난을 걸어오는 유일한 여자이기도 했다. "잘 지냅니까?"

"큰 불만은 없어요."

자바는 입가를 훔치며 말했다. "사무실이에요?"

"그래요."

"내려와서 나랑 칼조네나 같이 먹지 그래요."

"그랬으면 좋겠네요, 하지만 지금보다 더 살찌면 안 되거든요."

"정말? 그럼 내가 올라갈까?" 자바가 이죽거렸다.

"못된 사람 같으니."

"내가 무슨 생각을 하는지 어떻게……."

"아무튼 통화가 되어서 다행이에요. 조언이 좀 필요하거든요." 미지가 말했다.

자바는 닥터 페퍼를 한입 가득 들이켰다. "말해 봐요."

"어쩌면 아무것도 아닐 수도 있어요. 하지만 크립토 통계가 좀 이상하게 나와서요. 혹시 당신이 내 고민을 해결해 줄 수 있지 않을까 싶네요." 미지가 말했다.

"뭐가 나왔는데?" 자바는 또 한 번 음료수를 들이켰다.

"트랜슬레이터가 파일 하나를 열여덟 시간 동안이나 붙잡고 있는데도 아직 해독이 안 되었다는 보고서가 나왔어요."

자바는 먹고 있던 칼조네에다 음료수를 확 내뿜었다. "뭐라고?"

"뭐 짚이는 게 있어요?"

자바는 냅킨으로 칼조네의 물기를 닦아 내며 물었다. "도대체 그게 무슨 보고서지요?"

"실적 보고서예요. 기본적인 비용 분석용이죠." 미지는 그렇게 말하며 자신과 브린커호프가 알아 낸 사실을 간단하게 설명했다.

"스트래드모어한테는 연락해 봤어요?"

"그럼요. 그 사람 말로는 크립토에 아무런 문제도 없다는 거예요. 트랜슬레이터도 멀쩡하게 작동되고 있다며 우리 데이터가 잘못되었을 거라고 하더군요."

자바의 이마에 주름이 잡혔다. "그렇다면 문제될 게 없잖아요? 그쪽 보고서가 잘못된 모양이지요."

미지는 대답을 하지 않았다. 자바는 침묵의 의미를 금방 알아차리고 또 한 번 인상을 찌푸렸다. "당신네 보고서에는 문제가 없다고 생각하는 겁니까?"

"그래요."

"그럼 스트래드모어가 거짓말을 한다는 얘기로군요."

"꼭 그런 건 아니에요." 미지는 그렇게 단정하기에는 근거가 부족하다는 생각에 다소 외교적인 답변을 내놓았다. "지금까지 우리 통계는 한번도 잘못된 적이 없거든요. 그래서 제3자의 견해를 들어 보고 싶었던 거예요."

"음." 자바가 중얼거렸다. "내 입으로 굳이 이런 소리를 하고 싶지는 않지만, 내가 보기에는 당신네 데이터가 맞이 간 것 같아요."

"정말 그렇게 생각해요?"

"내 목이라도 걸 수 있어요." 자바는 축축한 칼조네를 한입 가득 쑤셔 넣으며 우물거렸다. "지금까지 트랜슬레이터 안에서 제일 오랫동안 버틴 파일이 세 시간 남짓이에요. 진단 프로그램과 경계 탐색 같은 것들이 잔뜩 든 파일이었지요. 트랜슬레이터가 열여덟 시간 동안이나 쉬지 않고 돌아갔다면 가능성은 바이러스밖에 없어요. 그렇지 않고는 있을 수 없는 일이니까."

"바이러스?"

"그래요, 무슨 반복 사이클 같은 녀석이겠지요. 그런 놈이 프로세스에 침투하면 루프가 생겨서 작업을 방해하니까요."

"음." 미지는 그 가능성을 생각해 보았다. "스트래드모어는 지금 서른여섯 시간째 크립토에서 꼼짝도 하지 않고 있어요. 그것도 바이러스 때문일까요?"

자바는 웃음을 터뜨렸다. "스트래드모어가 서른여섯 시간 동안이나? 안됐군요. 그의 아내가 또 남편이 퇴근을 안 한다고 징징거리겠군. 그렇지 않아도 바가지 엄청 긁는다고 하던데."

미지는 잠시 생각을 해 보았다. 그녀도 그런 이야기를 들은 적이 있었다. 자기가 이 문제에 지나치게 집착하고 있는 것 아닐까 하는 의구심이 일었다.

"미지." 자바는 또 한 번 음료수를 들이켜며 말했다. "스트래드모어의 장난감에 바이러스가 침투했다면 당장 나한테 연락을 했을 겁니다. 스트래드모어는 예리한 사람이지만 바이러스에 대해서는 아무것도 몰라요. 그가 아는 건 오로지 트랜슬레이터뿐이니까. 거기에 문제가 생길 조짐이 보이면 당장 비상 단추부터 누르고 볼 텐데, 여기서는 그게 바로 나거든요." 자바는 기다란 모차렐라 치즈 한 가닥을 집어먹으며 말을 이었다. "게다가 망할 놈의 트랜슬레이터에 바이러스가 들어갈 재간이 없어요. 건트릿에는 내가 심혈을 기울여서 만든 필터들이 무더기로 들어 있어서, 무엇도 뚫고 들어갈 수가 없거든요."

오랜 침묵이 흐른 뒤, 미지의 한숨 소리가 들려왔다. "다른 가능성은 전혀 없다는 얘기로군요?"

"그래요. 당신네 데이터가 맛이 간 겁니다."

"그 얘기는 아까도 했잖아요."

"그렇다니까요."

미지는 미간을 찌푸렸다. "무슨 소문이라도 들은 것 없어요? 뭐든지 좋아요."

자바는 귀에 거슬리는 웃음을 터뜨렸다. "미지, 내 말 잘 들어요. 스킵잭 사건은 정말 엿 같은 사건이었어요. 다 스트래드모어 때문에 생긴 일이지요. 하지만 그건 다 옛날이야기잖아요." 자바는 미지가 또 아무런 대꾸를 하지 않는 것을 보고 자기가 지나치게 앞서 나갔다는 사실을 알아차렸다. "미안해요, 미지. 당신이 그 사건 때문에 얼마나 열을 받았는지는 나도 잘 알아요. 스트래드모어가 잘못한 거지요. 그 양반에 대한 당신 감정이 어떨지 충분히 짐작할 수 있어요."

"이건 스킵잭하고는 아무 상관도 없는 일이에요." 미지가 단호하게 말했다.

'그래, 물론 그렇겠지.' 자바는 생각했다. "이것 봐요, 미지. 나는 스트래드모어에 대해서 아무런 감정도 가지고 있지 않아요. 그 양반은 암호 전문가일 뿐이에요. 그 사람들은 기본적으로 철저하게 자기중심적인 인간들이지요. 데이터라면 사족을 못 쓰고, 별것도 아닌 파일 하나가 세상을 구하기라도 할 듯이 설쳐대거든요."

"그래서 하고 싶은 말이 뭐죠?"

자바는 한숨을 내쉬었다. "스트래드모어는 다른 모든 암호 요원들과 마찬가지로 정신병자 같은 인간이에요. 하지만 그가 트랜슬레이터를 자기 마누라보다도 더 사랑한다는 건 누구도 부정할 수 없지요. 문제가 생겼다면 틀림없이 나한테 연락했을 거예요."

미지는 한참 동안 아무 말도 하지 않더니, 길게 한숨을 내쉬었다. "그래서 내 데이터가 맛이 갔다는 것 아니에요?"

자바는 웃음을 터뜨렸다. "여기 어디 메아리가 있나?"

미지도 따라 웃었다.

"이것 봐요, 미지. 나한테 작업 지시를 하나 떨어뜨려 줘요. 월요일에 내가 직접 당신 컴퓨터를 정밀 검사해 볼 테니까, 당신은 이제 그만 퇴근해요. 토요일 밤이잖아요. 가서 데이트라도 하라고요."

미지는 한숨을 내쉬었다. "나도 그러고 싶어요, 자바. 정말이에요."

52

　클럽 '엠브루호'는 27번 버스의 종점인 도시 외곽에 자리하고 있었다. 사방이 높다란 회벽 담벼락으로 둘러싸이고 그 위에는 유리 조각까지 잔뜩 박혀 있어 얼핏 봐서는 댄스 클럽이 아니라 무슨 요새처럼 보였다. 누군가가 비정상적인 방법으로 입장을 시도하다가는 상당한 분량의 살점을 헌납해야 할 듯한, 아주 조잡한 보안 시스템이었다.
　베커는 버스를 타고 오는 동안 자신의 노력이 실패했음을 인정하려고 했다. 이제 스트래드모어에게 연락해서 더 이상 희망이 없음을 털어놓을 때가 된 것이다. 비록 최선을 다한 것은 사실이지만, 이제는 집으로 돌아가는 수밖에 없었다.
　하지만 클럽 입구에서 먼저 들어가려고 자리다툼을 하는 군중을 물끄러미 쳐다보고 있노라니, 베커는 이대로 포기해도 자신의 양심에 한 점 부끄러움이 없을지 확신이 서지 않았다. 지금까지 그렇게 많은 펑크족이 한자리에 모인 것은 본 적이 없었다. 사방에 빨강, 하양, 파랑의 삼색 고슴도치 머리가 넘쳐났다.

베커는 한숨을 내쉬며 어떻게 할 것인지를 고민했다. 결국 그는 군중을 훑어보며 어깨를 한 번 으쓱했다. '그 여자애가 오늘 같은 토요일 밤에 갈 데가 어디겠어?' 베커는 뜻밖의 행운을 저주하며 버스에서 내렸다.

클럽 엠브루호의 입구는 돌로 된 복도로 이루어져 있었다. 베커는 복도로 들어서는 순간, 수많은 인파에 휩쓸렸다.

"저리 비켜, 멍청아!" 비쩍 마른 남자 하나가 팔꿈치로 베커의 옆구리를 찌르며 거칠게 앞질러 갔다.

"넥타이 멋진데?" 누군가 베커의 넥타이를 힘껏 잡아당기며 이죽거렸다.

"한번 할래요?" 어느 10대 여자아이가 공포 영화 〈새벽의 저주〉에나 나옴직한 눈빛으로 그를 빤히 쳐다보며 말했다.

어두컴컴한 복도를 지나가니 술 냄새와 땀 냄새가 진동하는 널따란 방이 나왔다. 정말이지 초현실적인 광경이 아닐 수 없었다. 깊은 동굴 속 같은 공간에 수백 명의 젊은이들이 거대한 파도처럼 움직이고 있었다. 두 손을 옆구리에 붙인 채 아래위로 몸을 흔드는 그들의 머리가 마치 딱딱한 척추 위에 얹힌 무생명의 구근처럼 까딱거렸다. 몇몇 정신 나간 아이들이 무대 위에서 다이빙을 하면, 그 밑에 있는 아이들이 팔을 치켜들어 그들을 받았다. 사람의 몸이 마치 비치볼처럼 둥둥 떠다녔다. 머리 위에서 쉴 새 없이 깜빡거리는 강력한 불빛 때문에 이 모든 광경이 마치 오래된 무성 영화의 한 장면처럼 보였다.

반대편 끝에는 승합차 크기만 한 대형 스피커가 엄청난 진동을 뿜어내는 통에, 아무리 열성적인 춤꾼들도 반경 10미터 이내까지는 접근하지 못했다.

베커는 귀를 틀어막은 채 젊은이들을 살펴보았다. 눈길 닿는 곳마다 온통 삼색 고슴도치 머리밖에 보이지 않았다. 사람들이 워낙 밀착되어 있어 옷차림을 확인할 길이 없었다. 이런 상태에서 영국 국기가 새겨진 티셔츠를 찾는다는 것은 불가능했다. 섣불리 사람들 사이로 뚫고 들어가다가는 밟혀 죽기 딱 좋을 것 같았다. 옆에서 누군가가 구토를 하기 시작했다.

'장관이로군.' 베커는 속으로 신음을 토했다. 그는 스프레이 페인트로 그림이 그려진 복도를 따라 걸음을 옮겼다.

사방에 거울이 붙은 좁다란 터널 같은 이 복도는 테이블과 의자가 아무렇게나 놓인 야외 파티오로 이어졌다. 여기도 펑크족이 북적거렸지만, 그나마 활짝 트인 여름 하늘이 보이고 귀를 찢는 음악 소리가 잦아들어 한결 살 것 같았다.

베커는 아이들의 호기심 어린 시선을 무시한 채 군중들 사이로 들어갔다. 그리고는 넥타이를 느슨하게 풀며 아무도 차지하지 않은 테이블에 털썩 주저앉았다. 오늘 아침 일찍 스트래드모어의 전화를 받은 일이 까마득한 옛날처럼 느껴졌다. '조금만 더 둘러보자.' 베커는 생각했다.

거기서 약 8킬로미터가 떨어진 한적한 시골길을 달리는 피아트 택시 뒷자리에 은 테 안경을 낀 남자가 앉아 있었다.

"엠브루호." 그는 기사에게 목적지를 다시 한 번 상기시켰다.

기사는 후면경으로 손님을 슬쩍 훔쳐보며 고개를 끄덕였다. '엠브루호.' 그는 속으로 투덜거렸다. '매일같이 이상한 사람들이 모이는 곳이로군.'

53

 도쿠겐 누마타카는 호화판 집무실에 마련된 마사지 테이블에 벌거벗은 채 누워 있었다. 전용 안마사가 근육이 뭉친 그의 목을 열심히 주물렀다. 한동안 어깨를 감싸쥐고 경혈점을 누른 뒤 그녀의 손이 천천히 수건으로 가려진 그의 엉덩이 쪽으로 내려갔다. 점점 아래로 내려간 손이 이윽고 수건 밑으로 미끄러져 들어갔다. 누마타카는 꿈쩍도 하지 않았다. 그의 머릿속에는 온통 딴 생각이 가득했다. 전용 회선의 전화벨이 울리기만을 초조하게 기다렸지만 아무 소식이 없었다.
 그때 누군가가 문을 두드렸다.
 "들어와." 누마타카가 짧게 내뱉었다.
 안마사는 얼른 수건 밑에서 손을 뺐다.
 교환수가 들어와 깊이 머리를 숙였다. "회장님?"
 "뭐야?"
 교환수는 또 한 번 머리를 조아리며 대답했다. "전화국 사람과 통화를 했습니다. 회장님이 받으신 전화는 국가 번호 1번, 미국에서 걸려

온 전화였습니다."

누마타카는 고개를 끄덕였다. 좋은 소식이었다. '미국에서 건 전화라고……. 사기는 아닌가 보군.' 그의 얼굴에 미소가 번졌다.

"미국 어디라고 하던가?" 그가 물었다.

"지금 그쪽에서 알아보는 중입니다, 회장님."

"좋아. 새로운 정보가 들어오면 즉시 보고하도록."

교환수는 또 한 번 깊숙이 머리를 숙인 뒤 방을 나갔다.

누마타카는 뭉쳤던 근육이 풀리는 느낌이었다. 국가 번호 1번. 좋은 소식이었다.

54

　수전 플래처는 크립토의 화장실에서 초조하게 서성거리며 천천히 50까지 숫자를 셌다. 자꾸 머리가 지끈거렸다. '조금만 더.' 그녀는 스스로를 타일렀다. '헤일이 바로 노스 다코타야!'
　수전은 헤일이 무슨 계획을 세우고 있을지 궁금했다. 패스 키를 공개하려는 것일까? 아니면, 욕심이 나서 알고리즘을 팔아넘기려 하는 것일까? 수전은 도저히 더 이상 기다릴 수가 없었다. 당장 스트래드모어에게 모든 것을 털어놓아야 했다.
　조심스럽게 화장실 문을 연 수전은 맞은편의 유리 벽 쪽을 살펴보았다. 헤일이 아직도 이쪽을 보고 있는지 어떤지 알 길이 없었다. 아무튼 서둘러 스트래드모어의 집무실까지 올라가야 했다. 하지만 지나치게 허둥거려 헤일의 의심을 사면 안 된다. 이윽고 마음을 정한 그녀가 화장실 문을 확 잡아당기려는 순간, 무슨 소리가 들려왔다. 남자의 목소리였다.
　유심히 둘러보니 바닥 근처의 환기구에서 나는 소리였다. 수전은 문을 도로 닫고 그쪽으로 다가갔다. 발전기 소리 때문에 사람 목소리가 생생하게 들리지는 않았다. 지하의 통로에서 누가 이야기를 나누고 있는 것 같았다. 잔뜩 흥분한 목소리가 들려왔다. 필 차트루키언이 아닐까 싶었다.

"나를 믿지 못하겠다는 겁니까?"

목소리는 더욱 높아졌다.

"바이러스가 침투했어요!"

그러자 거친 고함소리가 들려왔다.

"자바에게 연락을 해야 해요!"

이어서 뭔가 투닥거리는 소리가 났다.

"이거 놔!"

그다음부터는 사람 같지 않았다. 마치 죽음을 눈앞에 둔 짐승이 겁에 질려 길게 울부짖는 소리 같았다. 수전은 환기구 옆에 선 채 완전히 얼어붙어 버렸다. 소리는 시작될 때와 마찬가지로 갑자기 멎어 버렸다. 이어서 침묵이 드리웠다.

잠시 후, 마치 싸구려 공포 영화의 한 장면처럼 화장실의 전등들이 서서히 희미해졌다. 그러고는 몇 번 깜빡거리더니 완전히 꺼져 버렸다. 수전 플래처는 완벽한 어둠 속에 혼자 서 있었다.

55

"거기 내 자리거든, 얼간아."

탁자 위에 엎드리고 있던 베커가 고개를 들었다. '이놈의 나라에는 스페인어를 쓰는 사람이 하나도 없나?'

그를 내려다보고 있는 사람은 키가 작고 머리를 박박 민 여드름투성이의 10대였다. 머리 반쪽은 빨강, 나머지 반은 자주색으로 염색을 해서, 꼭 부활절 달걀처럼 보였다. "거기 내 자리라니까."

"귀 안 먹었어." 베커가 대답하며 일어섰다. 쓸데없이 싸움을 벌일 기분이 아니었다. 그만 돌아가고 싶은 마음뿐이었다.

"내 술병 어떻게 했어?" 꼬마가 으르렁거렸다. 코에 옷핀을 꽂은 녀석이었다.

베커는 바닥에 내려놓은 맥주병을 가리켰다. "비었던데."

"비건 말건 왜 남의 술병을 건드려?"

"미안하군." 베커는 그렇게 말하며 그만 나가려고 몸을 돌렸다.

꼬마가 그의 앞을 가로막았다. "주워!"

베커는 슬며시 짜증이 나서 눈만 껌뻑거렸다. "농담이겠지?" 베커는 이 꼬마보다 키는 30센티미터, 몸무게는 최소한 20킬로그램은 더 나갈 것 같았다.

"내가 지금 농담하는 걸로 보여?"

베커는 아무 말도 하지 않았다.

"주우라니까!" 꼬마의 목소리가 갈라졌다.

베커는 그냥 무시하고 지나치려 했지만, 꼬마가 또 앞을 가로막았다. "빌어먹을, 술병 주우라고 했잖아!"

술과 마약에 찌든 주변의 다른 아이들이 좋은 구경거리가 생겼다는 듯 그들을 돌아보기 시작했다.

"이러지 마라, 꼬마야." 베커가 조용히 말했다.

"분명히 경고할 테니 잘 들어!" 꼬마가 씩씩거렸다. "이건 내 테이블이야. 난 매일 밤마다 여길 온다고. 자, 이제 술병 주워!"

베커도 더 이상은 참을 수가 없었다. 지금쯤 수전과 함께 스모키 산에 가 있어야 하는데, 스페인까지 날아와서 이런 사이코 같은 꼬맹이와 입씨름을 하고 있다니!

베커는 아무런 경고도 없이 꼬마의 겨드랑이 아래쪽을 붙잡고 번쩍 치켜들어서는 테이블 위에 쿵 하고 내려놓았다. "잘 들어라, 이 코흘리개 찔찔이 녀석아. 네놈의 코에서 이 옷핀을 뽑아다가 입을 꿰매 버리기 전에 얌전히 물러서는 게 좋을 거다."

꼬마의 얼굴이 하얗게 질렸다.

베커는 꼬마를 한참 붙들고 있다가 천천히 놓아주었다. 그러고는 녀석을 노려보는 시선을 풀지 않은 채 몸을 굽혀 술병을 주운 다음, 테이블 위에 내려놓았다. "더 할 말 있나?" 베커가 물었다.

꼬마는 찍 소리도 하지 못했다.

"천만에." 베커는 그렇게 쐐기를 박았다. '이런 녀석들 보면 자식 낳

을 마음이 싹 달아나겠군.'

"지옥에나 가라!" 꼬마가 자기를 보며 웃고 있는 동료들을 의식한 듯 또 한 번 발악을 했다. "개똥 같은 새끼!"

베커는 꿈쩍도 하지 않았다. 조금 전에 그 꼬마가 한 말 한마디가 갑자기 가슴 깊숙이 와 닿은 탓이었다. '난 매일 밤마다 여길 온다고.' 베커는 잘하면 이 꼬마가 도움이 될지도 모른다는 생각이 들었다. "미안한데. 난 네 이름도 아직 모르는군." 베커가 말했다.

"투톤." 꼬마가 듣기 거북한 목소리로 내뱉었다.

"투톤(Two-Tone)?" 베커가 말했다. "어디 보자……. 머리 모양 때문인가?"

"신경 쓸 것 없잖아."

"재미있는 이름이로군. 네가 직접 지었니?"

"그렇다, 어쩔래." 꼬마가 자랑스럽게 대답했다. "특허 낼 거야."

베커는 얼굴을 찡그렸다. "등록상표겠지."

꼬마가 어리둥절한 표정을 지었다.

"이름에는 특허가 아니라 등록상표를 출원하는 거야." 베커가 말했다.

"알게 뭐야!" 꼬마가 창피한 듯이 소리를 빽 질렀다.

알콜과 마약에 찌든 옆 테이블의 다른 아이들이 배꼽을 잡고 웃어댔다. 투톤은 자리에서 일어나 베커를 향해 소리쳤다. "나한테 무슨 볼 일이라도 있어?"

베커는 잠시 생각을 해 보았다. '우선 머리를 깨끗이 감고, 말버릇도 좀 뜯어 고치고, 그다음에는 일자리를 구해 봐.' 베커는 처음 만난 사이에 그렇게 많은 것을 요구할 수는 없겠다는 생각이 들었다. "정보가 좀 필요해." 베커가 말했다.

"웃기고 있네."

"사람을 찾고 있어."

"안 봤어."

"'못 봤다'라고 해야지." 베커는 문법을 바로잡아 주며 지나가던 여자 종업원에게 손짓을 한 다음, 아길라 맥주를 두 병 사서는 투톤에게 한 병을 건넸다. 꼬마는 적이 놀란 표정이었다. 맥주를 한 모금 벌컥 들이켜고는 경계하는 눈빛으로 그를 바라보았다.

"나를 꼬이기라도 하겠다는 거야?"

베커는 미소를 지었다. "여자애를 찾고 있어."

투톤은 듣기 거북한 웃음소리를 터뜨렸다. "그런 옷차림으로 작업 들어갈 생각은 꿈도 꾸지 않는 게 좋아!"

베커는 또 한 번 얼굴을 찌푸렸다. "작업을 걸겠다는 게 아니라, 그냥 할 이야기가 있어서 그래. 네가 도와주면 그 아이를 찾을 수 있을지도 모르니까."

투톤은 맥주병을 내려놓았다. "당신, 짭새야?"

베커는 고개를 가로저었다.

꼬마는 눈을 가늘게 뜨고 그를 노려보았다. "생긴 건 꼭 짭새 같은데."

"꼬마야, 난 메릴랜드에서 왔어. 만약 내가 경찰이라면 관할 구역을 좀 벗어난 것 같다는 생각은 안 들어?"

그 한마디가 그나마 효력이 있는 모양이었다.

"내 이름은 데이비드 베커야." 베커는 미소를 지으며 손을 내밀었다.

꼬마는 역겹다는 듯이 몸을 뒤로 뺐다. "저리 치워, 호모 새끼."

베커는 순순히 손을 치웠다.

꼬마가 빈정거렸다. "도와줄 수는 있지만 맨입으로는 안 돼."

베커도 장단을 맞춰 주었다. "얼마면 되지?"

"100달러."

베커는 안타까운 표정을 지었다. "난 페세타밖에 없는데."

"어디 돈이든 무슨 상관이야! 그럼 100페세타 내놓으면 되잖아."

확실히, 환율 계산은 투톤의 장기가 아닌 게 분명했다. 100페세타라면 대충 87센트에 해당하는 돈이었다. "됐나?" 베커는 자기 맥주병을 톡톡 두드리며 말했다.

꼬마는 처음으로 미소를 지었다. "됐다."

"좋아." 베커가 한껏 목소리를 낮추며 말했다. "내가 찾는 여자애도 틀림없이 지금 여기 와 있을 거야. 머리가 세 가지 색깔이야. 빨강, 하양, 파랑."

투톤은 콧방귀를 뀌었다. "오늘은 주다스 타부의 1주기야. 모든 애들이……."

"그 애는 영국 국기가 새겨진 티셔츠를 입었고, 한쪽 귀에 해골 귀걸이를 하고 있어."

투톤의 얼굴에 깜짝 놀라는 기색이 번졌다. 베커도 그것을 알아보고 한 줄기 희망을 품었다. 하지만 잠시 후, 투톤은 아까보다 더 험악한 표정으로 맥주병을 쾅 내려놓으며 베커의 멱살을 움켜쥐었다.

"걔는 에두아르도 거야, 개자식아! 분명히 말해 두는데, 걔를 건드리면 에두아르도가 널 가만두지 않을 거라고!"

56

　미지 밀켄은 혼자 씩씩거리며 자기 사무실 맞은편의 회의실로 들어섰다. 회의실에는 까만 벚나무와 호두나무로 NSA 문양이 새겨진 10미터 길이의 커다란 마호가니 테이블이 놓여 있었고, 마리온 파이크(Marion Pike)의 수채화 세 점과 보스턴 고사리 화분, 대리석이 깔린 카운터, 그리고 최고급 정수기가 설치되어 있었다. 미지는 마음을 진정시키기 위해 시원한 냉수를 한 잔 따랐다.
　냉수를 마시던 그녀의 눈길이 창밖으로 향했다. 열린 베네치아 블라인드 틈으로 스며들어 온 달빛이 테이블 위에서 장난을 치고 있었다. 미지는 처음부터 이 방을 폰테인의 집무실로 꾸미고 싶었지만, 정작 그는 건물 앞쪽의 현재 위치를 고집했다. 창밖으로 주차장밖에 안 보이는 방보다는 이렇게 NSA의 여러 건물들을 한눈에 내다볼 수 있는 곳이 더 낫지 않겠는가. 그중에는 물론 크립토 돔도 포함되어 있었는데, 이 최첨단 건물은 수풀이 우거진 1만 2천 평방미터의 부지 위에 자리 잡은 본관 건물과는 분리되어 있었다. 크립토는 의도적으로 단풍나무 숲이라는 자연적인 은폐물에 가려 NSA 단지의 대부분의 창문에서는 잘 보이지 않았지만, 국장실만은 예외였다. 미지가 보기에 이 회의실은 자신의 영지를 살펴보고 싶은 국왕이 전망대로 삼을 만한 곳이었다. 그래서 미지는 폰테인에게 집무실을 옮기는 게 어떠냐고 권해 보기도 했지만, 국장의 대답은 지극히 간단했다. "뒤쪽은 싫어." 폰테인은 무언가의 뒤에서 얼씬거리는 것을 제일 싫어하는 인물이었다.

미지는 블라인드를 완전히 젖혔다. 일단 언덕을 응시하며 우수 어린 한숨을 내쉰 그녀는, 크립토가 버티고 있을 지점으로 시선을 낮추었다. 미지는 시간과 상관없이 늘 환하게 빛나는 횃불과도 같은 크립토 돔을 볼 때마다 마음의 위안을 얻곤 했다. 하지만 오늘 밤의 그녀는 그 같은 위안을 얻지 못했다. 뜻밖에도 그녀는 텅 빈 어둠을 바라보고 있을 뿐이었다. 어안이 벙벙해진 그녀는 유리창에 얼굴을 갖다 대고 어린아이처럼 두려움에 사로잡혔다. 그녀의 눈앞에는 캄캄한 어둠만이 펼쳐져 있었다. 크립토가 사라진 것이다!

57

크립토의 화장실에는 창문이 없었고, 수전 플래처를 둘러싼 어둠에는 한 치의 빈틈도 없었다. 수전은 제자리에 꼼짝도 하지 않고 서서 마음을 가다듬으려 했지만, 온몸을 사로잡는 공포심은 점점 커져만 갔다. 환기구를 통해 들려온 끔찍한 비명 소리가 아직도 그녀 주변에 팽팽하게 남아 있는 듯했다. 두려움을 억누르기 위한 안간힘에도 불구하고 마음은 좀처럼 가라앉지 않았다.

수전은 자신도 모르는 사이에 화장실 칸막이 사이와 세면대 주변을 손으로 더듬고 있었다. 방향 감각을 상실한 그녀는 화장실의 구조를 머릿속에 떠올리려고 애쓰며 두 손을 앞으로 쭉 뻗고 어둠 속을 헤쳐 나갔다. 쓰레기통이 그녀의 발에 걸려 넘어진 다음에야 타일이 붙은 벽이 만져졌다. 수전은 손으로 벽을 더듬으며 문 쪽으로 다가가 손잡이를 움켜잡았다. 간신히 문을 연 그녀는 비틀거리는 걸음으로 크립토 플로어로 나왔다.

다음 순간, 수전은 또 한 번 얼어붙었다.

크립토는 조금 전과는 전혀 다른 분위기가 되어 있었다. 돔을 통해 희미한 빛이 들어오는 가운데 트랜슬레이터의 잿빛 실루엣이 은은히 드러났다. 머리 위의 조명은 하나도 남김없이 꺼진 상태였다. 출입문에 붙은 전자식 키패드조차도 빛을 내지 않았다.

조금씩 눈동자가 어둠에 익숙해진 수전은 크립토에서 찾아볼 수 있는 유일한 빛이 열린 뚜껑 문에서 새어나오고 있음을 알아차렸다. 밑에서 올라오는 희미한 붉은색 비상등 불빛이었다. 수전은 그쪽으로 다가갔다. 공기에서 희미한 오존 냄새가 느껴졌다.

뚜껑 문에 다다른 수전은 아래쪽을 들여다보았다. 프레온 환풍구에서는 여전히 소용돌이처럼 증기가 뿜어 나와 불그스름한 불빛 속을 떠돌았고, 발전기 돌아가는 소리의 높낮이도 훨씬 높아져 있었다. 수전은 크립토가 비상용 전원으로 돌아가고 있음을 알아차렸다. 증기 사이로 스트래드모어가 아래쪽의 플랫폼에 서 있는 것이 보였다. 그는 난간에 몸을 기댄 채 트랜슬레이터의 샤프트 아래를 들여다보고 있었다.

"부국장님!"

아무 대답이 없었다.

수전은 사다리로 내려섰다. 아래쪽에서 올라오는 뜨거운 공기가 그녀의 치마 속으로 밀려들었다. 사다리의 가로대에 물기가 어려 아주 미끄러웠다. 수전은 간신히 쇠살대로 된 계단참에 내려섰다.

"부국장님?"

스트래드모어는 돌아보지 않았다. 마치 꿈이라도 꾸는 듯이 멍한 표정으로 아래쪽을 들여다볼 뿐이었다. 수전은 그의 시선을 쫓아 난간 너머를 바라보았다. 한동안 피어오르는 증기 말고는 아무것도 보이지 않았다. 다음 순간, 갑자기 그게 눈에 들어왔다. 사람이었다. 6층 건물에 해당하는 높이였다. 증기 사이에 묻혔던 그 광경이 다시 나타났다. 사지가 뒤엉킨 채 30미터 아래에 쓰러져 있는 필 차트루키언의 몸은

주 발전기의 날카로운 철제 냉각핀에 걸쳐져 있었다. 그의 몸 곳곳에 시커멓게 그을린 자국이 남아 있었다. 그가 위에서 떨어지면서 크립토의 주 전력 공급이 차단된 것이다.

하지만 차트루키언의 시체보다 더욱 섬뜩한 광경은 그 속에 다른 누군가가 또 있다는 점이었다. 기다란 계단을 절반쯤 내려간 곳의 그림자 속에 잔뜩 웅크린 누군가가 숨어 있었다. 우람한 근육질 몸매로 미뤄 볼 때, 그 사람이 그렉 헤일이라는 사실을 짐작하기란 어렵지 않았다.

〈2권에 계속됩니다〉

옮긴이 **안종설**

성균관대학교 사회학과를 졸업한 뒤 출판사 편집장을 지냈고, 캐나다 UFV에서 영문학을 공부했으며, 현재 전문 번역가로 활동하고 있다. 지은 책으로《영어 번역 함부로 하지 마라》가 있으며, 옮긴 책으로《로스트 심벌》《다빈치 코드》《해골탐정》《대런 섄》《잉크스펠》《프레스티지》《관을 떨어뜨리지 마라》《세상에서 가장 아름다운 이별 이야기》《체 게바라, 한 혁명가의 초상》《솔라리스》등이 있다.

디지털 포트리스 ❶

초판 1쇄 발행 2010년 9월 17일
초판 8쇄 발행 2022년 10월 11일

지은이 | 댄 브라운
옮긴이 | 안종설
발행인 | 강봉자, 김은경

펴낸곳 | (주)문학수첩
주소 | 경기도 파주시 회동길 503-1(문발동 633-4) 출판문화단지
전화 | 031-955-9088(마케팅부), 9530(편집부)
팩스 | 031-955-9066
등록 | 1991년 11월 27일 제16-482호

홈페이지 | www.moonhak.co.kr
블로그 | blog.naver.com/moonhak91
이메일 | moonhak@moonhak.co.kr

ISBN 978-89-8392-358-5 (세트)
      978-89-8392-359-2　04840

* 파본은 구매처에서 바꾸어 드립니다.